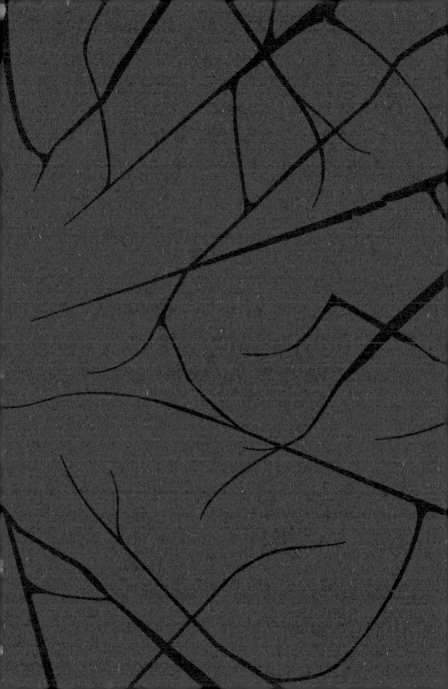

随《ずい》分《ぶん》と頑《がん》丈《じょう》だな。

この子って地竜《ちりゅう》だよね？
本でしか見た事なかったけど
この辺にもいたんだ
居たみたいだな

……何《なん》だよこれ……

パラダイム・パラサイト

02

VOLUME
TWO

著 kawa.kei イラスト 海鼠
キャラクター原案 こぞう

I have no reason to die anymore.
Why don't I travel wherever I feel like it?
All I have to do is to kill anyone who gets in the way.

CONTENTS

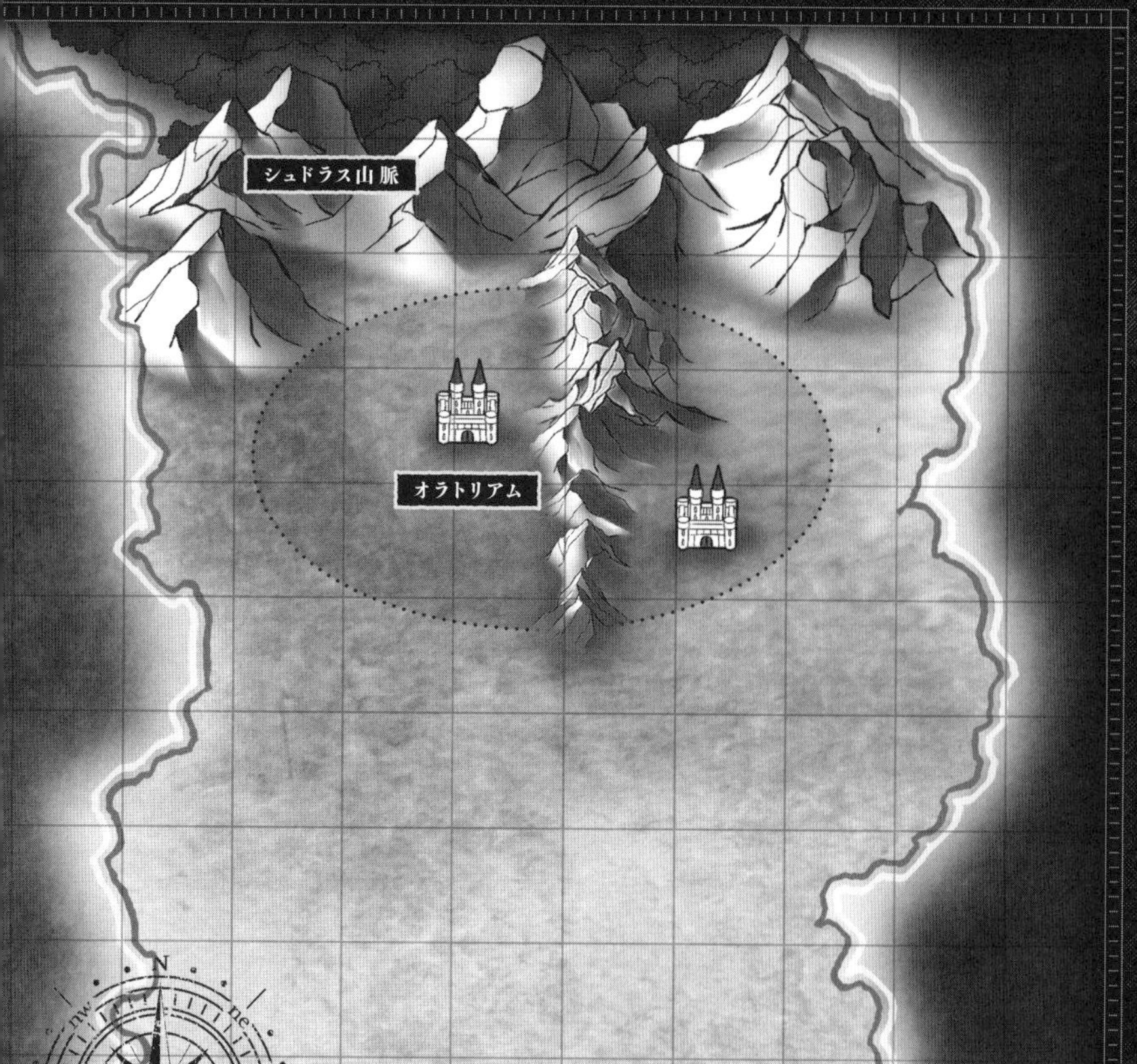
シュドラス山脈
オラトリアム
N
ne
E
se
S
sw
W
nw
WORLD MAP
PARADIGM PARASITE
VOLUME TWO.

第05章

PARADIGM・PARASITE

VOLUME TWO

遺跡

I have no reason to die anymore.
Why don't I travel wherever I feel like it?
All I have to do is to kill
anyone who gets in the way.

「――ところでこの後の予定は決まっているのかい?」

オラトリアムでの屋敷での一件から一夜明けて翌日。朝食を取っている最中、唐突にハイディがそんな事を言い出した。

場所はオラトリアム、領主の屋敷にある一室だ。戦闘のお陰であちこち風通しが良くなったが比較的無事な部屋をこうして生活スペースとして利用している。

席についているのは、俺とハイディにファティマの三人。そしてファティマの後ろにメイドが二人の計五人。

黙々と食事に手を付けていたのだが、行動を共にすると決まって予定を一切教えていない現状を考えれば当然の疑問か。本音を言えばさっさと旅に出ると言いたいところではあるが、できない事情があった。

「あぁ、あるにはあるが、お前にはまずやる事があるだろ?」

「やる事?」

「冒険者登録だ。お前も知っての通りオラトリアムには冒険者ギルドがない。登録したいなら他所の支部でやる必要がある」

「うん。だから僕としては次に行くところでしておこうかと思ってたんだけど……」

そうだろうと思っていたが、こっちはこっちでやる事がある。悪いがその間、遠くへ行っていてくれ。

「何か問題でも？」

「俺もそれでいいと思っていたんだが、旅に出る前に片付けておきたい案件があってな」

「説明は私が」

首を傾《かし》げるハイディにファティマがメイドに指示を出すと、メイドが無言で持っていた地図を広げる。

「これはオラトリアムの地図なのですが、領の北西——未開拓の土地に奇妙な建造物が発見されました。ズーベルは遺跡や迷宮の類いではないのかと期待していたようですね」

ファティマが指差した位置は開拓が進んでおらず地図上ではただの森だが、少し前に迷い込んだ領民が謎の建造物を発見したらしい。

遺跡なら何か金目のものが残っているかもしれず迷宮なら領の資金源にも使えるので、中身次第ではかなり美味《おい》しい代物だ。

未知数ではあるが期待値は高かったのでズーベルは報告を上げずに情報を抱え込み、オラトリアムを乗っ取った後にゆっくりと調べるつもりだったようだ。

これはズーベル当人と調査の為にスケジュールを押さえていた冒険者ぐらいしか知らな

い情報だが、ズーベルの動きはファティマには見通されていたようだ。本来ならその冒険者に調べさせればいいのだが、連絡が取れないらしい。

間違いなく先走って調べに行ったと見ていい。一応、冒険者は信用が重視される職業なのだ。依頼で得た情報を悪用するような真似をすれば相応の罰則がある。

登録の際に軽く説明を受けるはずなので先走った連中がその規則を知らない訳はないのだが、違反行動に走った理由は恐らく未発見の遺跡であるという事が大きい。誰にも荒されていないので内部にある物が目当てだろうな。

ただ、ズーベルの指定した期限が過ぎているので言い訳をできる状況は作っているようだ。いなくなったタイミングから移動日数を計算するとそろそろ辿《たど》り着いていてもおかしくない。

ファティマとしてもさっさと調べておきたい事とその冒険者が何か持ち出しているなら調べて、場合によっては取り上げる必要がある。ただでさえ未開の迷宮なのだ、誰かに依頼するといった手間をかけていられなかった。

その為、俺が調べに行く事となった訳だ。遺跡だか迷宮だか知らん何かに冒険者が到着していないなら今後、余計な事をしないように洗脳を施しておく必要があるし、何か持ち出しているなら取り上げても文句を言わないようにやはり洗脳しておく必要があるからだ。

できなければ最悪、始末して死体を処分して知らない顔をすればいい。要は未発見の迷宮の存在が広まらなければいいだけなので、知ってる者も少ない今ならどうにでもなる。

こういった事は初動が大事というのはファティマの言だ。それともう一つ別の用事があるので、ついでにそちらも片付ける。こっちは俺がやる必要があるのかとも思う事だったが、後腐れなく旅に出る為に必須らしいのでやっておくとしよう。

「――つまりオラトリアムの外れに未発見の遺跡か迷宮か何かがあるから調査に行くって事？」

「そうなる。あくまで調査だから人数は要らん。無駄に頭数を揃《そろ》える必要もないからその間にお前は登録をしてこい」

「なるほど。でも、一人で大丈夫？　どうせ登録は急ぐ必要もないし僕も行くけど？」

寧《むし》ろお前が居ると邪魔なんだよ。

「いや、さっきも言ったがあくまで調査だからな」

「分かった。君がそう言うならそうするよ。準備もできてるし僕はこの後にでも発《た》つよ。合流はこの屋敷でいいのかい？」

「あぁ、俺も片付けたらここに戻るからその後に出発しよう」

ハイディは大きく頷《うなず》き、食事を片付けると気持ちが逸《はや》っているのか早々に席を立って

「行って来る」と飛び出していった。

足音が遠ざかり完全に消えたところでファティマが小さく鼻を鳴らす。

「気楽なものですね」

「俺としてはあれぐらいでちょうどいい。下手に干渉されないだけマシだ」

ファティマの口調からはハイディに対する侮蔑がありありと浮かんでいる。随分と嫌っているようだが、斬《き》られた事を根に持っているのか？

「いえ、ロートフェルト様のお供ができる事が妬ましいのです」

「――は？」

何を言ってるんだこいつは。俺の視線に気が付いたのか、ファティマは頬《ほお》を染めてもじもじと身をくねらせる。まるで軟体動物のような挙動だ。

「私はファティマとして新生した身ではありますが、記憶や知識はそのままです。つまりは、ロートフェルト様への愛情も――」

「そういうのはいい。さっさと話を戻せ」

ファティマの謎の求愛行動を無視して俺は話を軌道修正する。こいつは見た目こそ人間だが、本質的には俺の切れ端――要は指の一本にしか過ぎない。

そんな代物に発情されても何を遊んでいるんだといった感想しか出てこないのだ。どちらにせよ性欲がまともに機能していない俺には価値がない。どうでもいい小芝居してないでさっさと話を進めろ。

ファティマはやや残念そうにした後、表情を消して話を戻す。内容は俺の予定だ。

「遺跡の件を片付けた後、ライアードに行けというのはどういう事だ？」

「私の両親に挨拶を、と言いたいところではありますが、今回の一件はライアードも了承済みでした」

「つまりはズーベルの行動はライアード領主も許容していたと？」

「えぇ、オラトリアムはあまり資産価値の高い領ではありませんが、広大な土地ではありますす。ズーベルを傀儡《かいらい》にしてしまえば後で何かしらに使えるのではないかと考えたようですね」

「お前を婚約者にと寄こすぐらいだからそこそこ仲がいいと思っていたが、そうでもなかったようだな」

親友と思っていた相手にいざとなったらあっさりと手の平返しをする程度にしか認識されていないとは。親子揃ってピエロとは憐れなものだ。

「後腐れをなくす意味でもライアードをどうにかする話は分かった。で？　具体的にはどうする？　皆殺しにすればいいのか？」

「そうですね。ライアード家に関しては私が残っていればいいので皆殺しで問題ありません」

ファティマは下手に残すとかえって面倒になると付け加えた。

「本来なら私が独力で片付けたい問題ではあるのですが、自由になる戦力が残っていない為ロートフェルト様のお手を煩わせてしまう事になり申し訳ございません――」

「それはいい。お前の役目はオラトリアムの管理だ。それを問題なく実行できる環境を整える為に俺が動く必要があるならそうするべきだ」

取りあえず俺のやるべき事は遺跡の一件を片付けてライアード家を潰《つぶ》す事か。旅に出る為の前準備のはずなのだが、随分と面倒な手順を踏んでいるような気もするな。

まぁいいかと思い直し、食事を済ませた俺も席を立つ。面倒事はさっさと済ませるに限る。

出発しようとしたのだが――

「――何故付いて来る？」

ファティマが影のように付いて来ていた。見送りにしては距離が近い。

「私も同行するからですが？」

「……聞いていないが？」

「今、言いましたからね」

ふざけているのか？　俺は若干の不快感を視線に乗せるとファティマは笑みを浮かべる。

「先程も申し上げた通り、動かせる人員が少ないからです。今回の一件、特にライアードの方は後始末を担う人材が必要なので片付けた後、私が直接指示を出します」

「その為に現地入りしたいと？」

「はい！　その通りです！」

「――本音は？」

「あの鬱陶《うっとう》しい女ばかり同行させてずるいです！」

「……そうか」

　ファティマの背後にはいつの間にかメイド二人がファティマの着替えと装備を持って待機していた。

　邪魔なら置いて行けばいいし、こいつの依頼なので面倒事を押し付ける先ができたと思えばいいか。俺は小さく溜息《ためいき》を吐《つ》いてさっさと準備しろと吐き捨てると近くの壁にもたれかかった。


　動き易《やす》い格好に着替え、長い髪を邪魔にならないように結い上げて準備ができたファティマは謎のやる気を漲《みなぎ》らせていた。

後ろのメイド二人が屋敷の掃除をしておきますと頭を下げるのを尻目に、出発前にと俺は軽く装備を確認する。

ここに滞在していた「狩人」の死体から剝ぎ取った軽鎧《けいがい》と剣に外套《がいとう》。状態はあまり良くないが使えるならそれでいい。

ファティマは魔法道具《マジック・アイテム》——要は魔法によって付加効果を施された装飾品を身に着け、短杖《たんじょう》を腰に差していた。

「荷車の類いは用意できなかったので徒歩での移動になりますが——ロートフェルト様？　一体何を？」

困惑するファティマを無視して荷物のように肩に担ぐ。メイド二人が声を揃えて「行ってらっしゃいませ」と頭を下げるのを一瞥《いちべつ》してファティマを担いだまま走り出した。

今回は移動速度を落とす要因が居ないので、移動は速やかだ。ファティマは「思ってたのと違う」と呟《つぶや》いていたが無視した。

しばらくそうしていると諦めたのか、見られたら面倒なので姿を隠しますと魔法で俺の姿を見えなくする。一応は人気のなさそうな道を選んだつもりだったがその辺は配慮しておいた方が良かったか。

「どれぐらいの日数を予定している？」

「遺跡までの移動に二日。調査に半日から一日。ライアードまで三日。屋敷の制圧に半日から一日を予定しております」

「お前の実家はそこまで手強《てごわ》いのか?」

「ライアードは規模は小さいですが騎士団を保有しているので、同胞を増やして戦力の拡充を図るべきと考えています。その為、準備期間を含めての日数です」

なるほど。味方を増やす時間込みでの計算か。

「その騎士団は実力者揃いなのか?」

「『狩人』の基準で考えるなら搦《から》め手抜きなら少し上といったところでしょう。個別に対処する場合、ロートフェルト様が負ける事はあり得ませんが、複数だと苦戦する可能性は高いかと」

あいつらは暗殺が本領だから戦闘がメインの騎士と比べるとどうしても見劣りするのは分かる。

「これでもそれなりに時間と資産を投じて育成を行ったのですが、本気で騎士として身を立てるのであればグノーシスへ流れるので良い人材が集まり難い事もあり、聖騎士と比べるとどうしても見劣りしてしまいます……」

……グノーシスか。

グノーシス教団という世界最大の宗教組織でこの国の国教に指定されているご立派な組織だ。規模が大きい事もあって金回りも良く、就職先としては理想とされている。

この辺だとあまり姿を見かけないが少し南──メドリーム領まで行くとそこそこ姿を見る事になるだろう。

教団と銘打っているだけあって神父や修道女《シスター》だけでなく聖騎士という独自の戦力を保有しており、上位になると聖殿騎士、聖堂騎士とランクが上がっていく。

特に高ランクの聖騎士──聖堂騎士クラスになると結構な高給取りらしく、生活に困る事は一切なくなるらしい。この世界は日本と違って生活が必ず保障される訳でもないので大きな組織に属して安定した生活基盤を築くのは悪い判断じゃない。

ついでに肩書だけでも結構な優越感を得られるらしく、名誉とか栄誉的なものを欲しがっている連中からも受けがいい。そんな大きすぎる競合相手がいるせいで募集をかけてもこんな田舎の領に有望な人材が集まらないようだ。

その辺をどうにかするべくライアードでは人材の育成を頑張っているとの事だがファティマの口調から上手くいっているとは言い難い。

「解決法としてはそのグノーシスを頼るのが早いのですが、ライアードの方針としてはそれはしたくないのでこうして苦労している訳ですね」

「理由に関しては理解できるな」

ファティマの頼るというのはグノーシスに金を払って聖騎士を派遣して貰う事だ。ただ、聖騎士のレンタル料は結構な額らしく、こういった辺境の場合はやたらと足元を見て吹っかけて来るらしい。

宗教組織の癖に金に汚いのはどうかとも思うが、何事にも先立つものが要るのは万国どころか世界共通なのでそこまでは気にならなかった。

どうせ関わる事もないような連中だ。精々、俺の知らない所で俺の知らない連中からいくらでも搾取してくれ。

魔法による強化と肉体改造によってブーストしている俺の身体能力は会話しながらでも結構な速度で目的地まで距離を縮めていく。

「この調子だと夜には到着しそうですね」

それを最後にファティマが静かになったので俺は移動に集中する事にした。


今の俺は特に疲労も――というか空腹以外は特に何も感じないので休む必要もなく、日が傾く頃には目的地に一番近い村へと辿り着いていた。

このまま行こうとしたのだが、ファティマが首を振ってそれを制する。

「このまま行っても問題ないとは思いますが、万が一があるかもしれません。朝になるまで休息を取りましょう」

「構わんが、悠長な事をして件《くだん》の冒険者に逃げられたりはしないのか？」

「そこは心配ありません。住民に金銭を支払って動向を監視させていましたので、何かあれば私の方へ連絡が来る手筈《てはず》になっていました」

屋敷に残しているメイドの二人だな。どうでもいいが髪が長い方がシーリで短い方がテクラという。

動きがあれば屋敷に連絡が行き、それを受けたどちらかがファティマに思念での連絡――呼び辛《づら》いので便宜上〈交信〉――と呼称した俺とその眷属《けんぞく》の間でやり取りできるテレパシーに近い異能を用いればリアルタイムで情報をやり取りできる。

ズーベルの動きは早い段階で監視されていたので、何かあればファティマの耳に入るようにはなっていたようだ。

結局、どう転んでもあいつは手の平で転がされる運命だった訳だ。仮に俺が居なかったとしても何かしら理由を付けてオラトリアムを取り上げられていたのは目に見えていた。

「調べたところ、少し前に村に立ち寄ったのは確認できました。その後、戻ってきたといった報告は入っていないので、取り逃がす可能性は低いかと」

「帰りに村を経由しない可能性は？」

「なくはありませんが、次の村まで距離があります。調査を終えて疲労が溜《た》まっている状態でそんな判断を取るとは考え難いと思います」

特に狙われている自覚もない以上は首尾よく行けば戻って来るか。

「連中が消えてどれぐらい経過したかは分かるか?」

「二日です。随分と食料を買い込んでいたようなので三~五日ぐらいの日程で考えていたようですね」

「それを見越しての移動日数か」

「はい、最大限上手くいった場合、到着した頃に鉢合わせるぐらいで調整していました」

つまり到着と同時に滞在しているであろう連中を捕まえて成果だけ奪おうと企んでいた訳だ。まぁ、それも俺が前倒ししたお陰でなしになったが。

「冒険者達が何かしらの問題に遭遇して全滅する可能性もありますので、早く到着するのは悪い事ではありません」

「――話は分かった。夜は視界が利き辛い。朝を待って森を調べるとしよう」

「はい。時間に余裕もありますし何でしたら私を――」

ファティマが何か言っていたが無視して村へと足を踏み入れた。

根回しのいい事に予定よりも早かったにもかかわらず部屋は押さえてあり、村で一番マシな宿の一室を借りて食事をとる。

済んだ頃にはすっかり日が暮れていた。やる事もないので空いた時間でちょっとした訓練だ。

ファティマは興味があるのかじっとこちらを見つめていた。邪魔をしないのなら問題ないので特に構わず新しい魔法を試す。

脳裏に魔法陣を描き、特定の効果が出るように記述を行う。魔法は使えば使うほどに疑問が浮かぶ。面倒な手順は必要だが、簡単に言えば念じるだけで望む現象を引き起こせるのだ。

こんな技術がどうやって確立するに至ったのかは大いに興味がある。誰しも使ってはいるが根本的な部分を説明できない事に違和感はあった。よくよく考えれば俺も転生前は家電を使っていたが仕組みも詳しくないしそんなものか？　と自己完結してしまう。

成立した魔法は即座に効果を発揮する。俺の体がふわりと浮かび上がったのだ。

「飛行魔法ですか。存在は知っていますが消耗が激しく、あまり実用的ではないと聞いていました――」

「その認識で正しい。飛んでる間、かなりの魔力を持っていかれる。短時間使う分にはいいが、移動で長時間使うには向かないな」

名称はそのまま〈飛行《フライ》〉だ。これはこの前に仕留めたズーベルの記憶から再現した魔法で、悪魔が使っていたやつだな。

どういう訳か悪魔の方からは記憶が吸い出せなかった。どうも思考にズーベルの脳を利用していたようなので、悪魔自体の記憶が存在しないのだ。

理屈はさっぱり分からんが、ズーベルを介して使用した能力に関しては再現できそうだったので収穫はあった。

〈飛行〉ともう一つ。対象を乾燥――というよりは風化とでも言えばいいのか？　俺の下半身を砂に変えてくれた攻撃の正体だ。

名称は〈枯死《ドライ・デス》〉とした。攻撃手段としては優秀だが、接触しないと効果が出ない事と効果が出るのに時間がかかるので接触前の時点で発動しておく必要があるのも評価を下げる要因だった。

加えて〈飛行〉と同様に消耗が激しいので最終的には「微妙」といった感想に落ち着いた。悪魔の打撃に常にこの効果が乗っていたのは常時使用していたからだ。

つまりは放っておけば勝手に自滅した訳だな。仕留めた後で知るとあまり嬉しくない情報だなと思いながらどういう場面で使えるのだろうかと首を捻《ひね》る。

「武器に効果を乗せる事はできないのですか？」

「いや、駄目だな。武器が砂になる」

「素手でなければ使用できないのは難しいですね。そもそも大抵の生き物はここまでしなくても死ぬので威力としても過剰かと」

ファティマは〈火球《ファイア・ボール》〉で充分なのでは？　とまったくもってその通りの評価を口にした。実際、〈火球〉でも人間を始末するには充分な威力を発揮する上、上位互換の〈爆発〉

があるからな。

そうこうしている内に夜もだいぶ更けてきた。俺もそうだが、ファティマの体も洗脳した際に少し弄《いじ》っており、根もそれなりの量を分けているので睡眠をとらなくても問題ないようだ。

実質的に俺の下位互換のような体質になっており〈交信〉を用いれば、情報のやり取りも容易だ。ファティマも俺の真似をして〈飛行〉で体を宙に浮かび上がらせる。

このように〈飛行〉のような複雑な構築法の情報も正確にやり取りできるので、どんな馬鹿でも齟齬《そご》もなく、確実に意思疎通ができるのだ。

ファティマはたまに謎の行動を取る事以外は非常に優秀なので、意見を聞くには有用な相手だった。特に魔法関係の立ち回りは参考になる点が多い。

彼女から知識を吸い出してるので、自分も知識量自体は同じなのだが、この辺は素の発想力の差だな。

……俺は自分の切れ端に発想力で劣っているのか？

不意にそんな事を考えたが、事実だし仕方がないなと流す。予定ではこのまま雑談しつつ夜明けを待って行動するつもりだったのだが——

——唐突に外で起こった騒ぎに変更せざるを得なくなってしまった。

酔っ払いの喧嘩《けんか》程度なら勝手にやってろ、と流すがこればかりは無視できなかった。

建物が崩れたらしい轟音《ごうおん》と悲鳴。次いで魔物のものと思われるガラスを引っかいたような耳障りな鳴き声。

「この辺りにあんなやかましい魔物が生息していたとは初耳だな」

「奇遇ですね。私の記憶にもありません」

ファティマもこれは想定していなかったのか僅《わず》かに眉を顰《ひそ》める。

「何が起こっているのか知らんが取りあえず見に行くか」

「分かりました。私は上から村の様子を確認したいのですが構いませんか？」

「好きにしろ」

ファティマは小さく頷くと〈飛行〉を使用して窓から外へ。俺は続く形で窓から外へ飛び降りる。

騒ぎの元は探すまでもなく見つかった。なにせ村の真ん中で暴れまわっているのだから見逃せというのが無理な話だ。

全長は十メートル前後とかなりの大型で、体表は甲殻のようなものに覆われている。形状は線虫――要はワームだ。

転生直後といい、つくづくこの手の形状の生き物に縁があるな。それにしてももと内心で首を捻る。

似たようなのをどこかで見たようなと記憶を探ると、少しの間を置いて答えが出た。あれだＵＭＡ《未確認生物》のモンゴリアン・デスワームに似てる。

モンゴルに生息しているとされる生き物なのでそういった名称だったような――まぁ、細かいところはどうでもいい。似てるしデスワームでいいか。

そんなどうでもいい事を考えている間にデスワームは村の住民を襲い、次々と捕食していた。魔法で応戦していた村人が上半身を齧《かじ》り取られて即死。

丸呑《の》みにせずにいちいち齧り取っている辺りに殺意を感じるな。別に何か確信があった訳ではない。

腹を空《す》かせて来たにしては喰《く》い方が雑だったので、殺す事が目的に見えるのだ。

(で？　上から見て何か分かったか？)

(数は一体。ロートフェルト様の見立て通り、目的は住民の殺傷で間違いないかと)

〈交信〉によりファティマへ思念を送ると返事は即座だ。

背の高い建物の上から街の様子を観察した結果、デスワームの行動傾向は大雑把だが見えてきた。逃げる村人を優先的に狙い、抵抗する相手は無視こそしないが移動のついで潰すような形で処理している。

〈どうされますか？　人間の殺傷を目的としているのならこのまま放置すれば獲物を求めて南下すると思われますので、オラトリアムから出る事になればメドリーム領に常駐している戦力が片付けると思います〉

要は面倒なら放置してもいいって事か。まぁ、一応領民ではあるが赤の他人だし何人死のうが知った事ではないので、放置しても構わない。

……と言いたいところではあるが、このタイミングで現れた以上は例の遺跡と無関係と考えるのは無理がある。

仕留めて情報を引き出したいので放置はなしだな。

〈いや、仕留める。例の遺跡との関係があるのかもはっきりさせたい〉

〈援護します。どうか油断されないように〉

俺は剣を抜きながら駆け出す。デスワームは住民が逃げ込んだ家屋に巻き付いて押し潰しているところだった。とぐろを巻いている状態なので狙いやすい。

まずは剣が効くかだな。力任せに叩きつけるが金属音と共に剣が半ばで折れた。一応、甲殻の継ぎ目らしき所を狙ったんだが駄目そうだ。

俺に気が付いたデスワームが頭部をこちらに向けてきたので折れた剣を投げ捨て〈火球〉を叩き込む。小さな爆発が発生したが、意に介さずに喰らいつこうと口を開けながら突っ込んでくる。

しつこく頭を狙って〈火球〉を連射。口に入るように意識したが、こちらも効果なし。随分と頑丈だな。

引き付けたところを跳躍してその頭に飛び乗る。ちょうどこの手の奴《やつ》に効きそうな攻撃手段を身に付けたところだ、お前で試してやろう。

デスワームは俺を振り落とそうと頭を強く振ったので、飛び降りてその甲殻に接触し〈枯死〉を喰らわせる。俺の手は頑丈な甲殻を即座に風化させ、ズブリと沈み込む。

内部に触れた所為《せい》かデスワームが苦痛に身をくねらせ、大きく仰《の》け反るように頭を動かす。そのまま俺に叩きつけるつもりのようだったが巨大な氷の塊がその頭部に叩きつけられて大きく頭部が揺れる。

飛んで来た方を一瞥するとファティマが短杖をデスワームへ向けて新しい魔法――巨大な水塊を生み出していた。意図を察した俺は巻き込まれない位置まで大きく下がる。

同時に発射、命中した水塊はダメージこそ与えられていないがデスワームの全身を水浸しにする。ファティマが軽い動作で短杖を振るとデスワームの全身を濡らしている水が瞬く間に凍り付く。

人間なら即死するような状態だが、魔物相手には効果は薄い。動きこそ鈍ったが死に至る事はなさそうだ。

だが、俺にとってはそれで充分だった。頭の少し下の部分を狙い、抜き手に〈枯死〉を纏《まと》わせて突きこむ。若干の抵抗を突き破って俺の腕が体内へと潜り込み、接触したものを風化させる効果は内部で一気に広がる。

デスワームは断末魔のような悲鳴を上げていたが風化に耐え切れず首が千切れ落ちた事で途切れた。よし、仕留め——手応えを感じたのもつかの間、首が千切れるとは思っていなかった俺は落ちてきた頭に潰される事となった。

最後の最後で少し失敗して胴体が潰れて平らになったが軽傷なので些細《ささい》な問題だ。

住民への説明や説得などの面倒な処理の全てをファティマに押し付けた俺は仕留めたデスワームの死骸を調べていた。

脳はあったので記憶や知識など、多少の情報は抜けるだろうと期待したのだが、思ったほど中身は入っていないようだ。

第一に知能が低いので認識の類いが非常に曖昧《あいまい》である事。最初の見立て通り、人間の殺傷を命じられてはいたが具体的に誰に命じられたのかが分からない。

自身を支配している上位個体からの命令としか認識していないので、重要な部分がはっきりしないのだ。

それとも一点。こいつは眼球やそれに類する器官がないので、物体を視認できないのだ。熱源や音で外界を認識するのでサーモグラフィみたいな映像しか入っていない。

収穫としては体を覆う外殻と感覚器官ぐらいか。試しに自分の体内に作ってみると中々に便利だ。感覚が拡張され、世界が違った形で見えるのはそれなりに新鮮な気持ちにはなれたがそれだけだった。

外殻に関しては体を覆えば下手な防具よりも頑丈ではあるが、そこらの魔法や剣などを防ぎたいならそこそこの厚さが要るので最大限に性能を発揮するには人間離れした形状にならざるを得ない。

その為、普段使いには向かなかった。皮膚の下に薄く張ればそこらのチンピラの打撃ぐらいなら楽に防げるので肉体の性能向上にはなるか。

大した情報はなかったが、まったくの皆無ではない。どの辺りから来たのかは分かる。

(結論から言うとさっきのワームは例の遺跡から来たようだな)

(森へ入った冒険者が戻って来ていない事を考えると大方、何か余計な事をして魔物を刺激したといったところですか)

デスワームの頭部を根で完全に捕食した後〈交信〉でファティマと簡単な情報交換を済ませて外へ。空を見上げると夜明けには少し早いが、太陽が昇りつつあった。

村も結構な騒ぎになっている上、仕留めたところを見られているので話しかけられても面倒だ。

(村の住民には冒険者と名乗っておきました。村の後始末に関しては屋敷の方に連絡を入れておいたので数日後には人が来るでしょう)

(分かった。場所もはっきりした以上、さっさと行くとしよう)

冒険者の死亡もほぼ確定したので遺跡を調べればここでの用事はほぼ終わりだ。蓋を開けてみないと分からんがアレはデスワームの巣って事でいいのか?

仮にそうだったとしても奇妙な点が残るが——まぁ、面倒なら巣ごと焼いてしまえばいい。害虫であるなら駆除すれば万事解決だ。

(調査の方針には異論はありませんが調べた結果、私達だけで手に負えないのなら然《しか》るべきところに通報して戦力を調達するべきと愚考します)

(そうだな。では手に負えなさそうなら逃げて後の処理はお前に任せる)

(お任せください)

そんな会話をしていると村の出口とそこで待っているファティマの姿が見える。

「行くか」

そう呟くとファティマを荷物のように肩に担ぐ。

「あの、もう少し運び方はどうにかなりませんか?」

「ならない。この持ち方ならいざ何かあった時にすぐ両手が空くから都合がいい」

「……そうですか。そうですね……」

小さく肩を落としたファティマを無視して俺は森へと駆け出した。デスワームの記憶のおかげで鮮明に分かる目的地は、地図を見て探す手間がなくなるので助かる。

森へ入ってもスピードを落とさずに走る。途中に人が通ったような痕跡——切り払われた草や枝があったので目的地が近い事が分かった。

冒険者が切り拓《ひら》いたであろう道を辿って目的地へ。

……ここか。

少し開けた所へ出たと同時にそれが目の前で口を開けていた。年月が経過している所為か表面は苔や草木に覆われているものの、深い森の中で異物感を出している扉。

入り口が斜めに傾いている事とデスワームから得た知識から内部は地下に広がっている事は入らずとも分かっている。

スムーズに到着した事もあって休憩を挟まずにファティマを担いだまま中へと侵入する。中は真っ暗だったのでファティマが魔法で光の球を作って光源とした。

特に分かれ道もない一本道を進む。

「妙ですね」

ファティマがそう呟くので何だと僅かに振り返る。

「ロートフェルト様の得た情報からここは魔物の巣である可能性が極めて高い。ならこの通路は何なのでしょうか?」

「確かに。明らかに人間大のサイズの生き物が通る事を想定していると思われる造りだな」

デスワームの巣と言うなら連中が住み着くのに適した構造をしていないとおかしい。

「やはり迷宮という事か?」

「その可能性も低いかと。迷宮の魔物は基本的に外には出ません。何故なら迷宮はそこだけで環境が完結しているからと聞きます」

「あぁ、つまりは外に出なくても食うに困らないから出る必要がないと」

「はい、付け加えるなら今回、襲撃した魔物の目的は人間の殺傷。動機は単純に考えるなら報復の類いでしょう」

「冒険者が勝手にテリトリーに入ってきたのでその報復として村を襲ったと?」

ファティマが無言で頷く。なるほど。納得のできる理由ではあるが、裏を返すと報復を考える程度の知能がある存在が居る事になるな。

「――ですので、危険を感じれば深追いはせずに撤退を。最悪、私を囮《おとり》にお使いください」

「分かった。いざとなったらお前が喰われている間に逃げるとしよう」

話していると突き当たりに階段が見えたのでそのまま下りる。デスワームを模倣した感覚器官は優秀ではあったが壁や地面越しだと精度が落ちるようだ。とはいえ、今のところ俺の感知範囲には何もいない。

階段を下りて真っ直《す》ぐの通路を進むと広い空間に出る。ファティマが空間全体を見渡せるように光量を上げると全貌が明らかになった。

等間隔であちこちに巨大な穴が開いている。初見なら困惑するだろうがデスワームを見た後なのでこれがなにであるのか容易に想像がつく。

恐らくだがここから連中が出てくるのだろう。ファティマが視線を落としたのを見て俺も下に視線を向けると渇いた血溜まりや血痕があった。

「恐らく冒険者はここで全滅したようですね」

だろうな。ここは来客を出迎える場所なのだろう。今になって壁の向こう——正確には穴の向こうから無数の気配。

数は十、いや三十は居るな。一斉に来られると少し厳しいか。そんな事を考えていると奥の通路から何かが近寄ってくる。音の感じから随分と小型だがデスワームだという事が分かった。

予想を裏切らずに現れたのは小型のデスワームだった。小型のデスワームは俺達から少し離れた位置で停止。

先制で仕掛けてもよかったが、この部屋を囲んでいる連中が動かなかった事が気になり、出方を見る意味でこちらも動かない。

『ここは我々が管理する墓所です。どういったご用件でしょうか？』

驚いた。何かをしてくるだろうと想定はしていたがいきなり喋《しゃべ》るとは思わなかった。それも面白い事にこの世界の言語ではなく、転生前に慣れ親しんだ日本語だ。

『ここは我々が管理する墓所です。どういったご用件でしょうか?』

デスワームは再度質問を繰り返す。今度はゴブリンなどが使用する亜人種の言語だ。

『ここは我々が管理する墓所です。どういったご用件でしょうか?』

三度目、今度はエルフ語。マルチリンガルとは随分と芸達者な魔物だな。エルフ、亜人種の言語はどうでもいいが日本語を扱えるのはどういう事だ?

それは脇に置くとしてもこいつの言っている言葉の意味が気になった。墓所? ここは誰かの墓なのか?

いや、日本語を扱える事を考えると俺の同類であろう転生者が絡んでいるのは明らかだ。俺以外に転生してこの世界に来た奴がいる事に関しては驚きはない。

はっきり言って前世の俺は正真正銘の無能のクズなので、フィクションでお馴染《なじ》みの「選ばれし者」であるなんて事はあり得ないと思っている。

理屈は分からんが俺はなんかの偶然で条件を満たしてこの世界に落ちて来ただけだ。なら、俺と同じ手順を踏んで同じように来た奴が居てもなんの不思議もない。

目の前の個体は色々と知っていそうだ。場合によっては仕留めて記憶を奪う必要があるな。ファティマが小さく肩を叩く。あぁ、そうだったな。

『俺達はこの周辺の土地を管理している者だ。最近、ここの存在を知って調査に来た。――ところで会話は日本語でいいのか？』

何だったら他の言語でも構わないと残りの言語でそう伝えるとデスワームは少しだけ驚いたように仰け反った。

メインで話すのは俺だが、内容に関しては〈交信〉でファティマが言葉を選んでいるので、腹の探り合いになった場合は任せるつもりだった。

『この言語でも構いません。ニホン語が扱えるという事は我が主《あるじ》と同郷の方ですか？』

『似たようなものだ。それで？　ここは墓所らしいが誰の墓だ？』

『我等《われら》が主にして創造主。コトウ・ヒロノリ様の眠る墓所となります』

古藤宏典《ことうひろのり》。

それがこいつらを生み出した転生者の名前らしい。明らかに日本人だ。

俺と同じ仕様なら魔物を生み出す事は面倒ではあるがそう難しくないだろう。実際、やろうと思えば俺にもできる。

ただ、いくつか問題はあるが俺よりも随分前にこの世界に来ていたようだし、何かしらの手段でクリアしたといったところか。

会話が通じる事と敵意がない事を見せたのが良かったのか、小型のデスワームは付いて来いと奥へ向かう。

特に断る理由もない上、色々と興味深い話を聞けそうだったのでそのまま付いて行く。

ファティマは俺の肩から降りて隣へ。

感知範囲にいるデスワームは警戒を解いていないのか壁穴に移動している。傍《はた》から見れば何もないが実質包囲されている状態だ。

ホールを出たところでデスワームが事情を話し始めた。

デスワームは古藤から生み出されたその眷属で、小型個体はその際に生まれた最初の個体のようだ。戦闘能力が低い代わりに知能が異様に高く、同胞を操れる能力を持っている。

これだけの戦力を保有している転生者が何故死んだのか？　単に寿命が来たというのであれば納得はできるが考え難い。

俺自身、自分でも理解できない体質が寿命で死ぬのかが非常に怪しいからだ。

……明らかに普通じゃないしな。

デスワームが誕生したのは古藤が転生してそれなりに時間が経過した後だった為、細かい経緯や何をしてきたのかは不明な点が多い。

その時点の目的は元の世界への帰還だったそうだ。旅の道連れには幼いゴブリンとエルフ。

どうも旅の途中で拾った後、息子として引き取ったらしい。古藤は二人の息子の事を随分と可愛《かわい》がっており、その息子もかなり懐いていたようだ。

こいつを生み出したのも戦闘目的というよりは旅の仲間——息子の話し相手といった意味合いが強い。情操教育の一環と言ったところか?

三人と一匹は組み合わせもあって人目を避けながらも順調に旅を続けていた。そんなある日に決定的な変化が起こる。

謎の一団が古藤に自分達と一緒に来いと誘いをかけて来たのだ。

……謎の一団?

聞いた限りだと、その連中は転生者に随分とご執心のようでかなり熱烈な勧誘だったそうだ。転生者の喜びそうな餌をチラつかせるといった事もやったらしい。

具体的には、古藤を賓客《ひんきゃく》として持て成し。その異形《いぎょう》から人の姿へ戻したのち、優先して元の世界へ帰還させるといったような有り得ないほど好条件だらけの話だった。それを聞いて内心で首を傾げる。人間の姿に戻す? 人間に戻すではなく?

「はい、テンセイシャと呼称される者達は異形の姿をしているので人間社会で生きていくのが非常に困難と聞きます」

デスワームには視覚がないのでその辺は理解できていないようだったが、俺の経験を踏まえると奇妙な話だ。

俺と同じ仕様なら見た目ならどうにでもなるだろうに。その古藤って奴は俺と違って体を弄れなかったのか？

可能性としては寄生先が人間ではなかった結果、何らかの問題が起こった？　俺もロートフェルトの死体を手に入れたのはかなりの偶然が重なった結果だ。

他に転生した連中の近くに都合よく死体が落ちているなんて事はないだろう。だからといってここまで差が出るものなのか？

疑問は多いが最終的な判断は話を聞き終えてからにするべきだな。

ともあれ、その古藤に誘いをかけて来た連中は食いつきそうな餌を用意はしたのだが、彼はそれに乗らなかった。

理由は二人の息子の存在だ。連れて行くのは古藤だけで、他には用がないといった態度であった事とゴブリンとエルフに対して価値を見いだしていなかった事。

連れてはいけない時点で断るつもりだったようだが、後で処分される懸念もあったようだ。そしてその考えは正しく、断ったその夜に襲撃されたらしい。

目的は古藤の拉致。付いて来ないなら力尽《ちからず》くとはとんでもない連中だな。

当然ながら古藤は抵抗した。どうにかその場は切り抜けたがその日を境に謎の追跡者集団からの逃亡生活が始まる。

追っ手は執拗《しつよう》に追いかけてきた。そのせいで古藤は段々と追い詰められ、最終的にはこの近辺で逃げ切れない事を悟ったようだ。彼が取った行動は息子二人をティアドラス山脈へと逃がし、追跡者と戦う事だった。

息子二人――特にゴブリンの方は随分と泣いていたが、逃がす事には成功したらしい。古藤は追跡者連中を「転生者を利用しようと企む悪党」と評し、最後の戦いに臨んだのだ。

ここに居るデスワーム達はその戦いに生き残った個体だったようだ。墓がある事から分かる通り、古藤は敗北しその場で力尽きた。

襲って来た連中に関しては視力がないデスワームでは特徴なども分からず、はっきりしているのは魔法の類いを多用した程度だ。加えて保護している集団の遣いとしか名乗らなかったのでどんな組織に属しているのかも不明。

古藤を仕留めた連中は満足したのか生き残ったデスワームを放置して引き揚げて行ったらしい。その後、デスワーム達は亡き主の墓を建て、その墓守となった。

冒険者連中は墓荒らしと認識されたようで消された。また、日本語、亜人種語、エルフ語のどれかが使えないとほぼ無条件で攻撃されるので、扱えた俺は運が良かったようだ。

この三つの言語を扱えるなら古藤本人か息子の縁者の可能性があるので話を聞いてからの対応になる。


「事情はよく分かった。外を襲ったのは墓荒らしの報復で、これ以上踏み込む様な真似をしなければそちらから人里を襲うようなことはしないと?」

「はい。我々の目的はこの墓所の保全と、いつか来るかもしれない主の息子達を迎え入れる事です」

だったらこの近辺を立ち入り禁止にすれば丸く収まるな。ファティマに視線をやると小さく頷く。

問題なさそうだし、デスワームを一匹喰った事でこいつらへの興味も失いつつあった。デスワームの話の真偽に関しては疑っていない。

日本語を扱えている事もそうだが、墓を建てている時点で日本の文化に関しての知識がある事が分かるからだ。この世界には埋葬の概念はない。

何故なら死体は放置すれば勝手に消えるからだ。悼む事ぐらいはするかもしれないが、どうせ消えると死体はあまり顧みられない。

その為かこの世界の死生観は死んだら何も残らないというのが割と一般的だ。つまりはこうやって墓を建てる手間をかけている時点で少なくとも転生者と深い関わりがあった事は疑いようがない。

話している内に最深部に到着した。さっきのホールよりやや広いぐらいの場所で、中央に巨大な石柱。これが墓標なのだろう。

それ以外は本当に何もない。俺としては話を聞いた時点でどうでもよくなったのでお互いに知らない顔をしましょうと約束だけして帰ればいいと考えていた。

正直、こいつらを仕留める事になんのメリットもなく、放置してもまったく問題がないからな。

「話は分かった。こちらとしては穏便に済ませたいがそれで構わないか?」

「具体的には?」

「この近辺の森に立ち入り禁止の触れを出す。代わりにそっちも人里を襲撃しない」

「無視して侵入した者は?」

「完全に防ぐのは無理だ。悪いが今回と同じやり方で処理してくれ、その代わりに後の処理——討伐や捜索をしようとするのは可能な限り阻止する」

入るなと言っても無視して入る馬鹿が湧くのは防ぎようがない。人を置くというのも手だろうが今のオラトリアムにそんな余計な人件費を使う余裕はなく、場合によっては逆効果になる可能性もある。

人を置く程に重要な場所なら何かあるのではないか、と。

……まぁ、この辺はファティマの意見ではあるが。

デスワームは俺の提案に納得したのか「分かりました」と答えた。話が決まったのならここには用事はない。

俺はファティマを伴って踵《きびす》を返す。転生者関係の話は面白かったので収穫はあったなと思考を次の予定にシフトさせようとしたが、デスワームに呼び止められる。

「ひとつだけ、よろしいでしょうか」

何だ。まだ何かあるのか？　もう俺の方に用事はないぞ。

「もしも主の息子に出会う事があれば、ここの事を伝えて欲しいのです」

……まぁ、それぐらいなら構わないか。

どうせティアドラス山脈に行く予定はないから、約束しても履行する必要はなさそうだ。そもそも生きているかも怪しいので尚更だ。

「分かった。会う事があったら伝えよう。で？　息子二人の名前は？」

「ゴブリンがアブドーラ。エルフがリクハルドといいます」

今度こそ用事がなくなったので、デスワームに見送られて俺とファティマは墓所を後にした。


「――どう思う？」

「概ね同意見です。嘘を吐く理由も必要もないので信用しても良いかと。内容に関しても興味深いとは思いますが、容姿などの重要な情報が抜けた状態では判断に迷います。ですが、転生者を集めている組織が存在する事を知れたのは収穫でしょう」

墓所を後にした俺とファティマはデスワームから得た情報について話していた。移動するのでファティマは俺の肩に担がれている。

移動ルートとしてはこのまま西に向かってライアードに入るつもりではあったが、未開拓の土地は魔物も多いので、無理に突っ切ろうとすると逆に時間のロスになりかねない為一度森を出てから迂回《うかい》して西へ向かう。

今後はデスワームは近寄らなければ問題ないと分かった。話を付けるだけで終わったのは楽でいいが、自分の将来に面倒な問題の可能性も浮上したのは痛し痒《かゆ》しだ。

「問題は、その転生者を集めているであろう連中がどうやって見分けを付けているかだな。見た目だけなら人間の範疇《はんちゅう》を逸脱させていないつもりだが……」

「情報が少なすぎるので私も何とも言えません。魔物の話では転生者の異形は人間社会に溶け込むのが難しいとの事でしたので、もしかしたらロートフェルト様のように人間の形態を取れる個体は珍しいのかもしれません」

「逆に古藤って奴がその手の変異が下手糞だっただけの可能性は？」

「なくはありませんがこればかりはロートフェルト様以外の転生者を見ないと判断できません」

……だろうな。

旅をしていればそのうち出くわすかもしれんな。その時にでも判断するとしよう。

これ以上はどうにもならない話を切り上げ、話題を目的地へと移行する。これから向かう先はファティマの生まれ育った故郷。ライアード領の中心、領主の住まいがある街――名称をソンジュという。

オラトリアムでは田舎の田畑のはずれに屋敷がぽつんとひとつあるのに比べ、規模の違いは一目瞭然だ。なにせ村ではなく街だからな。

人口は千数百で割と大きい部類に入る。治安維持の為の騎士団も保有しているので治安も悪くない。田舎にしてはといった但《ただ》し書きは付くが。

「で？　ソンジュの街に着いてどうする？　屋敷に踏み込んで皆殺しにすればいいのか？」

ファティマがいれば屋敷に入るところまではどうにでもなる。後は領主一家を皆殺しにすればいい。両親と妹だったたか。

三人消せば済むなら楽な話だ。ロートフェルトの記憶で判断してもファティマの両親の戦闘能力はそこまで高くない。妹に至ってはまだ子供なので逃げられさえしなければなんの問題もないだろう。

今回に関してはファティマがライアードを乗っ取る為に必要な過程なので、時間をかけずに手早くする必要がある。

「そうですね。毒で暗殺して適当な犯人を仕立てるつもりでしたが、ロートフェルト様のお陰で時間に余裕もできた事ですし、少し時間をかけて仕込むとしましょう」

俺としては後腐れがなくなって気楽な旅ができるならなんでもいい。楽しげに話し始めたファティマの考えに黙って耳を傾けた。

ライアード領領主アルセンミ・ニコデルス・ライアードは部下から上がってきた報告書に一通り目を通した後、小さく息を吐いた。

外を見ると雲の所為で月光が遮られ、外の景色がほとんど見えない。

もう遅い時間だが、彼は精力的に仕事をこなしていた。何故ならこれから忙しくなる為、片付けられる仕事は今の内に減らしておきたいと考えていたからだ。

忙しくなる理由は隣のオラトリアムにある。近い将来、あの地はライアードの物となる。それまで管理に力を割く必要があるからだ。

前領主が死に現領主のロートフェルトも死んだと聞いている。後釜に筆頭使用人のズーベルが収まる事にはなるが、実質はライアードの傀儡としての領主となるだろう。

ズーベルは領主になる為に随分と危ない橋を渡り、方々に借りを作って計画を成立させた。成功させた事、その一点においてアルセンミはズーベルの事を評価している。

世の中、口では誇大妄想を語るが実行できずに終わる人間を何人も見て来たので実行に移した上で成功させる人間は評価に値すると考えているからだ。

だが、それ以外は最低だと断じる。使用人の分際で主に歯向かい、その地位を簒奪《さんだつ》しようとは仕える者としてあるまじき行いだ。

加えて計画を実行するに当たって協力者やその周辺に情報を垂れ流した事も大きなマイナス要因となる。ここまでやってしまえば察しの良い者は早い段階でこの一件の裏を想像できてしまう。

そしてその事情を知った人間全員に脅迫させる材料を与えてしまっている点は愚かとしか言いようがない。

実行役として使った「狩人」なる組織も、今後も利用しようと考えていたのだろうが、やった事の重要性を考えれば口封じが最も賢い手段だ。

そこに考えが至らない時点でアルセンミにとってズーベルという男はどうしようもない無能だった。

――彼にとっては都合のいい話ではあったが。

情報が漏れている以上、知っている人間からすれば恰好《かっこう》の脅迫材料なのだ。アルセンミは自己利益の為にこの先、永遠にズーベルを脅迫し続け、口止め料としてオラトリアムが得る利益を掠《かす》め取るつもりだった。

元々、ファティマを嫁がせて実権を得てから乗っ取るつもりではあったので、過程が違うだけで結果は変わらない。精々、年単位の予定が前倒された程度の認識だった。

オラトリアムの前領主はアルセンミにとっては友人であったが、あの人の良さはには辟《へき》易《えき》している部分もあり、息子のロートフェルトに至っては父親の欠点を色濃く受け継いでいると一目で理解し早々に見切りを付けていた。

ロートフェルトが庶民の家に生まれたのであれば善良な人間として愛されただろう。だが、彼の生まれたのは領主家だ。

領主は領を預かる存在であり、領民に対して絶対的な権利を保有する代わりに彼らの生活を保障する責任がある。それを果たせないような人間——己の立場どころか身も守れない者には務まる訳がない。

アルセンミはロートフェルトの事を嫌っている訳ではないが、付き合うに値しない——手を組むには役不足と思っているので殺される事を知っても一切、助ける気はなく、寧ろ排除する事に協力したぐらいだ。

善意は甘い腐敗だ。少々ならば許容できるが、度が過ぎた腐敗は自身だけでなく周囲すらも巻き込む。

万が一、ロートフェルトが何らかの大きな失態を犯せばそれは妻であるファティマの身に降りかかり、ファティマに何かが起これればライアードにまで累《るい》が及ぶかもしれない。

植物の剪定《せんてい》と同じだ。余計な枝葉は切り落としてライアードという樹木を美しく保つ。

それこそがライアード領の領主としてアルセンミにできる最善だった。

——が、懸念がない訳ではなかった。

娘であるファティマの存在だ。アルセンミはふむと考える。アレは優秀な娘だ。幼い頃からその気配はあったが、それ故に周囲を見下す傾向にある。

性格や態度に少々の問題がある事自体は構わないのだが、妹や母親にまでそんな視線を向けているのを見れば父親として気にはなった。

ファティマを次期領主に据える決定は覆らないが、その本質を知っているアルセンミとしては本当に良いのだろうかと思ってしまうのだ。

個人である前に領主であれとは思っているアルセンミではあったが、人間を人間として見られないような危険な思想は持ち合わせていない。冷徹な判断を下せる男ではあるが、その内には真っ当な倫理観が存在する。

そんなアルセンミの倫理観が娘の存在に抵抗を示すのだ。いや、言い変えよう。彼は恐れているのだ。自分の娘を。

他者を——肉親すらも虫を見るような目で見る娘が怪物のように見えていた時期もあったが、ロートフェルトとの出会いが良い方向に作用したのか、ある時期を境に歳相応の振る舞いを見せるようになった。

良かったと内心で胸を撫《な》で下ろし、この時だけは彼の善性に感謝したのだが、ある日に見てしまったのだ。娘が婚約者に向けるぞっとする程の粘着質な視線を。

上気した頬を見れば恋の一つもしているのだろうと思うかもしれないが、アレはそんな生易しいものではなかった。まるで捕食者が被補食者を見つめるような粘ついた視線。

そこでアルセンミは悟った。あぁ、この娘は何一つ変わっておらず、ただ単に興味の対象が絞られる事で周囲への興味が完全に消え失《う》せ、態度を取り繕って流しているだけなのだと。

彼は娘を恐れてはいたが同時に愛してもいた。ファティマが幸せになるにはロートフェルトの存在は必ず足枷《あしかせ》になる。排除は正しい判断だった。

ファティマも計画には一枚噛《か》んでいるので納得しているかは怪しいが、理解はしているはずだ。娘は賢い、何を選択する事が自身にとっての得かの判断はできる。

そう信じるが、それでも関心のあった相手がいなくなるのだ。心には小さくない隙間ができるだろう。その点を考慮してアルセンミはファティマがオラトリアムに滞在する事を許可したのだ。

賢い娘の事だ。ロートフェルトが消えた事に理解だけではなく感情が追いつけば戻って来る事だろう。そこから先は家族一丸となってライアード領を富ませる為に頑張ればよいのだ。

思考が着地した事でアルセンミは再度小さく息を吐いて椅子から立ち上がると窓から外の景色を眺める。

「――ん？」

視線を落とすと複数の人間が屋敷の門から敷地内へと足を踏み入れていた。侵入者かと思いひやりとしたがよく見れば騎士団の者達だ。

アルセンミは妙だなと眉を顰める。この時間は警備の者を残し、他は帰宅しているはずだったが先頭には騎士団長のアランの姿も見えた。

何か問題でもあったのだろうかと思い、念の為に護身用の短杖を持って部屋を出るとそのままエントランスホールへと向かう。

普段と違う状況に嫌な予感を感じた彼は歩く足を早めようとしたが、不意に感じた気配に振り返って魔法による障壁を展開する。最も発動の早い風の盾が出現したと同時に飛んで来た氷柱がアルセンミの体を掠めた。

氷柱があちこちに突き刺さる。幸運にもすべて防げたのは、僅かに感じた気配に対して咄嗟《とっさ》に反応ができたからだ。

危機を凌《しの》ぎはしたが、屋敷内で奇襲に遭うという予想外の出来事にアルセンミの胸中には動揺が渦巻いていた。一体何者だと襲撃者を睨《にら》み、次の瞬間にはそれが驚愕《きょうがく》に変わる。

「ファティマ?」

アルセンミに魔法を撃ち込んだであろう人物は娘であるファティマだった。何故、娘がこんなことをする? それ以前に何故ここにいる?

「防がれるとは思っていませんでした。とはいえ、結果は変わりませんが」

立ち振る舞い、口調、その全てが本人だと彼の感覚が告げている。それだけに分からなかった。何故、娘がいきなり襲ってきたのかが。

ファティマは聞きなれた普段通りの口調で、既に向けていた杖に魔力を通すとさっきと同じ氷柱を無数に発生させて射出。

「ファティマ! 何故だ! どうしてこんな真似を!」

アルセンミは困惑しながらも飛んでくる氷柱を防ぎながら娘の真意を問い質《ただ》すが、ファティマは薄く笑うだけで淡々と魔法を撃ち込み続ける。

どうにかしたいところだが、状況が悪い。狭い廊下に絶えず撃ち込まれる魔法攻撃。前者によって動きが制限され、後者によって身動きが取れない。

走りながら背後に障壁を展開するのが最も合理的な手ではあるが、娘の魔法の威力は一撃一撃が非常に重く、下手に動くと集中が途切れて突破されそうだからだ。

最初の不意打ちが逸《そ》らすので精一杯だった事を考えると完全に受けに回らないと防ぎ切れない。

ファティマがいつの間にここまでの力を付けていたのかは不明だが、これだけの威力の魔法を絶え間なく放ち続けているのだ。どこかで必ず息切れを起こす。

その瞬間を狙って逃げるのだ。それにこの騒ぎを聞きつければ警備の者達が集まって来る。騎士団の支援があればファティマを取り押さえる事も可能だ。

動揺が収まったアルセンミは冷静に状況を見極め、どう娘を無力化できるかに思考を割いていたのだが——

「一線を退いた老いぼれの割には随分と頑張りますね？　ところでお父様？　私を捕えて事情を聞きたい気持ちは分かるのですが、そんな事を考えている場合ではないのではないですか？」

「何を言っている!?」

思考を見透かされた事に動揺を覚えつつも表に出さないよう強気に返すが、アルセンミの返答を聞いてファティマは心底小馬鹿にしたように嘆息。

「はぁ、仮にも私の父親なのですからもう少し面白い返答を期待したのですが、所詮《しょせん》はこの程度ですか。時間も来たみたいですしどうぞ後ろをご覧ください」

攻撃が止《や》み、ファティマの視線がアルセンミの背後へと向かう。それを辿るように振り返ると目を見開く事になった。

彼の妻と娘のメルヴィが騎士団の者に腕を捻《ねじ》り上げられて拘束されていたからだ。どういった意図でこの場に連れて来られたのかは明白だ。

人質。そしてそれを実行しているのは警備を担うはずの騎士団。娘と配下の裏切りにアルセンミの思考は処理し切れなくなりカラカラと空転する。

「ふぁ、ファティマ！　お前は自分が何をやっているか理解しているのか？」

「えぇ、理解していますよ。とは言っても、これから死ぬ貴方には関係のない話ですが」

「私を殺してどうするつもりだ！」

返答は魔法による攻撃だった。アルセンミは咄嗟に防ぐ。

それを見てファティマは嗜虐《しぎゃく》の籠《こ》もった醜悪な笑みを浮かべると「状況が分かっていないようですね」と顎で指す動作。

「やめ――」

それによる結果は即座だ。彼の妻は騎士に刎《は》ねられた。妻は今際《いまわ》の際《きわ》に何かを言い残す事さえも許されず、自身に何が起こったのかも理解できないといった表情でその首が床を転がる。

騎士は残った体をゴミか何かのように蹴り倒し、返り血を浴びないようにする。母親の死を目の当たりにしたメルヴィは悲鳴を上げかけたが、拘束している騎士に口を塞《ふさ》がれた。

ファティマは再度、短杖をアルセンミへと向ける。このままだと魔法が射出され、アルセンミは死ぬ事になるだろう。

防ぐ事は可能だ。だが、それをやるとどのような結果が待ち受けているのかはたった今、実演されたばかり。ファティマの目的は一体なんだ？

アルセンミの殺害である事は理解したが、それが何故なのかがさっぱり理解できない。利益不利益で考えるにしてもファティマにとって自身の命を奪う事が利益に繋《つな》がるとは思えない。

領主の座を狙うにしてもアルセンミが退くまで待てばいいだけの話なのに、このような暴挙を働く理由にはなり得ない。ならば魔法の類いで操られている？

魅了などの特殊な魔法や魔法道具《マジック・アイテム》を使用すれば他者を操る事は可能だが、ファティマの振る舞いの自然さを見ればその線も薄い。

いくら考えても正解には辿り着けなさそうだ。仮に辿り着いたとしてもこの状況の打開は不可能。

アルセンミにできる事は天秤《てんびん》に乗っている自身の命か娘の命かを選ぶ事だ。振り返るとメルヴィが涙に濡れた瞳でアルセンミを見つめている。

――無理だ。

幼く、愛らしい我が娘。ファティマと違って素直で純真に育った可愛い娘。

アルセンミにできる事は、自身が死ぬ事でメルヴィが開放される事を願うだけった。その思考を最後に彼の頭部は氷柱に粉砕されて弾《はじ》け飛んだ。

自分の父親の頭部を砕けたスイカのような有様に変えたファティマは小さく鼻を鳴らす。

「状況は？」

「屋敷の制圧は完了。ロートフェルト様は現在、生き残っている使用人の洗脳作業に入られています」

質問された騎士は現状を淀《よど》みなく答える。

「結構、では後でアランを捕えて地下牢へ放り込んでおきなさい。明日、領主殺害の罪で処刑します」

ファティマは作業が片付いた、と父親の執務室に入ろうとして思い出したように短杖を持ち上げる。拘束されていた騎士に突き飛ばされた妹はそのまま転倒。

「お姉さ――」

ぐしゃりとその頭が父親と同様に砕け散った。

「さようならメルヴィ。鬱陶しかったから殺せて清々しました」

ファティマはこうなる前からこの愚鈍な妹の事が嫌いだった。お姉さまお姉さまと虫のように纏わりつく点はまだ我慢できたのだが、ロートフェルトにお兄さまお兄さまと纏わりつく事だけは我慢できなかったのだ。

メルヴィ当人からすれば他意のない行動ではあったのだが、彼女がロートフェルトに近寄る度に何度も殺してやりたいと考えていたのだ。

ファティマにとってメルヴィは妹である以前に雌で、人の男に纏わりつく汚らわしい害虫にしか過ぎなかった。その為、彼女の胸にあるのはようやく駆除できてすっきりしたという爽快感だけだ。

今日、この晩にライアード家は悲劇に見舞われる。当主のアルセンミを始め、領主家の者達が惨殺されたのだ。犯人は騎士団長のアラン・モル・ディロップ。

彼は領の資金を横領して私腹を肥やしており、それが発覚して職を追われた事を逆恨《さかうら》みして今回の凶行に及んだのだ。

「まったく、そんな危険人物を騎士団長にしてしまうなんてお父様は本当に困った人でした」

ファティマは半笑いでそう呟くと、執務室に入り父親の椅子に腰を下ろす。犯人は捕えられ、処刑する事によって事件は収束。

アランは首を刎ねられる瞬間までライアード家への呪詛《じゅそ》と身勝手な事を喚《わめ》き散らす事になるので疑う者はそう現れないだろう。その後、唯一生き残ったファティマが後を継ぐ事でライアード家は続いて行く。

これでズーベルが発端で起こった事件とその残余の後始末は完了となる。短い期間ではあるが、ファティマとしてはローと旅をできた事が満足だった。

本来のファティマ・ローゼ・ライアードは既に死んでおり、この世にはいない。今の彼女はローの眷属の一つに過ぎない。

彼女自身、それは理解している。ローが頭で自分達はその細胞。逆らう事などあり得ない。だが、当人の脳を使用し、当人とまったく同じ記憶、知識を保有している以上は限りなく本物に近い別人なのだ。

ファティマはロートフェルトを愛している。歪《ゆが》んだ形ではあるが、それは確かなものだった。彼女もその残された嗜好《しこう》に従って歪んだ愛情を向けるべきなのだが、眷属としての自身の在り方がそれを許さない。

結果としてこうなる前よりもその愛情は健全なものへと変異していたのだ。これが記憶に引っ張られての愛で、元を辿ればただの錯覚に等しいのかもしれない。

それでもファティマはこの感情を愛《いと》しいと感じ、ローへと愛情を捧げ続けるだろう。

――例えそれが当人に受け入れられなかったとしても。

使用人の耳へと指を突っ込んで洗脳を施す。抵抗していた男は俺に魂を喰われると動かなくなり、残した根が馴染むとゆっくりとした動作で起き上がった。

「他は居ないか？」

「今ので最後となります」

取り押さえていた騎士に確認すると後は勝手にしろとその場を後にする。

ライアード家の乗っ取りは驚く程、スムーズに完了した。騎士団長を捕えて洗脳し、後はそいつに他の団員を一人ずつ引っ張り出させて片端から洗脳する。

人数が揃えば時間短縮の為に取り押さえて強引に洗脳して騎士団を掌握。後は警備を排除して使用人を拘束して終わりだ。

家族の始末はファティマが自分でやると言いだしたので、俺は使用人の洗脳作業に集中した。終わった頃には上も片付いたらしい。

捕らえた連中を集めた一室を出てエントランスホールへ。そこにはいつの間にかファティマが待っていた。

執務室を漁《あさ》っていたはずだが、いつの間にか下りて来たらしい。

「もう発たれるのですか?」

「あぁ、さっさとオラトリアムに戻ってハイディと合流したらそのままメドリームを目指す」

特に急ぐ旅ではないが、じっとしているのも退屈なのでさっさと向かってしまおうと考えたからだ。

準備は特に必要ない。強《し》いて挙げるなら屋敷にあった適当な鎧《よろい》と剣ぐらいか。

「お戻りはいつ頃になられますか?」

「さぁな。気が向いたらになる」

最悪、一生戻らんな。後腐れがない以上、もうオラトリアムには興味はないしファティマの好きにさせるつもりだ。

潰すなり復興させるなりは勝手にしろ。ファティマは笑みのまま頷く。

「分かりました。ロートフェルト様がお戻りになられるまでこのファティマ。この身の全てを懸けてオラトリアムを復興させてご覧に入れます」

「そうか。好きにしろ」

俺はそれだけ言って屋敷を後にした。街を出るまでは徒歩だったが、出た後は魔法で姿を消して一気に走る。

来る時に通った道をそのまま進めば安全にオラトリアムへと戻れるので道中に危険はな

い。空は夜明け前で少し明るいが星の光は瞬いたままだ。

一人で道を走るのは中々に気分がいい。何もない。誰もいない。遮るものが何もないその時間、その道程はほんの僅かに俺の気持ちを上向きにする。

感情の振れ幅がなくなった俺にはこの自由が心地よかったからだ。だが、それもさっきまで同行者という束縛があったからこその一過性のものである事も理解していた。

全ての後始末を終え、これから俺の旅が始まるが、その旅を通して俺が何を得られるのかは分からない。それでも分からないという事は良い方向に傾く可能性でもある。

俺自身、何を求めて旅に出るのかよく分かっていない。だが、行かなければならないというのは理屈じゃない部分ではっきりしていた。

早く行けばその答えが早く得られるのではないか？　そんな根拠のない考えで俺は走る足に力を込める。流れる景色を風を感じているとライアードとの領境が遠くに見えた。

オラトリアムはもうすぐだ。

第06章

PARADIGM・PARASITE

VOLUME TWO

宿屋

I have no reason to die anymore.

Why don't I travel wherever I feel like it?

All I have to do is to kill

anyone who gets in the way.

「最初の目的地はメドリーム領でいいのかい？」

隣を歩くハイディの質問にあぁ、と頷《うなず》く。あの後、オラトリアムへ戻った俺は屋敷で数日程待って、ハイディが戻りしだいそのままの出発となった。

特に問題もなく冒険者登録を済ませたようで首には黄色いプレートが揺れている。

「実を言うとオラトリアムからあんまり出た事がないからちょっと楽しみなんだ！」

「そうか」

ロートフェルトの移動した範囲で言うのなら、ライアードが主でメドリーム領には来た事がない訳ではなかったがほんの数回で中心付近には近寄っていない。

その為、新鮮な気持ちにでもなっているのだろう。

リリネットはアコサーン領から出た事がないので、脳内に残った記憶や知識だけならメドリーム領の事は知らないはずだ。

何せ魂の方は俺が喰《く》ったのでそれ以前の記憶はこっちで独占した形になるからだ。

さて、これから向かうメドリーム領はこのウルスラグナという国の北部で最も大きく栄えている領だ。国の中央との交易が盛んなのでとにかく人の出入りが多い。

北部で最大とは言ったが国内で見ても規模はかなり大きな部類に入る。広さはオラトリアムの倍以上で、人口に至っては数倍もあるだろう。

ともかく物流が盛んなだけあって人と物が大量に流れるので、探せば大抵の物は見つかると評判なのだそうだ。それだけの人間がいるのなら治安は悪いのではないかといった疑問はあるがその心配はない。

ライアードのように私設の騎士団を抱えてはいないが、代わりにグノーシスから戦力を借りているので治安に関しては完全に任せている形になる。

それもそのはずだった。メドリームの領主はグノーシスに結構な額の寄付という名のレンタル料金を支払っているので、常駐している聖騎士の数も国内では上位だ。

メドリームで犯罪を犯す事はグノーシスに喧嘩《けんか》を売る事に等しい。仮に何かした場合、グノーシスは面子《メンツ》にかけてその犯罪者を見つけ出して始末するだろう。

加えて領主の直轄地であるウィリードは中央に巨大な山があり、それが丸ごとグノーシスの拠点となっている。ウルスラグナ北部での最大拠点なので聖堂騎士が常駐しているのだ。

聖堂騎士――グノーシスの誇る最大戦力で、聖騎士の頂点。その肩書を得る為には並外れた才と努力が必要とされ、社会的なステータスとしては最高クラスといえる。

実際、名乗るだけで街のチンピラは裸足で逃げ出すらしい。それだけの効力を持った立場なので騙《かた》る輩《やから》が現れる事もあったが、実行して生き延びた奴《やつ》は居ないと聞く。

宗教組織と銘打ってはいるが、面子にはかなりこだわるようで権威を貶《おとし》めるような行為は一切許さない厳格な組織のようだ。

教義などは――今はいいか。あまり面白いものでもない。

「今のところ路銀は充分にあるけど、余裕を持っておきたいからメドリームに入ったら依頼を請けようか」

「そうだな。交易が盛んなだけあって、護衛関係の依頼は多いらしいからその辺をこなせば纏《まと》まった金額は稼げるだろう」

「滞在はどれぐらいで考えているんだい？」

「……依頼の関係でなんとも言えんが十日あれば充分だと思っている」

依頼で拘束される事にはなるだろうがめぼしい場所はそれだけの期間があれば回れるはずだ。大きな領ではあるが機能の大半がウィリードに集中している事もあってそこだけ見れば後は特に見る所はない。

「うん。いいんじゃないかな。十日って事は主に見て回るのはウィリードって事でいいんだよね」

「あぁ、食料などの補充で寄る事にはなると思うが、観光という意味で立ち寄るのはウィリードだけの予定だ」

「分かった。ウィリードは初めてだからちょっと楽しみにしてるんだ！」

楽し気なハイディにそうかとだけ答えて視線を前に戻した。

オラトリアムを抜けてメドリームへ入る。金回りの良い領だけあって街道の整備にもかなり力を入れているようで、進めば進むほどに人の往来が増えた。

露天商が品物を広げて通りすがりに物を売っている場面が目に入る。人の往来が盛んなだけあって、賊などの妙な輩が湧かないからこそだろう。

――それに

商人と話している特徴的な者達が目に入る。白を基調とした鎧《よろい》を身に纏っている者達――グノーシスの聖騎士だ。

そこらの市販品よりも高級そうな鎧は輝きを放ち、あちこちには柱に天使の羽が生えたようなデザインのエンブレム。あれがグノーシスのシンボルらしい。

入信するとあれと同じデザインの首飾りが貰《もら》えるらしい。魔力を込めると光る機能が付いているので夜間の移動に重宝するとかしないとか。

聖騎士達は一見、商人と話し込んでいるようにも見えるが最低二人は周囲へと目を配らせているので油断していない事が分かる。

「やっぱり雰囲気が違うなぁ……。ちょっとお店を見て来てもいいかな？」

「好きにしろ。ただ、長居すると置いて行く」

さっきから露店に興味があるのかチラチラ見ていたハイディがそんな事を聞いて来たのでそう返すと子供のように目を輝かせて見に行ってしまった。

俺は特に興味がなかったので歩くペースを緩めずにそのまま進む。街道は川のように人が流れているので移動速度を上げられない事もありペースはゆっくりとしたものだ。

夜間になれば人の動きも減るので少しペースを上げる事もできるが、今のところはその必要を感じないのでのんびりしてもいいだろう。

このペースだと到着までは二、三日ぐらいか。後ろを振り返ると慌てた様子のハイディが追いかけてくる姿が見えた。

「やっぱりメドリームは凄《すご》いね。珍しいものが沢山売ってたよ」

「そうか」

「うん。魔法道具はオラトリアムではあんまり出回らなかったからどれも珍しくて」

「そうか」

「特に旅で使えるような、便利な魔法道具は売れ筋がいいみたいだよ！」

「なるほど」

「短杖《たんじょう》なんだけど魔法の発動補助じゃなくて、魔力を込めると特定の魔法が出る仕組みで誰でも扱えるんだ」

「そうだな」

「個人的に面白かったのは身に着けていると疲労を抜いてくれる装飾品かな？　あれって実際の効果はどう思う？」

「……治癒系の魔法の延長だとは思うが、単に魔力を供給して疲労が抜けたと錯覚させる粗悪品も多く出回っていると聞く」

「そうなんだ。身体能力の強化系もそうだったけど、目に見えて効果を実感し辛《づら》いものってやっぱり粗悪品なのかな？」

「そこまでは知らん。だから売る連中は『効果には個人差があります』と言い訳のような文言を付けるらしいな」

「へぇ、メドリームに着いたら店の数も多いんだろうしもっと面白いものがあるかな？」

「少なくとも街中で店を構えられるぐらいの大きな商店ならある程度の品質は保証される。なにせ店の信用にかかわるからな」

露天商と違って店舗を構えている以上は逃げられない為、客足が遠のくのは死に直結する。粗悪品を掴《つか》まされる可能性は比較的ではあるが低い。

「そういえば君はウィリードに着いたらどうするんだい？　即日、ギルドに行くって訳じゃないんだろう？」

「適当に街を見て回るつもりだ」

「そっか、良かったら一緒に行く？」

「行かない。宿だけ決めて後は自由行動だ」

四六時中、金魚の糞みたいに付きまとわれても面倒だ。俺は俺で好きに見て回るからお前もそうしろ。

ハイディは特に気にしていないのか「分かった」と頷く。そうこうしている内に日が傾きだしたのでそろそろ野営の準備をする頃合いか。

野営といっても特に難しい事はしない。雨天であればもう一手間かけるが晴れている以上は火を起こして食事をとり、交代で横になって終わりだ。

治安がいいからと無警戒に横になると荷物を盗まれる可能性もあるので、そういった最低限の警戒は必要となる。まぁ、この辺は常識の範囲だな。

メドリームの夜はオラトリアムでの夜とは雰囲気が違う。周囲には俺達を同じように焚《た》き火《び》を囲んで思い思いの時間を過ごしている者達があちこちにいる。

商人は馬車や荷車を囲んで談笑しながら夜を過ごし、聖騎士は熱心な事に巡回し、距離を稼ぎたい冒険者は人のいないこの時間を利用して先を急ぐ。

俺は変化した風景に僅《わず》かな新鮮さを感じつつもぼんやりと眺め、ハイディが起きて来るまでそれを続けた。


目的地であるウィリードまでは特に問題なく辿《たど》り着けた。人の流れに乗って歩くだけなのでどうやってトラブルに遭遇しろと、という話ではあるが。

街を囲う立派な壁がはっきりと見え、門番に通行料金を支払って中へ。そこまで高額ではないが、冒険者であるなら少し値引きされる。

これは冒険者ギルドが身元を保証されている事が理由らしい。要は中で冒険者が問題を起こせばギルドに賠償請求ができるという訳だ。

商人は街から通行証を発行されているなら無料。そうでないなら有料。聖騎士は警備を担っているのでフリーパスだ。

隣でハイディが感嘆の声を漏らす。確かにオラトリアムに比べると立派なものだ。あちらは木造の建物が多かったが、こちらは大半が石造り。

工程に魔法を使用しての施工らしく見た目以上に頑丈らしい。差し当たっては冒険者ギルド、次に宿だな。

最初に冒険者ギルドへ向かうには理由がある。基本的に冒険者の情報は登録した支部でのみ取り扱うので、他の支部では冒険者として認識されない。

その為、支部のある街に着いたのならプレートを提出して登録を行って依頼の受注を可能にしておくのが各地を転々とする冒険者の基本らしい。

仮にトラブルに巻き込まれてもギルドが身元を保証してくれるので状況にもよるが一応は庇《かば》ってくれる事もあるようだ。

最後のメリットとしては万が一プレートを紛失、破損した場合も登録しておくとその支部でも再発行できるようになる。

これが中々面倒なシステムで仮に俺がアコサーン領でしか登録しておらず、プレートを紛失すると再発行もそこでしかできないのだ。

場合によっては最悪戻らなければならなくなる。その癖、多重登録は重罪なのだから面倒この上ないな。

この辺は俺も詳しくは知らないが、どうも国内にあるギルドの本部には登録した記録だけは保管されるので過去に登録したかしていないかだけは分かるのだそうだ。

それ以外の情報――依頼の達成状況などの実績関係は記録されないのでプレートは各自大事に保管する必要がある。場合によっては積み上げた苦労が水の泡になるなんて事もあり得るらしいからな。

冒険者ギルドは街の南側にあるので北から入った俺達の位置からだと真逆になる。この街の構造上、反対側に行くには真ん中に聳《そび》え立つ山を迂回《うかい》しなければならない為、移動は少し面倒だ。

この街はとにかく人が多い。下手にスピードを出せないのもそれが理由だ。俺はその山を小さく見上げた。

「うわぁ、遠くからでも見えてたけど改めてみると凄いね」

ドロローサ。それがあの山の名称だ。人によっては神の御使いが降り立つ山として神山などと呼ぶ者もいるらしい。

神山ドロローサ。ドロローサ神山。呼び方は様々だが大抵は神山かドロローサのどちらかで通る。

オラトリアム、ライアード、アコサーンと三つの領を見て来たが、このメドリームはとにかく人が多い。

下手に流されると目的地へのルートから外れてしまうので適度に人波に逆らって進む。ハイディも人の多さに困惑していたが俺の真後ろに付いて盾にする事を思いついてからは快適そうだった。そうこうしている内に街を半周して冒険者ギルドへ。

街の規模が大きければ支部の規模も大きい。中に入ってプレートの登録を行うと受付嬢がここは国内でも三指に入る規模の大きな支部なんですよと聞いてもいない事を教えてくれたので「そうか」とだけ頷《うなず》いておいた。

用事を済ませた後は壁に貼り付けてある依頼を確認する。街の中での警備関係の仕事はほとんどない。街の治安に関してはグノーシスが担っている以上、そっち方面での冒険者の需要は薄い。

反面、護衛任務の類いはかなり多かった。高額なのはメドリームの各地を回って行商を行いここに戻るような長期の依頼だな。

この場合は荷物の運搬作業も内容に盛り込まれているので、護衛と銘打ってはいるが実際は体《てい》のいい荷物持ちだ。大抵は魔物退治の類いが多いのだが、こちらもグノーシスが片付けてしまうので依頼はなし。

「うーん。やっぱり護衛関係ばっかりだね。拘束時間が長いのが多いけどこの辺にするのかい？」

「この調子ならそうなる。ただ、メドリーム一周は流石に長い」

「なら領境までのに絞る？」

「そのつもりだ」

護衛任務は各地を回るものが大半だが、中には領境までや他の街に着いた時点で契約を切れるタイプの依頼も多い。

他所《よそ》の領へ向かうついでに路銀を稼ごうといった考えの連中を狙っての依頼だな。気軽に請けられる上、別れた場所で人員の補充もできる事もあって依頼する側としても何かと都合がいいようだ。

この手の依頼しかないようなら他の領への移動を兼ねて受けるのが無難だ。次に向かう場所を何処《どこ》にするかも考える必要があるので、その辺りはこのウィリードを回った後でいいだろう。

「どうする？　滞在期間を決める意味でも事前に受けておくのもありだとは思うけど？」

「いや、そこまでする必要はない。ここを出るのに合わせて依頼を請ける」

まったくのノープランではないが、無理に固める必要もないと思っているのでこの辺はかなり緩く考えていた。

「分かった。急ぐ必要もないから予定も気楽に立てられるのは楽しいね！」

「そうか」

次は宿だな。客の入りが少ない所がいいが、街の様子を見る限りだと贅沢《ぜいたく》は言えなさそうだ。

「あ、さっき受付の人に聞いて来たんだけど高級宿なら街の中心――ドロローサの近くがいいんだってさ。設備が整っている所ならお勧めだって」

随分と話し込んでいると思ったら街について聞いていたようだ。

「それ以外は？」

「あと、冒険者はこの近くの宿をよく利用するみたい。さっきとは逆で安くて寝られればいいならこの辺だね」

「街の中心と南側の宿事情は分かったがそれ以外はどうなっているんだ？」

「大抵は商人御用達って感じだね。あ、でも北の方にある宿は止《や》めておいた方がいいって言われたなぁ」

「理由は？」

「うーん。言い難いみたいで教えてくれなかった。ちょっと気になったから後で見に行こうとは思ってたんだけど……」

どうする？　と言外に尋ねられたのでどうするかと考える。本来なら適当でいいというところだが、曰《いわ》く付きなら空《す》いているのではないかと思った。

少し迷ったが、見てから判断しても遅くはないだろう。

「分かった。俺も行こう」

ハイディは嬉しそうに「じゃあ一緒に行こう」と頷いた。

街の北側――門の近くには少なからず人通りはあったが、俺達が入ってきた辺り、それも離れた位置まで来ると寂れた印象を受ける。

どうも北側は行先が少ない所為《せい》か他に比べると利用者が少ない。イメージとして鉄道などの終点が近いのかもしれないな。

その為、反対側の南側の方に需要が集まっているのは何となくだが理解はできる。

だが、それを差し引いてもこれは――

「寂れているんじゃなくて、整理している感じなのかな?」

宿があるらしき場所は寂れているなんてレベルじゃない。街の一角がほぼ更地になっており、そこにぽつぽつと家屋と思われるものが建っていた。

その宿はすぐに見つかった。なにせ一軒だけ他よりも大きく、近寄ると「金糸亭」という名称の彫られたものと宿である事を示す看板がぶら下がっている。

軽くその建物を眺めるが特に問題があるような感じはしない。古いがしっかりとした造りは雨風を問題なく防いでくれるだろう。

「他と比べると小さいけど問題があるようには見えないね」

「少なくとも隙間風の心配はしなくて済みそうだ」

ハイディは思ってたのと違うと言いながらも「どうする?」と俺に判断を任せるつもりのようだ。

見た感じ、空いてそうだったのでここでいいだろう。正直、宿なんて雨風さえ凌《しの》げればどうでもいい。

中に入ると外観のイメージを損なわない内装と清掃が行き届いているのか清潔な印象を受けた。俺達が入ってきた事に気が付いたのか奥から小さな子供が現れた。

「こんにちは！　おきゃくさんですか？」

ここの娘らしい子供は警戒心の薄い笑顔で寄って来る。ハイディは笑みを返して目線を合わせる為に屈《かが》む。

答えようとしてこちらを一瞥《いちべつ》。周囲にはあまり人の気配がしない。間違いなく空いているだろうし、環境的にも問題はなさそうなので頷く。

「そうだよ。数日程、お世話になろうかなって思ってるんだけどお父さんかお母さんはいるかな？」

「うん。いるよー！　おかーさーん！　おきゃくさんだよー」

娘が声を上げながら奥へと戻って行くとそうかからずに宿の女将《おかみ》らしき女を連れて戻ってきた。

女将は俺達の姿に少し驚いたような表情を浮かべたが、ほんの僅かな間ですぐに笑みを見せる。視線を落とすと娘も同じような顔で笑っていた事もあってよく似ていた。

「ご宿泊という事でよろしいですか？」

「あぁ、取りあえず五日ほど部屋を借りたい」

「お食事は別料金となりますがどうされますか？」

「作り置きか？　それとも残りを分けてくれるのか？」

要は事前に用意したものを出すのか家で作った物の残りを寄越すのかという話だ。手間も減るので大抵の宿は後者が多い。

食堂などを兼ねているのなら前者が多いがここは民宿に近いので、後者かとも思ったが――

「事前にお戻りの時間を教えて頂けるのならご用意させて頂きます」

「そうか、ならそれで頼む」

俺は指定された料金にどうせ支払うだろうチップ代を上乗せして支払う。女将は反射的に多いと言おうとしていたが、俺が首を振るとありがとうございますと小さく頭を下げた。

受付が済んだ後は部屋に案内される。そこにはしっかりと清掃された部屋にここの主人らしき男がいた。

どうも受付をしている間に準備していたようだ。用事が済めば女将と主人は「ごゆっくり」と戻って行く。

「……思ってたのと違うね」

「あぁ、ここまで対応が行き届いているのに客がいない理由が理解できん」

客がいない事もあるのだろうが明らかにサービス過剰だ。大抵の宿は金を支払って部屋を指定されて鍵を受け取って終わる。

ここまできっちりと対応するのは割と珍しい部類だろう。料金も安くはないが平均を越える事はなく、サービスの質を考えれば安いぐらいだ。

まさかとは思うが客の荷物を狙う輩か？　いやと内心で否定する。娘を置いておくのは油断させる意味があったとしてもリスクが高い。

それ以前にこの街で犯罪を犯すとグノーシスが黙っていないので論外だ。どう考えてもこの宿は優良といった感想しか出ない。

「念の為に五日で切っておいたが、問題なさそうなら延長してもいい」

特に他の客がいないのがいい。

「そうだね。僕もここが気に入ったよ！」

ひとまずだがこの街に滞在する際の拠点は決まった。この後はのんびりと観光して次に行くとしよう。


宿も決まったので各自自由時間となった。ハイディは店を見て回ると言っていたので、恐らく南側へ向かったのだろう。

俺は真っ直《す》ぐに街の中央へと向かう。例の観光スポット、ドロローサだ。

グノーシス教団には興味はないが観光スポットとやらには興味があったので真っ先に見に行く事となった。

ドロローサ。グノーシス教団の北部最大拠点。周囲を背の高い壁と魔法道具を用いた警報装置に囲まれているので後ろめたい事がないなら四方にある入り口からの入山が推奨される。

ティアドラス山脈に連なっている山に比べれば標高はそこまで高くないが、神山と銘打たれているだけあって頂上まではそこそこかかる。

信者連中は巡礼だとかいって登るらしい。入場料の類いは取られないので、適度にきつい道程という事もあって近隣住民が散歩に登る事もあるとかないとか。

出入り口には警備の聖騎士がおり、その横を通って中へ。冒険者、商人、住民らしき者達。様々な肩書を持った者達が山道を進んでいる。

観光スポットというのもあるが、最も大きな要因はグノーシス教団の求心力かもしれない。なにせこの国の国教らしいからな。

グノーシス教団。ロートフェルトやファティマぐらいしか高等な教育を受けた奴がいないので俺の知識もそこから得た物が大半だが、この教団に関しては知らない事も多い。

どんな教義かというと人間は死ねば無に還るが「霊知《れいち》」と呼ばれる教団の定義する「正しい知識」を蓄積する事によって死後に安寧が約束される。

これが基本的な部分だな。さて、その正しい知識とやらが何かというと、教団の連中が吹いて回っている説法がそうらしい。

聞いた事のある奴の記憶がないので詳しくは知らんが、要するに教団の関係者が語るありがたい話を聞き続けると死後に良い事がありますよといった感じだろうか？

それにしても奇妙な教えだ。この世界では死体は時間経過で消滅するので埋葬の概念はなく、死ねば無に還る——そこで終わりが一般的な認識だった。

そんな中で「死後」に言及する事に少しだけ違和感を覚えたからだ。

まぁ、グノーシスのよく分からん教えはともかく、お題目だけでは人は動かない。多くの人間を動かすには明確な実利が必要となる。

その辺、グノーシスという組織は上手にやっていると言える。どうやったのかは知らんが国教として国の中枢《ちゅうすう》に食い込んでおり、資金力、影響力も高く、聖騎士という自前の戦力まで抱えているのだ。

教団の後ろ盾があるというのは何をするにも箔《はく》が付く。商売をする場合でも教団のシンボルマークを一緒にぶら下げておくと、妙な事を考える客が現れる可能性が大きく減り、冒険者であるなら教団からの仕事を回されやすい。

領主などの権力者であるならこの街のように聖騎士を借りて治安維持にも扱える。特にこのウィリードは教団の拠点が丸ごと存在するのだ。

いい顔をしておくに越したことはない。実際、この状況でグノーシスが手を引けば間違いなく困窮するので命綱を握られているに等しいといえる。

信頼関係といえば聞こえはいいが俺に言わせると破綻の可能性を内包した領の運営に最も大事な物を余所《よそ》に委ねるのはどうかしていると思っていた。

この世界であっても信用は大事ではあるが、ズーベルの一件を見れば脆《もろ》いとしか言いようがない。そんなどうでもいい事を考えていると頂上が見えて来た。

正面に大きな聖堂と隣には背の高い建物。こちらは聖騎士の出入りが多い事から連中の詰め所かなにかだろう。

裏には似たような造りの三階建ての建物が並んでいる。日本でいう集合住宅――マンションやアパートのたぐいを連想するその形状から聖騎士の宿舎か。

性質上、居住スペースは絶対に必要だろうからあるとは思っていたが、下の街並みを見た後だと少し浮いた印象を受ける。

集合住宅と詰め所は立ち入り禁止だが、聖堂は出入り自由との事で折角なので中を見ようと近づくと神父や修道女《シスター》がなにやら客引きめいた事をしていた。

通り過ぎる際に少し聞こえたが、どうも入信の案内のようだ。入信にはいくつかパターンがあるらしく、案内しているのは比較的軽い奴だな。

単純にグノーシスを信仰しますよ、とお布施という名の金を納めると例のシンボルを模した首飾りが貰える。これが一番ソフトな入信方法だな。

次に店舗などを構えている連中向けのプランで、定期的に料金を支払う事で聖騎士の巡回コースに設定される。警備してくれるわけではないが、いざという時は助けを求めれば力を貸してくれるそうだ。

このプランは料金に幅があるらしく、大金を払ってあればある程に巡回の頻度が上がり、トラブルが起これば積極的に解決してくれるらしい。

格付けもしっかりとしているようで例の首飾り、デザインは同じだが使用している素材が違う。一番安いのは鉄か何かだが、高いと金や銀を使っているらしい。

聖堂の中に入る。並んだ長椅子に壁には一、二メートルサイズのシンボルマークを模したオブジェが等間隔で並んでおり、一番奥には祭壇とその後ろに大きなオブジェが目を引く形で置かれている。

それだけではなく奥の壁にはびっしりと何かが描かれていた。近寄って見てみるとあぁ、なるほどと納得した。

羽の生えた人間——どう見ても天使って奴だな。悪魔と同様にこちらの世界でも名前は広く知られている存在だ。

グノーシスでは神聖な存在として扱われており、神からではなく天からの御使いと強調されている。興味深い点は天使自体が御使いといわれつつも神と同一視するような見方もされている事だ。

絵の方も気になる点が多い。羽の生えた人間のような姿が多く描かれているが、その上によく分からない輪郭だけの何かがいたがあれは一体何なんだろうか？

羽っぽいのが生えているから天使ではあるのだろうが、扱いが別なのが気になった。もしかするとこいつらが神とか言われている存在なのか？

天使にはヒエラルキーがあると聞くがこっちの世界では上位の天使になると神にクラスチェンジでもするのだろうか？　一通り眺めたが飽きて来たのでそろそろ引き揚げようかと考えていると奥から神父や修道女がぞろぞろと現れた。

なんだ？　と思っているとどうやら説法が始まるらしい。いい機会だし聞いてから引き揚げるか。

修道女が持った分厚い本を受け取った神父が慣れた手つきで開き、これから読み上げる部分の解説を始めた。どうも俺の知る聖書に近い代物のようで、グノーシスが過去に達成した偉業を書き連ねたものらしい。

それを日替わりで読み上げた後、教義の解説をして、よかったら入信どうですか？　と尋ねるそうだ。最後まで聞いたが途中からなだけあってよく分からなかった。

俺が聞いた部分で理解できたのは、グノーシス教団は天の御使いからの託宣を受けて世界に教えを広げ、それに導かれた者達が世界各国――今の大国に分類される国々の祖となった事だ。

……つまりグノーシスが各国に強い影響力を持っているのは建国の段階で手を貸しているからって事か？　どうやったのかは知らんが、それが本当なら勢力規模の大きさと影響力に関しても頷ける。

聖典と銘打たれているが「グノーシス教団の成功までの軌跡」とかの方がいいんじゃないか？　胡散臭《うさんくさ》さは増すが、内容的には正確に捉えているような気がする。

ちなみに五日間隔でループしているようで、俺が聞いたのは二日目の分らしい。内容も具体的な部分ははっきりしなかったので歴史の授業にしても微妙だった。

面白かったら明日も聞きに来ようかとも思ったが、これと似たり寄ったりなら必要ないな。話が終わり、入信の案内を始めたところで完全に興味を失った俺はその場を後にした。

見ててあまり面白いものもないし、ここはもういいな。明日はハイディに倣《なら》って店でも見て回るか。

「――流石はウルスラグナ北部の最大都市。品揃えが全然違ったよ！」

夜になって宿に戻り、食事を済ませるとハイディがやや興奮気味に何を見て来たかを報告して来た。

「そうか」

「僕としてはやっぱり魔法道具関係が見どころだと思うんだ」

「なるほど」

あの手のアイテムは何かと便利だからな。店で最新家電を見て欲しがる心理に近いのかもしれない。

「そういえば君はどうだったんだい？」

「どうとは？」

「僕は市場巡りだったけど、どうしたのかなって思って」

「ドロローサを見てきた」

「あぁ、グノーシスの山だね。正直、あんまり興味がなかったから足が向かなかったんだけどどうだった？　もしかして入信とか考えてる？」

「それはないな。入信する事で得られる利はあると思うが、支払う金銭に釣り合うとは感じなかった」

「そうなのかい？」

ハイディからすれば領などの組織規模で取引するならまだしも、個人レベルでの恩恵は今一つ理解できないのだろう。

俺としても例の首飾りには土産屋で買うキーホルダー以上の価値は見いだせなかった。タダなら貰ってもいいが、金を払ってまで欲しいとは思えなかった。

「あぁ、大金を払って聖騎士を運用したいのなら一考の価値はあるが、個人では必要性を感じない」

それもグノーシスを信用するといった前条件も踏まえると難しい。手っ取り早く戦力を揃える分には良いかもしれないが俺個人としての結論なら「やるにしても短期で行い、長期契約は避ける」だな。

「ふーん。資金に余裕のある領だと結構、ここと同じで聖騎士を使っているところがあるって聞くけど個人だとあんまり恩恵がない感じかぁ……。この辺りは個人の信仰心が試される感じかな？」

「そんなところだろうな」

「ところでなんだけど、ちょっと気になる事があるんだ」

「なんだ？」

「ほら、君も気になるって言ってたじゃないか。ここが空いてる理由」

「あぁ、そういえばそうだな」

結局、何だったんだ？　この辺りだけあちこち更地な事と関係があるのだろうか？

「うん。僕も詳しくは聞けなかったんだけど、この辺りで大きな開発計画みたいなのがあるんだって」

「開発計画?」

「ここの領主ってもういい歳だから、そろそろ後継者の育成に力を入れたいとかでこの街の一部を息子に管理させるんだって。その一環として、領主の館とは別に管理者用の施設を作るみたい」

「それでこの辺りが建築予定地と」

「うん。だから立ち退《の》き命令みたいなのも出てるんだって」

なるほど。残っている建物はその立ち退き命令を拒否した連中の家や店舗という事か。

「それは拒否してどうこうできるものなのか?」

「……抵抗はできるけど、最終的には難しいと思う」

だろうな。持っている知識を参照しても結論としては難しいと言わざるを得ない。領主は住民の生活と土地を管理する立場である以上、そこの住民は立ち退きを拒否できないはずだ。

場合によっては罪人として処理する事もルール上は可能だ。その息子とやらがどの程度の権限を与えられているのかは知らんが、領主と同等であるならこの宿はそう遠くない内に取り壊されるだろう。

……ただ、客がいない理由に関しては少し腑《ふ》に落ちない部分があった。

閉店予定である事と客がこない理由はイコールではないからだ。俺から見てもこの宿は質の高いサービスを提供している。客が少ない理由がない。

ここはいい宿ではあるが数日滞在するだけの宿だ。どうなろうが知った事じゃない。疑問が完全に消えた訳ではないが興味は薄かったので深追いする気もなかった。

「明日はどうする?」

「さぁな。適当に見て回る」

「分かった。なら明日は僕もドローサを見てこようかな?」

「好きにしろ」

会話が途切れたので俺はさっさと寝ろと促して横になった。ハイディは「おやすみ」とだけ小さく呟《つぶや》いて静かになる。

朝までどうしたものかと考えながら目を閉じた。眠れはしないが集中はできるので今までに殺した連中から奪った記憶や知識を引っ張り出して眺める。

読書に近い感覚のそれを俺は朝が来るまで黙々と続けた。


翌日。朝食を摂った後、俺は特に当てもなく街を散策していた。

ドロローサを見終わったので、他の見どころへ足を運ぼうと思ったがあまり面白いものはなさそうだ。

……五日は長かったかもしれんな。

こんな事なら三日程度に留《とど》めておくべきだったか？　そんな事を考えながら店を覗《のぞ》く。

明確に欲しいものもないので店舗には入らず露店に並んでいるものを順番に眺めるだけだ。

ハイディの言う通り、店が多いだけあって武具だけで見ても品揃えは桁外れに多い。

一口に剣や槍で片付けるには形状が多岐にわたってはいるが、俺からすれば振り回せて力任せに叩きつけても壊れさえしなければ何でもいい。

次は魔法道具を眺める。確かに便利そうな代物は多い。

色々とありはするが、魔法道具は魔法を利用してはいるが本質的には機械に近い。その為、使用を続けると当然ガタがくるので、定期的にメンテナンスが必要な代物なのだ。

……で、だ。ここらの店に並んでいる代物は製造されてからどれだけの期間メンテナンスされていないのかがさっぱり分からないので一回使ったら壊れる危険もある。

その為、こういった露店での購入はちょっとしたギャンブルだ。

全てが粗悪品とは言わないが一定割合で低い品質のものが並んでいるのは間違いないので、魔法道具の購入は下手にケチらずに店舗を構えた店から相応の価格がついた物を買うべきというのが賢い選択らしい。

品揃えが豊富だった事もありしばらくは眺められていたが、段々と飽きて来た事と人ごみの鬱陶《うっとう》しさに我慢ができなくなってきたのでそろそろ引き揚げるか別の場所にでも行こうかと考えていると——違和感に足を止める。

別に何かがあったという訳ではないのだが、感覚に引っかかるものがある。今の俺はデスワームから再現した感覚器官を備えているので地面の振動や音には人間以上に鋭くなっていた。

人が多いので足音などが無数に響くがその中に違和感が一つ。俺の移動に合わせて動く足音があった。

普段なら気付かなかったが、俺が動くと同様に動き、止まるとそれに倣う。尾行されていると判断せざるを得ない状況に内心で首を傾げる。

特に尾行されるような問題を起こした覚えはないが、何故俺のような奴を尾《つ》けまわす？ 調べられるという事は何かしら問題があると認識されているはずだ。

俺に対してそこまでの関心を抱くような連中に心当たりがまったくない。小さく溜息《ためいき》を吐《つ》くと人気の少なさそうな路地に入る。

表通りに対して薄暗いそこは街の雑多な印象とは大きくかけ離れていた。街の喧騒が遠ざかったところで足を止めると背後から足音が一つ。

振り返るとそこには老人が一人。年齢は少なくとも六十は越えており、肉体はしっかりと老化に蝕《むしば》まれている。手には杖を持っているが背筋が伸びており、必要とは思えない。鎧などは身に着けてはおらず、遠目で見ればどこにでもいる住民の一人と認識しただろう。だが、近くで見るとその印象は覆る。

弛緩《しかん》した表情こそ浮かべているが眼光は鋭く、観察するような視線は俺が何かをすれば即座に反応するといった何かを感じさせた。明らかに普通の老人ではない。

「お若い方、その先はあまり治安のよくない場所。用事がないなら引き返されよ」

「用事ならある。さっきから俺を付け回している爺さんを釣りだすっていう用事がな」

俺がそう言うと老人は少しだけ驚いたかのように目を見開くと、苦笑を浮かべて小さく頭を下げる。

「気付かれていたとは参った。不快にさせたのなら謝罪する。すまなんだ」

あまりにもあっさりと認めた上、敵意の類いもなかったので俺はどうしたものかと対応に迷う。襲って来るなら殺して記憶を奪えばいいと思っていたが、この反応は予想外だ。

油断させて奇襲する可能性もなくはないが、この爺さんの他に妙な気配はない。

「尾けまわしていた理由を聞いても？」

「……気付かれてしまった以上は止《や》むを得ん、か。良かったら近くの食堂で話さんか？こちらの話なので驕《おご》らせて貰う」

「いいだろう」

ただ飯を食わせてくれるのか。なら付いて行っても損はないな。罠《わな》の可能性は残っているので警戒は解かないが。

俺は大きく頷いて手招きする爺さんの方へと歩み寄った。


トラスト・アーチ。それが目の前にいる爺さんの名前だ。

場所は変わってさっきの路地からそう離れていない食堂の一角。奥まった場所にあるので話をしてもあまり注目を浴びない位置だ。

料理の注文をすると爺さん――トラストは不思議そうにこちらを眺めていた。

「なんだ?」

「いや、随分と変わった御仁だなと思っての」

「そうか。で? 理由はなんだ」

トラストはうむと頷くとやや言い難そうに事情という名の身の上話を始めた。

まずはトラストが何者かだが、正体は「金糸亭」主人の親らしい。

「お客人。ウチの近所が更地になっている理由は知っておるか?」

「領主の息子による区画整理だろ?」

「……知っておるなら話が早い。メドリームのドラ息子、トリップレットは区画整理と別館の建設と銘打って商売女を連れ込む為の遊び場を作ろうとしておる」

そのドラ息子とやらの事は知らない上、興味もないが随分と浪費する癖があるんだな。

性欲が消えた俺からすれば金の無駄としか感じられん。

もっともトラストの話がすべて事実であるのならだが。

「どうでもいいが領主はそれを許容するのか？　一部とはいえ、街を管理させるのなら素行調査ぐらいはしそうなものだがな」

「メドリームの領主殿は立派な方ではある。この領をここまで大きくしたのは先代、先々代の努力もあったが、なおも発展し続けているのはあの方の手腕。だが……」

トラストによればそのドラ息子は随分と歳が行ってからできた息子だったようでかなり甘やかして育てたようだ。

領主としての才覚はあっても親としては無能だったと。そんな事もあってドラ息子はやりたい放題で今まで生きて来てそれに関して特に咎《とが》められるような事もなかったとか。

碌《ろく》に苦労もせずに育つと配慮に欠けた性格になるというのはどこかで聞いたような気がするな。都合が悪い事は親の権力で揉《も》み消しと、なんとも分かり易い人物像だ。

「あの店は家族皆で建てた宿で、思い出が詰まった大事な場所。そんなくだらない道楽で潰《つぶ》されるなど断じて許容できん」

宿に対する思い入れが強いのは理解できたが共感のし辛い内容ではある。俺からすれば他人事なので立ち退くに当たってそれなりの金額を吹っかけてどこかでやり直せばいいんじゃないかぐらいの感想しか出ない。

トラストは小さく首を振る。聞けばお前等の事情なんぞ知らんから出て行けと立ち退き料も寄越さないらしい。

あの宿を失うとトラストの一家は文字通り路頭に迷う事になる。蓄えはあるだろうが使えばなくなるので将来を考えると手放したくないのは理解できた。

「とりあえずそっちの事情は分かったが、肝心の理由はいつになったら聞かせてくれるんだ？」

メドリームの跡取りが無能で将来の舵取りに大いに不安があるのは分かったが、俺を尾行する理由にはならんな。

「そのドラ息子は早急に事を進めたいらしく様々な手を打ってきておる」

宿泊すると次期領主様が嫌がらせをしてくるのか。客が寄り付く訳がないな。

「息子達を責めんでやってくれ。儂《わし》もそうだが皆、この場所が大事である前に仕事が好きで誇りを持っておるのだ」

「そうだろうな」

実際、サービスは良かった。誇張抜きでいい宿だといえる。

経営面でも苦しかったので貴重な客は逃がしたくない気持ちは理解できた。俺としても特に責める気はない。

あくまで宿泊目的で宿を訪れ支払った対価に見合ったサービスを受けた。それ以上でもそれ以下でもないからだ。

……で、トラストが俺を尾行した目的は護衛だったようだ。

例のドラ息子が何か仕掛けてきたらこっそり撃退するつもりだったらしい。昨日居なかったのは俺がドロローサへ向かったからだ。

あそこはグノーシスの膝元だけあってその手の犯罪にかなり厳しく、手を出す可能性は低かったとの事でハイディの方へ付いていていたらしい。昨夜話した感じからも尾行されていた事には気が付いていなかったようだ。

俺も気が付かなかった可能性もあったのでかなり上手にやったといえる。

「――話は分かった。取りあえず今後、護衛はしなくていい」

「それは宿を変えると――」

「いや、単純に付いて来られるのが鬱陶しいからだ。どうしてもしたいなら俺の連れにしてくれ」

特に話すつもりはないので俺の関係ない所で満足いくまで好きにやればいい。

「お客人、あんた……」

「俺はあんたの宿に五日分の料金を支払った。だから五日経てば契約満了で出て行く。単純な話だ」

何故、そんな関係のない話で俺が出て行かなければならないんだ？　宿の事情も領主のドラ息子の話も知った事じゃないので、俺が消えた後で存分にやってくれ。

それにウィリードにも少し飽きて来たのでそのタイミングでこの領からも去るとしよう。

トラストは嬉しそうに「そうか、そうか」と頷く。話が一段落したところで注文した料理が運ばれてくる。

「ここは儂の驕りだ。好きに食ってくれ！」

「そうさせて貰う」

俺は並んだ料理を遠慮なく手を付けた。


食事が始まった後は話題も変わり、この周辺の話へと移行する。

「ほぅ！　旅をしながら南を目指すと！」

「あぁ、取りあえずの目的地は王都だが、最終的には国外も考えている」

「若いな！　儂もここに来るまで色々とあってな！」

意外な事にトラストの話は中々に興味深かった。元々、この爺さんはウルスラグナの生まれではなく外国で育ってここまで流れて来たのだ。

詳しくは語らなかったが特殊な地域らしく、随分と閉塞的な環境だったようでそれに嫌気が差して逃げて来たらしい。

その為、最近の情勢には明るくないが、この国の位置関係には割と詳しかったのだ。その話もそうだが何より興味があったのは国の南端とその向こうだ。

「アープアーバン未開領域？」

「うむ。狂暴な魔物の巣窟で突破が難しい魔境だ」

この国ウルスラグナと隣国の間に存在する広大なジャングルで生息している魔物も国内とはレベルが違うらしい。

トラストはそんな危険な場所を突破して来たとの事。俄《にわ》かには信じられんが、こいつはそんなにも強いのだろうか？

「む、信じておらんな。今でこそただの老いぼれだが、若い頃は刀剣一本で魔物の群れをバッサバッサと薙《な》ぎ倒したものよ！」

「そうか」

シュドラス山で出くわした地竜の原産地でもあるので危険なのは間違いないだろう。

どうもあの手の魔物は群れで狩りをするので大人数で挑むとあっさりと捕捉されて逆に危険という中々に意地の悪い場所のようだ。

その場所の所為でこのウルスラグナは他国との国交がほとんどない。何せ行き来するだけでも命懸けだからな。お陰でこのウルスラグナ王国はこれまでに他国との戦争を経験した事がない。

噂《うわさ》レベルの話ではあるがグノーシスが定期的に人員のやり取りをしているので、そこに混ざるのが最も確実かつ安全な移動方法らしい。

……そこまでして他国に向かいたい奴がどれだけいるのかは知らんが。

「国外の話は分かったがそろそろ次の目的地を考えていてな。面白い場所を知らないか？」

折角なので他人の意見も参考にしてみようと話を振るとトラストはふむと考えるように顎に手を添える。

「お客人。この近辺の領についての知識は？」

「直接面している場所なら」

このメドリーム領から北以外で面しているのは三つ。

南西に位置するティラーニ領。ここは一番小さいが奴隷市場で有名だった。領主があちこちから犯罪者を買い集めて労働力として売り捌《さば》いているのだ。

その為、犯罪者の行きつく先といった悪い意味で有名な場所だった。俺としてはこの土地にはあまり興味がない。

　奴隷産業に関しては特に思うところはないが、飼ってみたいといった趣味も嗜好《しこう》もないので選択肢からは真っ先に除外。足を運ぼうといった気持ちを見いだせなかったのだ。

　必然的に残りは二つとなる。ティラーニ領の東にあるディロード領と更に東に存在するノルディア領だ。

　メドリーム領の東側は未開拓地なので必然的に全て南に面している形になっている。

「儂はノルディアには行った事がないので詳しくは知らんがディロードは武を志すなら見ておいて損はないかもしれんぞ？」

　ディロード領は大きさ的には西隣のティラーニより少し大きい程度ではあるが、活気ではメドリームには負けていないらしい。

　その理由は領主の直轄地であるストラタとその南西にあるライトラップという二つの都市の存在が大きい。特にストラタにはメドリームに勝るとも劣らない程に人を集める施設
——闘技場があるからだ。

　剣闘士が日々命を懸けての戦いを繰り広げているらしい。当然ながら見世物としての需要も高く、賭けも行われているので金も流れると。

　飛び込みで参戦する事も可能なので腕に覚えがあるのなら少し戦って路銀を稼ぐ事も可能だ。

……勝てればの話だが。

命が懸かっているだけあって結構な額のファイトマネーが支払われるので一獲千金を狙って参加する奴は多い。

「参加を勧める訳ではないが他者の戦いを目にすれば得るものもあると思うぞ？」

「なるほど」

それともう一つ。ライトラップという都市にある存在も大きい。

こちらは都市のど真ん中に巨大な迷宮《ダンジョン》が存在するのだ。現在、踏破者がゼロという凄《すさ》まじい難易度を誇る場所らしく、冒険者達が我こそは最初の踏破者の称号を得んと日夜挑んでいるらしい。

元々、ライトラップは都市でも何でもなかったのだが、迷宮とそれに挑む者達の出入りが増えた事により、自然と人が集まって規模を大きくしていったと聞く。

それによって生まれる収入は結構な額らしく、ズーベルが目の色を変える訳だと納得してしまう。

闘技場もそうだが、俺としては迷宮が少し気になるな。オラトリアムにあったのはただの墓だったので本物の迷宮はどんな物なのかと思ったからだ。

そこまで考えてふと思う。なんだ結論は出ているじゃないかと。

「ディロードだな」

それを聞いてトラストは大きく頷く。

「それでよい。旅は気ままにするのが一番だ。連れの娘さんともよく相談して最終的な判断をするのだ」

「あぁ、そうするとしよう」

気が付けばいい時間になっていたのでそろそろ引き揚げる頃合いだろう。お互いに小さく頷いて席を立つ。

飯もご馳走になって面白い話も聞けたのでトラストとの時間は中々に有意義だった。後は宿に戻ってハイディに今後の方針の話でもするかと店を出たところでそいつらが現れた。

「おやおや？　誰かと思えばトラスト爺さんじゃないですかぁ？」

声を聞いただけで鬱陶しいと感じられるのはある意味才能なのでは？　と感じられるそれを聞いてトラストの表情が一気に怒りに染まる。

振り返るといかにもといった感じの優男《やさおとこ》が立っていた。半端に長い金髪のあちこちが内側にカールされているのが特徴的で、その表情には他者を舐《な》め切った軽薄さが浮かんでいた。

「――貴様」

トラストが口から火を吐かんばかりに怒りに声を震わせる。反応を見れば目の前の馬鹿そうな奴が誰なのかは聞くまでもない。

こいつが例のメドリーム領主のドラ息子だろう。トリップレットだったか。

「おぉ、怖い怖い」

トリップレットはそう言って素早く引き連れている者の後ろに隠れる。本人のインパクトが強すぎて認識するのが若干遅れたが、連れている連中も別の意味で目を引く姿だ。

同じデザインの全身鎧。白を基調とした色合いにそこらの店で売っているような安物とは違う輝きを放ち、肩や剣の柄《つか》にはグノーシスのエンブレム。

兜《かぶと》もしっかりと被《かぶ》っているので表情は見えないが油断なく腰の剣にそっと手を乗せてトラストを警戒している。聖騎士、それも上位の聖殿騎士とカテゴライズされている連中だ。

聖殿騎士の片方はトリップレットに見えないように僅かに顔を逸《そ》らすと小さく舌打ち。残りの片方は諭すようにやめておけと小さく首を振る。

「まったく次期領主のボクに向かって随分な態度じゃないか？　それで？　いつになったらあのボロ宿から出て行くんだい？　さっさと工事を進めたいんだけど？」

「あの宿は儂らの財産。そう易々《やすやす》と手放せるものか！」

「まったく強情だなぁ。そんなんだから客も寄り付かないんじゃないですかぁ？」

トリップレットは粘着質な視線でトラストを舐めるように見つめた後、こちらを見た。

目が合うと脳裏でパチパチと不快感が火花のように散る。

見ていて気持ちのいい人種ではないのは確かだが、これは一体何なんだ？　俺自身は鬱陶しいとも不快とも思っているが、それだけなのに脳裏で怒りのようなものが不自然に弾《はじ》けるのだ。

まるで別人の怒りが勝手に自己主張しているかのように。正直、この自分の内側から発生したとは思えない何かの方が目の前の奴よりも不快だった。

確かにこうやって安全圏から他者を一方的に攻撃する輩は前世の俺が嫌っている人種ではあったが、客観的に見れば五十歩百歩だ。

興味もないので好きなだけトラストに粘着すればいいと思っていたのだが、どうやら俺にも用事があるようだ。

トリッププレットは俺を舐めるように眺めた後、首にぶら下がっている冒険者である事を示すプレートを見ると馬鹿にするように鼻を鳴らす。

「ふーん？　あのボロ宿にはお似合いの客だろうけど君ぃ？　悪い事は言わないからあの宿は止めておいた方がいいよぉ？」

「つまり宿を変えろと？」

「そうだねぇ？　この街には他にも宿がいくらでもあるからさ、そっちにすればいいいんじゃない？」

何故いちいち疑問形で話すのかさっぱり理解できないが、言いたい事は理解した。

「あぁ、そうだな。四日後にでも出て行くとしよう」

「は？　馬鹿すぎてボクの言っている事が理解できなかったのかい？」

「いや、伝わっている。要はあの宿から出ろという話だろう？　だから四日後に出て行くと言っているんだ」

料金を支払っている以上、期間が過ぎたらお前が何をしようが出て行くに決まっているだろうが。裏を返すとその期間は出ていかない。

トリップレットは不快そうに表情を歪《ゆが》める。いきなり余裕が消えたな。

どうにか取り繕おうとしているのか少しだけ間を置いて呼吸を整える。

「いいかい？　馬鹿でも分かるように言ってあげるよ。ボクは今すぐに出て行けと言ってるんだ」

「そうか。なら断る」

何故お前のような奴に宿選びを指図されなければならんのだ。四日後に出て行くからそれまで待ってろ。

「お前、さっきから何だその口の利き方は？　ボクを怒らせてどうなるのか分かっているのか？」

「分からんな。それ以前になぜ怒っているのかが理解できん。俺は四日後に消えるといっているんだ。今日も四日後も大差ないだろう」

「さっきまでの話を聞いていたのか？　ボクはさっさとあのボロ宿を潰して工事をしたいんだ。その為に余計な奴が邪魔なんだよ。ここまで言わないと理解できない馬鹿なのか!?」

「あぁ、なるほど。理解はしたがその話は俺に関係があるのか？」

「――お、おまっ!?　――ふん、いいとも。なら好きにすればいいさ。ボクはちゃんと警告したからな！　この先どうなろうとお前の自己責任だ！」

トリップレットは怒りが振り切れたのか一瞬だけ大きく口元を歪めたが、糸が切れたように表情が消えた。それから捨て台詞のようなものを残すと聖殿騎士を連れて去って行った。

「お客人、もしも気を使っているのなら……」

「金を払ったんだから料金分の仕事をしろ」

トラストは何か言いたげな顔をしていたが俺がそう返すと何故か嬉しそうに頷いた。


「――そうだったんだ……」

夕食を済ませて部屋に戻った後、簡単にではあるがトラストの事情をハイディに話すと複雑な表情で小さく俯《うつむ》いた。

「その領主の息子って人がこの辺りを更地にして自分の屋敷を建てようとしてるんだよね」

「そう聞いたな」

「理由は？」

「さぁな。爺さんの話だと女を連れ込む場所が欲しいらしい」

真偽は定かではないがあの様子だと疑う余地はなさそうだ。

「信じられない。治める立場の者がそんな事をするなんて……」

信じられなくてもこの宿は近い未来に消えてなくなる事は決まっているので信じるしかないだろう。

元領主として思うところがあるのかハイディが表情に僅かな怒りを滲《にじ》ませているのを見て、話したのは失敗だったかと内心で首を傾げる。

「ねぇ、僕達に何かできな――」

「できないしする必要はない」

唐突に馬鹿な事を言い出そうとしたので言い切る前に切って捨てる。ハイディは言葉に詰まるように黙ったが、それも一瞬だった。

「どうして？」

「あの爺さん達が赤の他人で、ここで起こっている事が他人事だからだ」

それ以上の理由が必要か？

「僕は思うんだ。正しく生きている以上、報われるべきだと」

「その結果が今のお前の有様なんじゃないのか？」

「っ!? それは、そうだけど……」

正しく生きる。それは結構な事だ。だが、俺の居た世界には「正直者が馬鹿を見る」といった言葉もあってな。

いくら正当性を主張しても通用しない相手には通用しない。実際、ロートフェルトという男はそれを貫いた結果、肉体まで失ったのだ。

それを目の当たりにしておいてそんな事を口にできるのはある意味では大したものかもしれないが、やりたいなら一人でやれ。

……俺を巻き込むなと言いたいが、ここであっさりと死なれると手間をかけてまで連れて来た意味が消える。

段々とそれでもいいような気もしてきたが、冒険者として活動する以上は誰かと組むのは避けられない。そう納得したからこそこいつを連れて行く決断をしたのだ。

本来ならこんな面倒な事はしたくないのだが、俺はやや大げさに溜息を吐く。

「――お前がこの宿の一家を助けたいのは分かった。なら具体的にはどう助ける？」

「うん。ここの領主に現状を訴えるのはどうだろう？　住民の支持が下がる事は領主生命にも直結するから無視はできないと思う」

「知らない訳がないだろうが。仮にそうだったとしてもふらっと現れた余所者の言葉に耳を傾けるとは思えないし、既にやっている奴が間違いなくいる」

通らなかったからこそ今の現状だ。息子の馬鹿さ加減をどの程度認識しているかは不明だが、その行動を容認しているのは明らかだ。

「だったら味方を増やして糾弾《きゅうだん》するとかは……」

オラトリアムみたいな小さな領ではどうにでもなったがこの都市では規模が違いすぎるので、それだけの数を集める事は難しい。

「どうやって？　失敗して目を付けられたらこの領を追われる可能性があるけど圧政を打ち破ろうとでも言うのか？　そんな話、胡散臭すぎて俺なら無視するな」

リスクばかり目立つ話でメリットが欠片もない。こんなプランに人生を懸ける馬鹿がいる訳ないだろうが。

ここは商業都市で発言力のある立場の大半が商人だ。そんな連中に話を持って行っても鼻で笑われるだけだろう。

「ならグノーシスはどうかな？　彼らは公正公平を是としているると聞いているからなんとか話ができれば――」

「この領で一番グノーシスに金を払っているのが誰かよく考えてから同じ事を言ってみろ」

癒着とまではいかないだろうが、融通の利く関係であるのは間違いない。

ハイディもそれを悟ったのか肩を落として黙り込む。

「そもそも一介の冒険者にしか過ぎないお前が何を言っても無駄だ。まぁ、仮に領主の肩書が残っていたとしても結果は変わらんだろうが」

「……なら君ならどうする？　仮にここの人達を助けたいならどうすればいいと思う？」

ここに来て俺に丸投げとは驚きで言葉も出ないな。まあ、ちょっとした思考実験とでも思って考えてみるか？

少し悩んだが行けそうなプランが浮かんで来た。こういうのは難しく考えるから駄目なんだ。

「そうだな。まずは領主の息子であるトリップレットを殺そう。そうすればこの辺りの開発計画はいったん白紙になるだろう」

「なっ!?」

「バレなければいいがそんな事はあり得ないので間違いなく領主の恨みを買うだろう。そうなれば今度は領主がここらを更地にするかもしれん。だから次に領主を殺す」

ハイディは目を見開いていたが、俺は構わずに続ける。

「次に領主の後釜に収まった連中が何かしようと空いたこの辺りを狙うかもしれない。そんな連中が現れる度に始末する。――で、ここを狙う奴らが現れなくなるまでそれを続ければ完了だ」

我ながら見事なプランじゃないか？　実行できるかは別としてだが。

「そんな事をやれば大変な事になる！」

「だからお前はそんな大変な事をやろうと俺に持ちかけてるんだろう？」

「もっと穏便に済む方法は――」

「ない。これは言い切ってもいい。あの馬鹿息子が生きている限りこの宿は絶対に潰される。ここの現状をどうにかしたいならそれぐらいの覚悟が必要になるだろう。お前はここの連中に対してそこまでの責任を持てるのか？」

本当に助けたいならそれぐらいの事はやらないと恐らく現状は変わらない。誰もが納得して丸く収まるなんて事はなくはないだろうが、そう多くないと俺は思っている。

結局のところ、相手に譲歩させる事が必要なので何らかの形で相手に妥協を強要する事になるからだ。

ハイディは納得した訳ではないだろうが、無理だという事は理解したのか小さく「そうだね」と呟いて反論をしなくなった。

腑に落ちてなさそうな感じはしたが、無理だと認識したのならそれでいい。俺はさっさと寝ろとだけ言って横になった。


翌日。今日はどこを見て回ろうかなどと考えていると朝食後にトラストが現れた。

「お客人。良かったら儂が街を案内しようか？」

「……いや、必要ない。暇なら俺の連れに付いて行け」

「しかし、あんたはトリップレットに目を付けられた。あの気性だ。お客人に何をしでかすか分からない」

あぁ、なるほど。俺も不興を買ってターゲットにされるかもしれないという訳か。

あの様子だとなくはないだろうが、トラストを連れ歩くつもりもなかったので首を振って結構だと断る。

「人通りの多い所から出るつもりはないから大丈夫だ」

そう言って俺は宿を後にする。ハイディにも良かったらと誘われたが、行く所があると適当な事を言って追い払った。

街へ出て最初に考えたのはどこを見て回るかだ。ドロローサと街の東側から南側にかけてはざっとではあるが回ったので今日は反対側を回るとしよう。

さて、この街は交易が盛んで商人が多い事は散々触れ、店が腐るほどあるのも分かっている。実際、街のどこに行っても何かしらの店はあるのだ。

正直、飽きて興味を失いつつあるが区画によって売っている物の傾向が違うので、カテゴリーとしては店舗だが差別化はできているようだ。

南側は冒険者ギルドが近い事もあって武器や防具を主に取り扱っている店が多く、東は魔法道具類。北は食料品や生活用品。これは北から流れ込んで来る余所者が少ない事が大きい。

つまりは領民は主に北側の店を利用している。最後の西側だがここは魔法薬《ポーション》の類いを扱っている店が多い。

疲労や魔力の回復促進、傷の治療、後は逆に麻痺《まひ》させたり死なせる為の毒などだな。

そうこうしている内にいい時間になったのでそろそろ飯でも食うかと思った頃に明らかにチンピラでございといった風体の男が不自然な歩き方で接近して来たので、離れようとしたタイミングで急に動くとそのままぶつかってきた。

男は大仰な動作で転倒するとこれまたわざとらしく持っていた瓶を地面に落とす。砕けた瓶は地面に中身をぶちまけた。

「ああー！　金貨二枚もする高級魔法薬がー！」

……は？

「おい！　アンタ、どうしてくれるんだ！　金貨二枚もするんだぞ！　弁償しろ！」

「そっちからぶつかってきたように見えたが？」

念の為、周囲に視線を巡らせると通行人は何も見えないといわんばかりにスルーし、露天商は揃って目を逸らした。

なんて古典的な事をするのだろうかと逆に感心したくなるほどに男の行動は分かり易かった。

「おいおい、しらばっくれる気か。だったらこっちにも考えがあるぜ？」

男がそう言うとぞろぞろとあちこちから体格のいい男達が現れた。全部で五人。プレートがないところを見ると冒険者ではないようだ。

まさかとは思うがこれはあの馬鹿息子の差し金なのか？　こんな事を繰り返して今まで問題なく生活できるとは随分といい人生を送っているんだな。

俺が黙っているのを見て萎縮したとでも思ったのか一番体格のいい男が俺の襟首を掴むと「ちょっとツラ貸せや」と路地裏に引っ張る。

なんだ。わざわざ人目がない所に連れて行ってくれるのか。これは好都合とそのまま引っ張られるに任せた。

この状況で最も大きな懸念は聖騎士の存在だ。それが介入してこないという事はグノーシスとは話が付いているか、来ない状況を作っているかのどちらかだろう。

教団にさえ目を付けられなければ何の問題もない。

完全に人気の失《う》せた所に引っ張った時点で男は放り投げるように手を離す。俺はわざとよろめいて少し距離を取る。

ぶつかってきた男が懐から魔法道具——小さな箱のようなものを取り出すと起動。周囲に不可視の何かが広がる。感じからして音を漏らさない為の代物か？

「さーて、やった事の落とし前を付けて貰おうか？」

男達はにやにやと笑ったりポキポキと指を鳴らしたりと思い思いの行動を取っていたが、俺はただただ冷めた気持ちでそれを眺めていた。

それでも思考の片隅では小さな火花が散っている。目の前の連中以上にそれが不快だった。

「おい、ビビってないでなんとか——」

手近に居る男の眼球に指を突き入れる。突き破ってそのまま脳の近くまで指を入れた後に根を吐き出して中に残す。

完全に支配下に置くまで少々かかるが他への対処があるのでこれはどうにもならない。

「テメエ！　何をしやがる！」

男達は次々と武器を抜くが無視して駆け出す。真っ先に狙うのはこいつらじゃない。後ろでへらへらしていたぶつかってきた奴だ。

まさか自分が狙われるとは思っていなかったのか反応が大きく遅れていた。顔面を鷲掴《わしづか》みにし、指から根を伸ばして耳から内部へ侵入。

ある程度中に入れたところで切り離して、男を投げ捨てる。同時に後頭部に衝撃。

「――が、硬ぇ。何だこいつ⁉︎」

殴られたようだが殴った奴が拳から血を流していた。それもそのはずだ。骨の材質はデスワームの甲殻に換えているので半端な力で殴ると怪我《けが》をする程度には硬い。

形を整える為に薄くしているのでオリジナル程の防御力は出せないが拳骨で砕くのは難しいだろう。

俺はお返しとばかりに顔面を殴って吹き飛ばす。男は首が変な方向に曲がっていたが、生きていたら後で修理しようと考えて次を狙う。

「つざけてんじゃねーぞコラぁ！」

短剣で刺そうとしてきたのでそのまま刺させて密着。摑んで顔面に額を叩きつけて陥没させる。

ゴブリンもそうだったが鼻の真ん中辺りが効くらしいな。頭突きを喰らった男はひいひいと情けない声を上げて蹲《うずくま》った。

残り二人。片方が逃げようとしたが、さっき俺が目玉を潰した奴が足を摑んだ事により転倒する。地面でもがいているところを顔面を蹴り飛ばして意識を刈り取った。

最後の一人――一番体格のいい男が俺の首に手をかけて締める。首絞めとは珍しいと思ったが、刺突と打撃が効果がなかったので絞め落とそうとしているのかと納得した。

「よくもやってくれたな！　死ね！　くたばりやがれ！」

怒りと恐れが混ざった奇妙な表情を眺めながら首にかかった手を無視して男の首を片手で摑み、力を込めて握る。

「か、は」

男は俺の首から手を離すと自分の首を摑んでいる手を剝がそうとしてるが、俺と腕力で勝負したいならオークかトロール並みじゃないと厳しいぞ。

「――や、やめ――」

抵抗していたがそう経たずに口からブクブクと泡を吹いて動かなくなった。所詮はチンピラか。「狩人」に比べると大した事がないな。

小さく息を吐いて転がっている連中に根を仕込んで洗脳。取りあえず、分かり切ってはいるが事情を教えて貰おうか。

俺は壊れた部分を修理しながら奪った記憶の精査を始める。

分かり切ってはいたが正体はトリップレット子飼いのチンピラで、表に出せないような汚れ仕事を専門に請け負っているようだ。

基本的にこいつ等《ら》が嫌がらせをして表だって歯向かって来る相手は引き連れていた聖殿

騎士に対処させると。

あまり頭が良さそうに見えなかったが、思ったよりも上手に処理しているな。正面から叩き潰して見せしめにしている辺りも上手い。

そもそもやる必要があるのかとは思うが、我を通す事に絞るなら評価できる点ではあった。

……まぁ、鬱陶しい事には変わりないが。

ぶつかってきた男――ポックという男を筆頭に修理を済ませた全員が立ち上がる。

もう疑問もないしどうでもいいな。

「雇い主には適当に言っておけ」

「へぇ、お任せください。あのガキはただの馬鹿なのでお安い御用でさぁ」

そう言うとポックは揉み手をしながらへらへらと愛想笑いをして任せてくださいと連呼した後、チンピラを引き連れて去って行った。

取りあえずだが、これで問題ないだろう。ポックの記憶を見た限りでも言いくるめる事は難しくなさそうなので適当に任せておけばいい。

俺はそう軽く考えて露店巡りを再開しようとして、空の雲行きが怪しくなっているのが見えた。あの様子だと降りそうだな。

「今日は早めに切り上げるか」

そう呟いて歩き出した。

イライラと足を小刻みに揺する男がいた。場所は領主の館にある一室。

その部屋の主であるトリップレット・メドリームは昨日から非常に不機嫌だった。理由は自分に無礼な態度をとった冒険者——ローの存在だ。

彼はこのメドリーム領の領主の息子として生まれ育ってから何不自由なく過ごし、今まで育ってきた。特にこの世界は貧富の差は大きく、生まれの違いは生活や将来に直結する。そんな中、トリップレットは非常に恵まれている幸運な生まれといってもいい。食事に困った事は一度もなく、欲しいものは望めば簡単に手元に届く。

恵まれた生活は誰もが望むものではあるが、恵まれすぎた環境は当人の人格を腐らせる可能性も孕《はら》んでいる。それを矯正するのが親の役目なのだが、母親は早くに他界し父親は領主の仕事を優先して育児にはあまり力を入れなかった。

欲しいものを与えるだけで育つに任せたのだ。

トリップレットにとって友人は手下《イエスマン》と同義語で他人は何でも言う事を聞く召使い《イエスマン》と同義語だった。

要するに家族以外の全ての他人は分かりましたと何でも言う事を聞く事が当たり前なのだ。それが彼の幼少期における世界の全てだった。

年齢を重ねれば視野も広まり、物の見方も変わって来る。その過程で彼が学んだ事は世界の全てはイエスマンではない事、その一点のみ。あくまで彼の特権が通用するのはメドリームの権力が及ぶ範囲のみだ。

自覚するまでそこまでの時間はかからなかったが、彼の肥大した自意識にそれを許容できる程の寛容性はほとんどなかった。それにより沸点が非常に低くなったのだ。

怒りやストレスに対する耐性が極端に低い。それがトリップレットという男の本質。

故に自分の要求に対して正面から突っぱねられる経験が異常な程に少なく、それを笑って流せる度量もない。そんな彼が我慢できるはずもなかったので手下を使ってローを半殺しにさせる命令を出したのも当然の流れだった。

——が、帰ってきた報告は少し様子見をしたいと彼の思惑から大きく外れる内容。

彼は手下のポック達が裏切るとは微塵《みじん》も考えていないので、手こずっているだけとしか現状を認識しない。

使えない奴らだとぶつぶつ呟く。とにかくイライラし、この渦巻く感情をどうにか吐き出そうと彼は必死だった。

彼がここまでの苛立《いらだ》ちに苛《さいな》まれたのは驚くべき事に人生で二回目なのだ。一回目はグノーシスの聖堂騎士に凄まじく美しい女がいたので自分の愛人に欲しいと要求した時だった。

当然ながら国自体に強い影響力を持つグノーシス教団相手にそんな我が儘《まま》は通らない。父親にも諦めろと言われた時だった。

トリップレットは自分の要求が通らないなんてあり得ない、理不尽だと泣き喚《わめ》き、数日程暴れ回る事でどうにか折り合いはついたが今回ばかりは相手は最下級の冒険者。

そんな相手に無礼を働かれたのはかつてない程の屈辱だったのだ。現状、まだ達成されていないがあの冒険者には後悔させてやると固く誓い、実現する事も疑っていない。

本来ならそこで留飲も下がるはずだが、彼の怒りはその程度の事では収まらなかった。どうすればいいと怒りの矛先を向けるべき場所を探し——やがて一つの解へと至る。

「そうか、あのボロ宿が原因じゃないか」

窓から空へ視線を向けると大きな雨雲が徐々に接近している。これは好都合とトリップレットは笑みの形に唇を歪めた。

父親からあまり大事《おおごと》になるような事はするなと釘を刺されていたが、自分は何をしても最終的には許されるといった確信と歪んだ自尊心がそれを容易《たやす》く振り払う。

彼の父親は今に至るまで息子の倫理観に関して正確に測りかねていた。

まさかここまではやらないだろうと。こういった時の為に彼は手下を大量に飼っている。必要な物もこの街なら簡単に揃う。

思い立ったなら即座に行動に移すべきだと彼は部屋を飛び出すと目的を達成する為の指示を出すべく屋敷の廊下を駆けだした。


愚者の行動力は常人のそれを遥《はる》かに凌駕《りょうが》する。それはこの世界でも例外ではない。

トリップレットに従う者達にとって彼の言葉は絶対だった。どれだけ危険な行為であろうとも最終的な責任は雇い主に行くと思っているので実行する事に躊躇《ためら》いがない。

彼らもまた自身の行いの意味を正しく理解しない愚者。その為、行動や選択肢も非常に杜撰《ずさん》なものとなる。

指示は単純に「火を付けろ」だ。この魔法が普及した世界では実行する為の手段は豊富だ。

目当ての建物に近づき、市場で購入した筒形の魔法道具をセットすれば完了だ。建物を囲むように設置された魔法道具は一定時間――仕掛けた彼らが充分な距離まで離れると起動する。

炎を吐き出し木造の建物を瞬く間に燃やすだろう。だが、問題がいくつかあった。それは彼らが受けた指示が火を付ける事であって住民を殺す事ではない事だ。

彼らは火を付けるだけで住民を殺す意図はなかったのだ。建物を焼くだけなら一つ二つを出入り口から離れた場所に設置するだけで良かった。

しかしそれをやらなかったのは空模様の所為だ。巨大な雨雲は間違いなく雨を呼ぶだろう。そうなれば仕事が半端に終わってしまう。

そう考えて過剰ともいえる仕掛けを施させたのだ。トリップレットとしては雨が降るのでほどほどに焼けるだろうという認識だったのでこの時点で大きな齟齬《そご》があったのは明らかだった。

装置が仕掛けられた宿――金糸亭の住民達はそんな事にも気付かずにいつもの日常を過ごしていた。主人は店内の清掃を、その妻は客に出す為の料理の下拵《したごしら》え。

そして娘は居住スペースの一室で近寄りつつある雨雲を見つめていた。仕掛けた者達が充分に距離を取ったその瞬間、仕掛けが起動する。

この一家に起こった最大の不幸は起動した装置が粗悪品だった事だ。本来なら炎を出すだけの代物だったのだが、経年劣化により正常に機能せずに爆発。

それにより建物自体を支える支柱に致命的なダメージが発生。建てられてから数十年の時間を住民と共に過ごし、数多《あまた》の客を迎え見送ったその宿は炎に包まれながらその形状を崩壊させた。

とんでもない事になった。

指示したトリップレットが最初に思った事はそれだ。確かに火を付けろと指示を出した。だが、ここまでやれとは言っていない。彼の思惑としては少し燃えて住民が苦しめばそれでいいと思っていたのだ。

――にもかかわらず現実は想像の遥か上を行く惨状となって彼の視界に広がる。

トラストやローの屈辱に歪む顔さえ見れれば満足で、それで勘弁してやろう。そんな事を考えて足を運んだのだが――

「おい！　早く教会に連絡しろ！　人を寄越すように言え！」

「今やっている！　クソッ、何だってこんな事に……」

後ろで護衛の聖殿騎士が慌てたようなやり取りをしているのを他人事のように聞いていた。

炎は宿だけではなく周囲にも広がっていたが幸か不幸か他とは離れていたので今のところは宿だけの被害で済んでいる。

だが、魔法によって生み出された炎は地面にも燃え広がり他の建物を狙うかのように範囲を広げ続けていた。

あぁ、ヤバい。どうすればいいんだ。父に怒られる。

トリップレットの中ではどうすればこの状況を丸く収められるのかが分からず、そんな思考がカラカラと空転していた。

「坊ちゃん。ここは危ないから離れてください」

聖殿騎士がトリップレットの肩を摑んだところで我に返り、思考も着地点を見いだした。

そうだ。自分がやったとバレていない。このまま知らない顔をしていればすべて解決じゃないか。そんな無責任な事を考えて気持ちを落ち着ける。

トリップレットは分かったと頷いて離れようとしたが、その足は炎の中に飛び込む人影を見て止まる。

「おい！　爺さん、止めろ！　危ない！」

聖殿騎士の言葉で飛び込んだのがトラストだったと気が付いた。半壊し、炎によって完全に崩れ落ちようとしている宿だったが限界を迎えたのか何かに踏み潰されたかのようにぐしゃりと完全に崩れ落ちる。

その一瞬前に何かが飛び出す。あちこち焼け爛《ただ》れ、部分的には炭化すらしていたその姿は人型ではあったが人間に見えなかった。

「き、貴様、許さん……許さんぞ！」

よく見るとトラストである事が分かるがその視線は殺意に塗《まみ》れており、普段の好々爺《こうこうや》めいた姿からは想像もつかない。

持っていた杖から刃《やいば》の輝きが覗く。トリップレットは本気の殺意を浴びて萎縮。トラストの眼光が恐ろしすぎて動けなかったのだ。

後ろで舌打ちする音が聞こえ、二人の聖殿騎士が彼を守るように前に出る。

「爺さん。よせ、今なら見なかった事にもできる。なんならあんたの治療費は俺達が出してもいい。だからやめてくれ」

「なぁ、気持ちは分かる。俺もこれはないと思う。だけどよぉ、こっちも仕事なんだ。向かって来るなら対処しなきゃならない。——やりたくねぇんだ。頼むよ」

二人の聖殿騎士はそう言いながらどうにかこの場を収めようとする。その口調は同情と懇願が入り混じったものだった。

それもそのはずで二人は何故こんな事になっているのかを正確に把握しており、トラストの怒りの理由も痛い程に理解できたからだ。

この状況を引き起こしたのはトリップレットで間違いない。そもそもこの場に足を運ぼうなどと言いだした時点で擁護のしようがなかった。

二人の聖殿騎士はトリップレットの護衛ではあるが仕事でやっているだけなので、彼に対しての好意は欠片もなく、寧《むし》ろ毛嫌いしているぐらいだ。

そんな二人だからこそ、理不尽な目に遭っているトラストに追い打ちをかけるような真似をする事に対して良心の呵責《かしゃく》に苛まれていた。

——が、そんな言葉で家を家族を理不尽に奪われたトラストが止まる訳がない。

駄目かと聖殿騎士の片方が剣を抜く。

「アレックス、説得は無理だ。仕留めるぞ」

「でもよぉ……」

「割り切れ」

アレックスと呼ばれた男は相方にそう言われ、渋々ながら剣を抜く。彼の相棒——ディランの判断は正しい。

仮にここでトラストを殺さずに無力化できたとしても彼は命ある限りトリップレットを狙い続けるだろう。彼らに与えられた仕事は彼の護衛である以上、その生命の危機を脅かす存在を放置できない。

護衛対象がどうしようもない人間だったとしても排除対象が何の罪もない被害者でしかなかったとしてもだ。それにとディランは剣を握る手に力を込める。

目の前の男は老人で、火に焼かれて深く傷ついている。火傷《やけど》の度合いから見て死にかけているのは間違いない。それでも侮るのは危険だと今までに培った経験から来る勘がそう囁《ささや》くのだ。

ディランの本気を悟ったのかアレックスも何でこんな事にと思いながら恐怖で震えているトリップレットを守るように前に出る。

消火作業の為に教団から応援を要請している上、この騒ぎなのでそう経たずに人が集まるだろう。傷の事もあってトラストには時間がない。

だからこそ分かるのだ。狙うのはトリップレットの首のみで、放たれる攻撃は全身全霊を込めた一撃のみと。

彼らの読みは正しく、トラストは自身に残された全てを懸けた一撃を放つべく呼吸を整える。脳裏には怒りと憎悪が渦を巻いているが行動に支障はない。

何故なら幼少の頃から剣を振り続けて来たのだ。斬撃は反射の域で狙った軌跡を描くだろう。結局、修行半ばで故郷を飛び出し、剣客としては半端に終わったが、家族の成長を見守る幸福に比べれば些細《ささい》な事だった。

それもつい先ほど奪われ残されたのはこの剣のみ。こんな事ならもっと修練を積むべきだったかと力のなさに後悔が募るが考えても仕方がない事だった。

彼の肉親は全てあの宿と共に燃えてしまったのだから。呼吸を深くし、全身に巡る力の流れを制御する。

トラストの故郷に伝わる戦闘技能の基本で、これを行う事で身体能力強化の魔法と同等の効果を得る事ができるのだ。更に極めると魔法に必要な構築手順を飛ばして属性付与まで可能なのだが、残念ながら彼はそこまで至れなかった。

アレックスがディランを振り返ると頷きで返される。空は薄暗くなり雨雲が空を完全に覆い――ぽつりと一滴の雨が天から落ちたその瞬間だった。

トラストの姿が霞《かす》む。アレックスは何とか反応して剣を一閃《いっせん》するが、行動が追いつかなかった。刃はトラストの頭上を通過し、脇から抜けられる。

「ディ――」

アレックスが声を上げようとした瞬間にはディランは既に動いており、トリップレットを蹴り飛ばして強引に遠ざけてトラストを迎撃。

蹴り飛ばしたのは抜けられる可能性を考慮してだ。その判断は正しく、トラストは間合いから離れたトリップレットを追おうとするがディランがいるので仕掛けざるを得ない。

せめて一撃でと首を狙ったディランの斬撃は――

「〈鳥王《ちょうおう》〉」

――遥かに凌駕するトラストの斬撃に斬《き》って落とされた。

剣が半ばから折れ――いや、斬られたのだ。信じられなかった。聖殿騎士に支給される装備は魔力付与と強固な金属で固められた特別製だ。

斬られる以前に折れるなんて事は考えられない。だが、半ばから上が消え失せた剣を目の前にすれば信じざるを得なかった。

ディランは目の前の老人との隔絶した技量差を感じ、次いで自身の死を意識する。殺されると。

しかしそうはならない。一太刀《たち》に全てを懸け、それを使い切ってしまったトラストにはもう力は残されていなかったからだ。

ポロリと持っていた刀剣を取り落とし、追いついたアレックスがその背を切り裂く。斜めに刻まれた傷は老人の命に届いた。雨が降る。

トラストは最後に燃える宿を見て涙を溢《こぼ》すと何事かを呟いて崩れ落ちた。

「ディラン。大丈夫か?」

「あ、あぁ、この爺さん。とんでもない腕だったな。もう五年早く戦ってたら剣だけじゃすまなかった」

トラストが完全に動かなくなった事を確認して二人は持っていた剣を鞘《さや》に納める。その段階でようやく正気に戻ったトリップレットが立ち上がると肩を怒らせながら近寄って来る。

「おい! ボクを蹴り飛ばすなんてどういうつもりだ!」

「すみませんね。あぁでもしないと今頃、アンタの首が飛んでましたがやらない方が良かったですか?」

ディランの平坦な声に気圧《けお》されたのかトリップレットは言葉に詰まるがややあって表情

を怒りに歪ませる。

「このジジイ！　生意気な事しやがって！」

矛先をディランからトラストに切り替えたようだが、アレックスがその襟首を掴んで引きずる。

「おい！　何をするんだ！」

「降ってきたとはいえ、まだ火は消えてません。巻き込まれて焼け死なれても困るんで引き揚げますよ」

トラストを打ち捨てる形にする事に抵抗があったが、トリップレットをこの場に留まらせる事に二人は耐えられなかった。

自分達はこの場に居る資格がない。そんな気持ちもあって二人の聖殿騎士は護衛対象を引きずってその場を後にした。雨が降る中、倒れたトラストの姿から目を逸らしつつ。

去った者達はもう終わったものとして認識していたがトラストは辛《かろ》うじてではあるがまだ生きていた。

生きてはいたがそれも時間の問題。意識は混濁し、その肉体からは徐々に熱が失われる。

文字通りの風前の灯火《ともしび》。そんな彼が思う事は失った家族との日々。今日も続くと信じていた掛け替えのない日常。

家族を想いトラスト・アーチは無念のままその生涯の幕を閉じる——はずだった。

霞む視界に何かが見えた。それが二本の足だと認識すらできなかったが、彼には何かが見えたのだ。

「……荷物と残りの宿代が無駄になったな」

何かはどうでもよさそうにそう呟くと屈みこみ、トラストの首を摑んで強引に起こす。

死にかけたトラストの体に何かが侵入する。

すると失われた活力と思考力が徐々にだが戻ってきた。視界は完全とは言えないが明瞭になり、目の前に誰かがいるぐらいには外界を認識できるようになる。

「無駄になった以上は何かで補塡しなければならないが、これはお前の落ち度とは言えない。だから、一つ提案をしようと思う」

誰かはトラストにそう囁く。平坦で感情の起伏を感じさせないその口調は有無を言わさずに意図を彼の脳に浸透させる。

「ちょっと俺の実験に付き合ってくれないか？　上手く行けば、お前の復讐《ふくしゅう》の役に立つ」

復讐と聞いて彼の中に憎悪の炎が再度燃え上がる。そんな彼の心情に構わず、誰かは話を続ける。

「ただ、悪いが無償とは行かない。代償を支払って貰う事になる。それは——」

聞かされたそれは本来なら重すぎる代償と抵抗を示すだろうが、今の彼には何も残されていない。だから、トラストは未《いま》だに力の入らない腕を持ち上げ、差し出された誰かの手を摑んだ。

――もう失うものなど何もないのだから。

金糸亭の炎上は折よく降った雨と駆け付けた近隣住民、グノーシス教団の聖騎士達によって消し止められた。

広い範囲が燃えたが、周囲に建物がなかった事が幸いし他の建物への被害はなし。内部から三人の焼死体が発見され、この宿を営んでいた一家のものだと断定。

出火原因は火の不始末が原因と判明。誰も信じていなかったが、そう発表された以上、領民はそれで納得するしかなかった。

仲が良く、見ていて気持ちのいい一家で、その空気に居心地の良さを感じて定期的に利用する客も多かったので後になって知った者から悲しみの声が上がる。

長年、様々な人々に愛された金糸亭という宿の歴史は最悪の形で終わりを迎えた。だが一点、奇妙な部分が存在する。

夫婦とその娘は死体が発見されたが、彼らの親であるトラストの姿がどこにもなかったのだ。消火に駆け付けた者達が着いた頃には影も形も見当たらなかった。

何故か現場に居合わせた者達の証言で死亡したと断定されたが、死体が消えた事には疑問が残る。事故であってもはっきりしない点を残すのはよくないのだが、領主からの圧力でこの一件は解決となった。

これは余談だがその直後に領主の息子トリップレットは父親から謹慎を言い渡され、屋敷の別館に籠もる事となったのはあまり知られていない。


「……はぁ、ったくやってられねぇぜ」

アレックスは苛立ちをぶつけるように足元に転がった小石を蹴り飛ばす。普段ならそれを窘《たしな》めていた相棒のディランはそれを止めない。

彼もまた同じ気持ちだったからだ。金糸亭の炎上から丸一日と少し。

たったそれだけの期間であの凄惨な事件は事故として処理され過去のものとして埋もれてしまったのだ。当事者としてはあまり気分のいいものではない。

二人は聖騎士から剣の腕のみでここまで上がってきた叩き上げだった。その為、身分としてはそこまで高くない。

その為、間違っていると分かっていてもトリップレットの行動に干渉できなかったのだ。

彼らは教団に所属してる身であって、領主家に忠誠を誓っている訳ではない。だが、仕事である以上は護衛対象の意に沿う形で動かなければならないのだ。

聖殿騎士はこの世界水準で言うのなら結構な高給取りで、肩書を手に入れさえすれば人生安泰といわれる職の一つだった。

彼らも生活がある。得た肩書は永遠に彼らの物ではなく、場合によっては教団から剝奪される事もあり得る。

肩書と職を失う事の恐ろしさを考えると表だって逆らえなかったのだ。彼らが聖騎士を志したのは高い信仰心や職業意識があったからではなく単に給与と生活が保障され、安定した職業であるという一点にある。

それを失う事は彼らにとって何よりも恐ろしい事だったのだ。だからといって先日のあれは軽く流せるような事件ではなかった。

まさにこの世界の理不尽を凝縮したかのような悍《おぞ》ましい無知と悪意。思い付きと覚悟なき行動はあそこまで人を愚かにできるのかと二人は震えた。

「気持ちは分かるが俺達も同罪だ。仕事とはいえあの爺さんには悪い事をしてしまったな……」

「……だな」

アレックスは手をゆっくりと開閉する。今まで何人もの人間や魔物を教団に従い、正義の名の下に斬ってきた。

そこに大義名分があった以上、彼らの生物を殺傷するに当たっての嫌悪や罪悪感は教団という組織が担ってくれる。だからそこまで重く考える事はなかったのだ。

大義のない暴力は酷《ひど》く後味が悪い。強要されたものであるなら尚更だ。アレックスの手には未だにトラストを切り裂いた感触が残っていて離れない。

恐らくこれは一生かかっても消えないだろうなと思っていた。それだけ今回の一件は二人の背に重く圧《の》し掛かっていたのだ。

「護衛任務、外して貰えるように掛け合ってみるか?」

「俺も気持ちは同じだが、他人に押し付けるのは違うだろ」

「……そうかもしれないな」

昨日の夕方から翌日の朝まで降り続けた雨は夜が明けてからも途切れながらも街を濡らし、夕方頃に完全に上がった。

長時間の降雨だけあって地面のあちこちにその名残である水溜《た》まりは残っているが、空は雲こそ残っているが月が見える程度には綺麗《きれい》になっている。

二人は本日の仕事が終わったので帰宅の途中だった。彼らの家はドロローサにある宿舎だ。そのまま戻ってベッドで横になるのが無難な選択肢ではあるのだが、尾を引く先日の一件がそうさせてくれなかった。

本来ならディランかアレックスのどちらかが常にトリップレットに張り付いているのだが、今回ばかりはやりすぎたと判断されたのか領主の館にある離れに引き籠もっている。その為、他の警備がいるので四六時中張り付いている必要がなくなったのだ。

——とは言っても朝になればまた戻る事にはなるのだが。

「さっさと寝ないと明日に響くって言いたいが、どこかで酒でも飲むか？　酔えば多少は気も紛れるかもしれん」

「いいな。そうと決まればどこか適当な店に——」

アレックスの言葉が不意に途切れる。理由は目の前にいる者達だ。人数は二人で彼らの進路を塞ぐように立っており、待ち受けていたのは明らかだ。

容貌は暗い事と外套《がいとう》を目深《まぶか》に被っている所為で窺《うかが》い知れない。それでも体格から両方とも男である事は分かる。

ディランは内心で訝《いぶか》しみながらもアレックスに目配せをして腰の剣にそっと手を置く。

「俺達に何か用か？　何もないならそこをどいてくれるとありがたいんだが？」

気持ちが沈んでいる事もあってディランの口調は自分でも驚く程に不機嫌なものだった。

男達は黙ったままだったが、片方——大柄な方が小さく「どっちにする？」と尋ねるともう一人がディランを指差す。

流石にどういうつもりなのかを察した二人は無言で剣を抜く。数は互角なので片方ずつ対処する事もあって邪魔にならないようにそっと離れる。

「……立ち合って頂きたい」

「俺達を聖殿騎士と分かっていてこんな真似をするのか？　もし分かっていないのならどこかへ行け。今なら見なかった事にしてもいい」

ディランは目の前の男に警告を飛ばすが外套の男は無言で腰の剣――刀剣と呼ばれる少し変わった形状をした武器を構えて僅かに腰を落とす。

それを見てディランの内心に嫌なものが広がる。先日、トラストが使っていたものとやや外見は違うが似ていたからだ。

――まさかトラストの縁者か？

他にこんな形で狙われる理由にも心当たりがない。恐らくは彼の縁者が何らかの形で先日の事件を知って報復に現れたのだろう。

それにしては早すぎるとは思うがどちらにせよ向かって来るなら斬らなければならない。聖騎士は教団の象徴だ。それが敗北する事はあってはならない。

仮にあったとしても面子があるので教団はそれを許容しない。必ず成した者を地の果てまでも追い詰めて報復する事になるだろう。

その点をディランはよく理解していた。万が一にも無様に敗北し、それが広まれば彼等は教団の顔に泥を塗ったものとして下手をすれば追放処分だ。

間違っても負けられない。ちらりと相方の方を見るとアレックスも大柄な男に剣を向け、今なら見逃してやってもいいと警告していたが、返答は懐から取り出した魔石を握り潰した事だ。

それにより不可視の何かが周囲に広がる。ディランは似たようなものを散々見て来たので何が起こったのかはすぐに分かった。

この周囲に音が漏れなくなったのだ。周囲を見ると遅い時間だけあって人気もない。

大抵は魔法道具を用いて行うのだが、魔法を内包した魔石を砕く事で同様の効果を得る事ができる。魔石は高価な事もあってあまり取られない手法ではあるが、発生源を破壊する事で解除を難しくしたのだ。

魔法道具であるなら破壊に成功すればこの効果も即座に消滅する。だが、魔石の破壊を介しての発動であるなら僅かな時間しか効果を発揮しないが、解除系の魔法以外での干渉を受けない。

つまりこの二人は聖殿騎士相手に短期間で勝利を収める事を宣言し、尻尾を巻いて逃げだしたり助けを求められない為の布石を打ったのだ。ディランとアレックスはほぼ同時にそれを察して思考に怒りを滾《たぎ》らせる。

「舐められたものだな！」

不機嫌だった事もあって二人はあっさりと挑発に乗る。上等だ、聖殿騎士に喧嘩を売ってどうなるかその体に教えてやる。

ディランの脳裏には怒りこそあったが、その行動自体は冷静そのもの。初撃から次へ繋《つな》げる動きも組み立ててある。

それだけ自信があるのならこれぐらいは簡単に避《よ》けて見せろといわんばかりの斬撃は彼の出せる最速の一撃だ。剣は外套の男の脳天を叩き割る軌道を描いたが——

——ドサリと何かが落ちた異音に動きが止まる。

「——は？」

何が起こったのかディランにはさっぱり理解できなかった。自分の剣は外套の男を切り裂くはずだったのだ。

それなのに何故、外套の男は無傷なのだ。何故、何故——自分の両腕の肘から先が消えているのかが分からなかった。

いや、状況だけを見れば理解はできる。だが、彼の理性がそれを拒むのだ。外套の男は刀剣を一閃し、ディランの両肘を切断した。

しかも全身鎧の弱点である関節部分を狙ってだ。動いている相手の両腕を揃って一撃で切断できるものなのか？

疑問は傷口から噴き出す血液と脳天を貫く激痛に掻《か》き消された。

「が、がぁぁぁ!!」

遅れて悲鳴が口から吐き出されるが外套の男はその様子を見て小さく鼻を鳴らす。

「〈水銀《すいぎん》〉」

何事かを呟くと肩の辺りに痛みが走り体が麻痺したように動けなくなった。声すら出せなくなったディランは小さく呻《うめ》く事しかできなくなった。

「しばらく黙っておれ」

自分があっさりと負けた事を悟ったディランは相棒に希望を託そうと視線を遣《や》るが、その相棒は大柄な男に顔面を摑まれて持ち上げられていた。

彼の剣は男の肩に食い込んでいるが痛みを感じていないのかまったく意に介していない。

「や、止めろ!　止め――ぁぁぁぁぁぁぁ!」

暗い事もあって何をされているのかよく見えなかったがアレックスが負けた事だけは分かった。

大柄な男は動かなくなり、悲鳴すら上げられなくなったアレックスを投げ捨てるとゆっくりとディランの下へと歩いて来る。

ディランは立ち上がってくれと願いを込めてアレックスの方を凝視するが、倒れたまま動かない。

「もういいか?」

大柄な男が尋ねると外套の男は小さく頷く。ゆっくりとディランの顔面に向けて手が伸びる。

大きい以外は特に変わった所のない手だ。形状も自身のものと大きな違いはない。そのはずなのに手の平から、そして男から放たれる気配が恐ろしくて仕方がなかった。

あの手に摑まれると恐ろしい事になる。それだけは根拠もなくそう確信できたのだ。嫌だと拒んでも動けないので抵抗すらできない。

どうしてこんな事になったのだろうか? ついさっきまでアレックスと酒でも飲みに行く話をしていたはずなのにどうして?

無数の何故を脳裏に浮かべ、ディランは不意にある事に気が付いた。

――あぁ、そうか。あの爺さんもこんな気持ちだったんだな。

理不尽な現実に対する嘆きと怒り、分かっているつもりにはなっていたがまったくと言っていい程に理解が足りていなかった。

自分はこれ程の絶望を他者に齎《もたら》す片棒を担いだのかと悲しみすら覚えた。

――これが報いか。

迫ってくる手を眺めながらディランは諦めるように目を伏せた。

「——ふぅ」

人心地付いたようにトリップレットは息を吐き、バルコニーにある手摺《てす》りに身を預ける。

ここはメドリーム領主の館の存在する敷地内にある離れ——というよりは別館と呼称した方が適切な建物。

薄い肌着だけを身に着けた彼は休憩の為にこの場所にいた。さっきまで金で集めた商売女と遊んでいたのだ。

父親から外に出るなと言われたのでやる事のない彼はこうして女を集めて放蕩三昧《ほうとうざんまい》。周囲にいる誰もが目を背ける有様だったが、当人は気にもしない。

そんな彼でも流石にアレはやりすぎたと思ったのか素直に謹慎を受け入れたのだ。トラストの憎悪の籠もった眼差しは未だ目に焼き付いているが、その恐怖も時間が癒やしてくれる。

確かにやりすぎたとは思っていた。しかしそれは次回の反省に繋がるかといえばそれは否《いな》だ。

彼が失敗と認識しているのはトラストに殺されかかるという醜態を晒《さら》した事であって根

本的な部分では自分に一切非はないと思っていた。

結局のところ、トリップレットという男は自分の行動の結果に対して何も感じていなかったのだ。トラストと目障りなボロ宿は片付いた。

後は自分に無礼を働いた冒険者——ローへの制裁を済ませれば当面の問題は何もなくなる。さっさと自分の城を築いて誰にはばかる事なく女を連れ込んで一日中遊ぶのだと考えていた。

宿が燃えてから二回目の夜。昨日まで続いた雨とその痕跡も完全に消え去り、空には月がはっきりと見える。

少しの間、月を眺めていたが、飽きたのか部屋に戻る。常備してある体力を回復させる魔法薬を服用して続きをしよう。

どの女とするかなと考えていると空間に何かが広がる様な違和感。

——？

何が起こったのかと眉を顰《ひそ》めるが、それが何なのか分からない彼には困惑する事しかできなかった。反面、彼のベッドで待機していた女達には心当たりがある者が居たようだ。

一人が嫌な予感に顔を青褪《あおざ》めさせていた。トリップレットは「何か知っているのか」と尋ねようとしたが、その機会は訪れない。

何故なら部屋の扉を蹴破ってぞろぞろと明らかにならず者といった風体の男達が入って

きたからだ。

「おい、お前ら！　ここをどこだと思ってるんだ!!」

トリップレットは突然の侵入者に驚きはしたが入って来た者達の顔に覚えがあったので強気に言い放つ。男達は彼が金を払って飼っている子飼いの者達だ。

自分が養ってやっているといった自負もあった事と女達の前だった事もあって語調は荒い。男達は無言でトリップレット達を取り囲む。

取り囲まれてからようやくトリップレットの脳裏に状況への理解が追いついた。こいつらは自分を襲おうとしているのかと。

それでも彼の心には余裕があった。少し遅れて護衛の聖殿騎士の二人が部屋に入ってきたからだ。

「ディラン！　アレックス！　侵入者だ！　そいつらをつまみ出せ！」

聖殿騎士の二人にかかればチンピラの数名程度、楽に排除できる。

――が、ディランは興味なさそうに腕を組んで壁に寄りかかり、アレックスに至っては小馬鹿にしたように鼻を鳴らす。

その態度にトリップレットは怒りに顔を赤黒く染めて怒鳴る。

「何だその態度は！　やる気があるのか!?　さっさと仕事をしろと言っているんだこの間抜け共が！」

「知った事か」

「自分でどうにかしろ」

二人の豹変《ひょうへん》にトリップレットは大きな衝撃を受ける。今までこの二人は彼が何をしようが頷きで応えて付き従って来たのだ。

裏切るとは欠片も思っていなかったので尚更だった。彼よりも状況把握が早かった女の一人が這《は》うようにディランに近づく。

「あ、あの私は関係ないので帰っても――」

返答はゆっくりと引き抜かれた剣だった。ディランは軽い動作で寄ってきた女の首を刎《は》ね飛ばすと血の付いた剣を軽く振って血を落とした後、鞘に戻す。

女達から悲鳴が上がるが、誰も反応しない。そしてそれに反応して他の警備が駆け付ける事もなかった。

目の前で行われた殺人にトリップレットの表情は怒りから恐怖へとシフトし、赤黒く染まった顔は一気に血の気が引いて青褪める。

トリップレットはここに来てようやく誰も自分を助けてくれないという事実に思い至ったのだ。

「待て、待ってくれ。お前達、何でこんな真似をする？ 何で僕を裏切る？ 金か？ だったらお前等が受け取った倍払う！ だから――」

「そりゃ本人に聞いたらどうだ？」

ディランは会話するのも嫌なのか無言で顔を逸らしアレックスは心底から馬鹿にしたようにそう返した。

「ほ、本人？」

トリップレットが聞き返すと外套を纏った男が音もなく部屋に入ってきた。男は外套のフードを取り払うとその素顔を露《あら》わにする。

歳は二十後半から三十前半。精悍《せいかん》な顔立ちをした男で鋭い眼光は真っ直ぐにトリップレットを射抜く。

「な、何だお前は!?　ボクをどうしようってんだ!?」

トリップレットは男の顔に見覚えがなく、自分が何故こんな事になっている理由が分からなかった。

男はそれを聞いて怒りに表情を歪める。トリップレットは男に見覚えはなかったが、その表情と怒りと憎悪の混ざった視線には覚えがあった。

いや、よく見れば似て――いや、似ているなんてものじゃない。あのボロ宿の老人に――

「嬲《なぶ》るつもりだったがもういい。この世から疾《と》く消えよ」

「え？」

小さな風切音。それだけだった。

トリップレットは間抜けな声を漏らしたがそれ以上の事ができず、その首が胴体から離れて転がった。僅かに遅れて体がドサリと倒れる。

「満足したかい？　爺さ――もう爺さんじゃないな」

「後始末はこっちでやるんでトラストさん。あんたはこのまま行ってくれ」

二人の聖殿騎士の言葉にトラストは小さく頷くと踵《きびす》を返して去って行った。残されたのは聖殿騎士達と男達、そして怯《おび》える女達だけだ。

ディランは近くの男に小さく頷いて見せるとアレックスと共に部屋を後にした。廊下に出た彼らの背後から女達の悲鳴が上がったが気にも留めない。

それからしばらく後、領主の館の離れから出火。建物は全焼し、中からトリップレットと数名の焼死体が発見された。


俺は街の外れにあるやや古びた部屋の一室にいた。ここは宿ではなく、洗脳した連中の一人が家として使っている部屋だ。

あれから随分と面倒な事になった。宿が燃えてついでに宿に置いた荷物も燃えてしまったので、市場で新しく買い揃えるのと宿の手配。

中でもハイディの動揺は凄まじかった。放置すれば領主の館に殴り込みかねない勢いだったので、買い出しという仕事を与えて黙らせた。

装備品以外の大半が燃えたので少し時間がかかる。そうしている間に俺は俺でやる事があったのと、流石に荷物と宿代を無駄にされたのは不快だったので報復はするつもりだった。

手を汚さずに実行できる手段もあっさりと手に入ったので――チラリと窓から外を見ると空が僅かに明るくなり、火事だと叫ぶ声。

どうやら首尾良く片付いたようだ。〈交信〉で連絡を取るとちょうどディランから片付いたと報告が入った。

トリップレットは死亡。現場は偽装して連れ込んだ女の仕業に見せかけた。護衛は毒を盛られて死亡した事になるらしい。

シナリオとしては方々で恨みを買っていたトリップレットだったが、連れ込んだ女がその縁者でベッドにて刺殺。その後、死体を焼こうとしたが勢い余って館も燃えたと。

証拠らしき物も出てくるように細工しておき、証言も洗脳した連中にやらせるので問題ない。

あのポックという揉み手ばかりしていた奴がお任せ下さいと自信満々だった事もあって

本当に大丈夫かとも思ったが、杞憂《きゆう》だったようだ。

俺は一切関与していないので、不快な奴が自業自得で滅んだ事になる。やはり不快な要因は可能な限りこの世から消すに限るな。

何せこの世から消えればもう何もできないのだから。その脅威は永遠に取り除かれたと言っていい。

俺はしばらくの間、窓から炎に照らされた空を眺めていたが、しばらくすると小さなノック。入れと返すと一人の男がそっと入ってきた。

トラストだ。だが、その姿は最初に会った老人ではなく、戦闘能力の全盛期の若さとなっている。

「気は済んだか？」

そう尋ねるとトラストは小さく頷いて見せる。だったらいい。

「そうか。ならこれから料金の徴収に入るが構わないな？」

俺は死にかけたトラストにある取引を持ち掛けた。普段ならやらないのだが、トリップレットを始末させるのと実験的な意味でやってみたかった事があったからだ。

肉体の改造を他者に施す際のサンプルだな。ファティマで散々試したが数は多いに越した事はない。

——とは言っても、トラストの場合は記憶から全盛期の姿を再現。肉体的な強化は最低限だったが。

それでも元の素材が良かったのかトラストは非常に強力な個体として再生された。そして今回の実験における最大の目玉は脳と魂には一切手を付けていない点にある。

非洗脳状態でも活動できるのかが今回の最も大きなテーマだった。当然、欠片も信用していなかったので裏切った場合に対する保険はかけていたが。

結果としては成功といえる。トラストが裏切らずに素直に戻ってきた事にも満足していた。用事も済んだので、トラストの魂はもう残す意味がない。

俺はそっとトラストの顔を摑むように覆うが、抵抗の類いは一切なかった。一応ではあるがどうなるのかの話はしたので、素直に受け入れるのは少しだけ意外だった。

「爺さん。最後に言い残す事はあるか？」

「お客人。ありがとう、あんたに会えてよかった」

「礼は要らない。俺は料金を提示してあんたはそれを支払った。正当な取引の結果だ」

「それでもだ」

トラストはそう言って笑って見せる。笑顔になると老けてた時と同一人物だと感じさせた。

「そうか。じゃあな」

魂を喰らってトラストの根幹を消し去り、代わりに根を植え付ける。トラストの体が大きく震えるが倒れるような事にはならなかった。

やはり弄《いじ》った後だと制御を奪うのが早いな。新しい発見を得つつ、俺はトラストにディラン達と合流して指示に従えと伝えると頷いて去って行った。

洗脳した連中は街に置いておくと不都合がある。特にディラン達は死んだ事になっており、トラストに至ってはトリップレットを殺した犯人だ。

万が一、気付かれても面倒なので姿を晦《くら》ませる必要がある。行先はオラトリアムだ。ゾロゾロと大人数を連れ歩く趣味もないのでファティマに押し付けてしまえば何かに使うだろう。送るという話はしているので任せておけばいい。

さて、俺もやる事をやるとしよう。予定は大きく狂ったが、この街にも飽きて来たところだったのでさっさと出て行く為の準備だ。

こちらは当初の予定通り、冒険者ギルドで移動を伴った護衛依頼を請けて他の領へと移動するつもりなのでその手の依頼がないかと探しに行く。

――はずだったのだが、困ったな。

壁一面には依頼が張り出されているのだが、目当ての場所へ向かうものがなかったのだ。

次の目的地は闘技場と迷宮で有名なディロード領の予定だったのだが、そっち方面に向から依頼がなかった。正確にはあるのだが、日数が開いてしまう。

一旦、判断を保留にしてギルドの外へ。依頼を請けずに真っ直ぐ南を目指すのもありだが、ハイディを連れている関係で移動の足が欲しかったのだ。

小さな鳴き声が聞こえたので視線を向けると馬車が目の前を横切る。通り過ぎていく馬の背を見て再びどうしたものかと悩む。

護衛依頼を請けると馬車にも同乗できるので移動時間を短縮でき、時間の短縮は路銀の節約にも繋がる。

こうして悩んでいると俺は何故、あの女を連れて行かなければならないのだろうかといった疑問に襲われるが、同行させると約束した以上は理由もないのに放り出せない。

明確に邪魔になれば話は別だが、俺の定めたルールを守っているので俺も守らなければ公平ではない。同行させる事を早まったかと思いつつ見えなくなる馬を見て、ふと思いついた事があった。

足がないなら調達すればいいんじゃないか？　馬を手に入れる事は可能だ。

正確にはキャバルスと呼称される魔物なのだが、家畜化させた種族だ。本来はユニコーンやバイコーンのように魔石に似た材質を持った角を備え、そこから魔法を放つらしい。

純正のキャバルスがこの国には生息していないので、歴史で学ぶ類いの知識だな。高額ではあるが裏を返せば金さえあれば購入できる。

体調不良どころか仮に死んでも俺ならどうにでもできるので手に入れるのは悪い選択肢ではない。出費的に痛いが――そこで閃《ひらめ》くものがあった。

そうだ。何故、購入する前提で考えているんだ。自分で作れば無料じゃないか。

我ながら名案だと思い、俺は実行する為にさっさと移動した。


街の出入り口は夜間である事と火事の所為で塞がっていたので〈飛行〉で街を覆う壁を飛び越えて外へ。

身体能力強化にものを言わせて一気に移動し、街から離れた森へと向かう。ここは魔物の生息圏内だったので人があまり近寄らない。

俺はそのまま堂々と中へと踏み込む。しばらく歩くとふごふごと鼻を鳴らす音が聞こえた。

どうやら魔物のテリトリーに足を踏み入れたらしい。飛び出して来たのは二メートルを超える猪《いのしし》に似た魔物。視線に怒りを宿らせて突進してくるので正面から受け止めた後、首を一回転させて仕留める。

よし、これでいいな。サイズ的には申し分ない。後は肉体を改造するのと同じ要領で形を作ればいいので楽なものだ。

――と思っていたのだが、作業を始めて十数秒後に俺は致命的な問題に気が付いた。

馬を作るつもりだったのだが、俺は馬を喰った事がないので生体情報がないのだ。サンプルがない以上、作る事はできない。

しまったと思ったがどうにもならない。街に戻って適当な馬の脳から情報を引き出すべきかと悩んだが、戻るのも面倒だったのでこのまま作業を続行する。

魔物の死骸は怪しげな肉塊へと変わったが、粘土をこねるように形を変えながらどうしたものかと考え——そこで再び閃いた。

俺は馬が欲しいのではなく移動に便利な足が必要なのだ。なら人を乗せられて足が速いという二つの条件を満たせば何でもいいじゃないか。

何事も発想の転換だ。実際、その条件なら手頃なのが一種ある。

後は自衛できるように適当に戦闘能力を盛り込めばいい。方向性を決めると後は早かった。

肉塊はぐちゃぐちゃと音を立てて形を変形させていく。自分の体を丸ごと作り替えた事はあったが、一から生き物を作るのは初めてだったのでやってみると様々な問題が出て来た。

まずは俺自身の消耗だ。組み換えは体内の根を随分と持って行かれるので途中でかなり強い空腹に襲われた。幸いにも他の魔物が襲って来たので返り討ちにした後、喰って補給できた。

後は質量を増やす事も消耗の要因と気が付いて、他の魔物の死骸を素材として使用する事を思いついたのは作業の終盤に入った頃だった。

簡単だと思って軽い気持ちで始めたがやってみると中々に難しく、作業は難航し——終わった頃には空が僅かに明るい。時間がかかったが仕上がりは中々の物だと自負している。

俺の目の前にいるのは一匹の地竜。全身は黒く、肌に触るとひんやりとしているのは皮膚の下にデスワームの生体装甲を仕込んでいるからだ。

腕はやや大きくし物を掴んだりできるようにしてある。二人乗りを前提としているのでオリジナルよりは二回りほど大きい。

取りあえず屈ませて跨《また》る。胴体を膝で挟むようにしてみたが、少し乗り難いな。取りあえず動けと指示を出すと地竜はのそのそと歩き出した。

思った以上に揺れるので少し安定に難があるか？　今度は軽く走らせてみよう。走れと命令すると地竜は無言でこちらを振り返る。

何だその目は？　知能は人間並みに引き上げてあるので〈交信〉での意思疎通は勿論《もちろん》、人間の言葉も完璧《かんぺき》に理解できている。

地竜の視線は「本当にいいのか？」といわんばかりだったが、俺がいいから走れと言うと駆け出す。そしてその数秒後に視線の意味を理解した。

何故ならそのタイミングで俺が振り落とされたからだ。打ち所が悪かったのか首が変な方向に曲がったが些細な事だったので、直しながら失敗を振り返る。

不安定な為、半端な乗り方だと振り落とされる、鞍《くら》と手綱が要るな。どちらにせよ荷物を括《くく》りつける為に必要だとは思っていたので後で街に買いにいくとしよう。

頭の中で必要なものをリストに挙げつつ、その場を後にしようとすると地竜が無言で付いて来ようとしたので後で呼ぶまで待機していろと留まらせる。

そもそも俺は街にいる事になっているのでこいつは連れて行けない。合流は街を出た後だ。

ハイディを連れて街を出た後に——不意にトントンと肩を指で叩かれる。さっきから何だ？

地竜はグルルと喉を鳴らしながら口から涎《よだれ》を垂らす。

「何？　腹が減ったから食い物を置いて行け？」

頷きで返されるが俺は黙って首を振る。持っていない上、お前を作って消耗したので腹が減っているのは俺も同じだ。

「待っている間、その辺の魔物でも喰っていろ」

そう言って今度こそ俺はその場を後にした。

来た時と同じ手順で街に戻り、さっさと必要な物を買い揃えようとしたが流石に朝方だった事もあって店の大半が閉まっていた。

これは朝まで待つ必要があるので取りあえず腹ごしらえと宿へと向かう。今回の宿は酒場でもあるのでそこで食事を済ませようと入る。

早い時間だけあって人はまばらだった。その中に何故かハイディが居たので何をやっているんだと近寄る。

「あ、やっと戻ってきた。何をやっていたんだい？　流石に遅いから心配したよ」

「何だ待っていたのか？」

「当たり前だろ。下手に探して行き違いになるのも困るからずっと待ってたんだよ」

「そうか。で？　荷物の方は揃ったのか？」

「買い出しなら終わったよ。荷物はまとめて部屋に置いてある」

なら日が昇ってから騎乗に必要な物を揃えればそのまま出発できるな。

「こっちは問題ないけど、そっちはどうだい？　依頼は見つかった？」

「あぁ、それなんだが、次の目的地はディロード領である事は話したな？」

「うん。闘技場がある街に向かうんだったよね」

俺はあぁ、と頷きながら店員に料理を注文してハイディの向かいの席へ着く。

「それなんだがディロード方面へ向かう依頼はあるにはあったが少し後になる」

「あ、そうなんだ。どうする？　滞在日数を伸ばすの？」

「いや、代わりに足になるものを手に入れてな。それを使って移動する」

「足になるもの？」

何だろうと首を傾げていたが特に応えずこの後に追加で必要になった物を仕入れて街を出るとだけ言っておいた。

料理も来たのでその話題は終わり別の話に移行する。

「……さっきの火事、聞いた？」

流石にこれだけ派手に騒げば耳にも入るか。

「あぁ、もう消火は済んだようだが、随分と派手に燃えたようだな」

「どう思う？」

「さぁな。元々、あちこちで恨みを買っていたようだから先日の一件でそれが表面化しただけの話じゃないか？」

少なくともトラストの宿を焼かなければ死ぬ事はなかったな。

「燃えたのは領主の息子がいた離れなんだって」

「そうか」

ついでに本人も燃えたぞと言いかけたが、俺が知らないはずの話なので黙って頷いておいた。

領主がどんな反応をするかは知らんが、犯人捜しは始まるだろうな。

そういえば街の出入り口は封鎖されていたが、朝には出られるようになるのだろうか？

一応、出入りの記録は取るので身元がはっきりしている冒険者は出られると思うがもしも足止めを喰らうとしたら面倒だな。

「……まさかとは思うけど君じゃないよね」

「違うな」

即答する。殺しの片棒は担いだが。実際に殺したのは俺じゃない。

ハイディは探る様な視線を向けて来るが俺に後ろめたい事は欠片もないので真っ直ぐに見返す。

まぁ、あんな話をした直後にあれだ。疑いたくなる気持ちも分からなくもないが、やっていないものはやっていない。

「そっか、ならいいんだ。――最後に一つ。君は『報い』についてどう思う？」

「それはこの前の話か？」

ハイディが頷くのを見て俺はふむと考える。報い。俺の認識では行動の結果に発生する事象だな。

いい悪いはあるだろうが、行動して他者に影響を与えるのであれば何かしらあるだろう。

ただ、こいつが求めているのはそんな答えじゃないか。

「行動の度合いによるんじゃないか？　今回の一件で言うのならやりすぎた結果、恨みを買った。お前の場合は裏で動いていた連中の事もあったが結果が出なかったからそれが反映された。それだけの話だ」

　少し悩んだが感傷的な問答はあまり得意じゃないので、そんな当たり障りのない返答しかできなかった。

「……そっか、うん。僕にはよく分からないけど君の考えはよく分かったよ」

「ならいい」

　喰いながら話していたので気が付けば注文した料理がなくなっていた。外を見ると明るくなっており、人出も増えてきている。

「いい時間になったな。お前は荷物を纏めて宿の精算を済ませてから、街の南側の門で外に出られるかの確認をしてくれ。俺は必要な物を揃えたら合流する」

「分かった。探すのに少しかかりそうかい？」

「いや、場所の当たりは付けてあるのでそこまでかからんはずだ」

　どこへ行けば何が手に入るのかは大雑把だが頭に入っているので問題はない。

　腹具合も落ち着いたので俺はさっさと酒場を出て目当ての店へと向かう。早い時間帯なだけあって、道も空いているので移動はかなり楽だった。

　ちょうど開店準備を始めていた防具などを取り扱っている店舗だが、馬の鞍や手綱も販売している。そこで必要な物を購入してさっさと南門へと向かう。

　到着すると既にハイディが荷物の詰まった鞄を背負って待っていた。

「早かったね。さっき聞いて来たけど、冒険者証を見せれば通してくれるってさ」

「そうか」

「うん。そうなんだけどそれって手綱に鞍？　キャバルスに乗せる奴だよね？　まさか買ったの？」

「まぁ、ちょっとあってな。金はそこまでかかっていない」

何せ本体価格は無料だからな。俺は〈交信〉で地竜に近くまで来いと指示を出した後、ハイディと一緒に街の外へと出る。

トラスト達は夜の間にこの街を離れたので今頃はオラトリアムへと向かっている頃だろう。

「そのまま街から出たけどどうするんだい？　僕はてっきり買って来たキャバルスを連れて来るものと思っていたよ」

「近くにいるはずなのでそこまで歩く必要はない」

不思議そうにしているハイディを連れ、街道を外れて人気のない木々が生い茂った場所へと移動する。

「この辺りのはずだが……」

呟きながら〈交信〉で来いと指示を出すと木々の隙間からぬっと姿を現した。ハイディはその姿に驚くが即座に荷物を投げ捨てて腰の剣に手をかける。

抜く前に必要ないと手で制した。地竜は小さく喉を鳴らすと俺に背を向けて腰を下ろす。

「手伝え、鞍を付ける」

「え？　足ってこの魔物なの？　ど、どうしたのこれ？」

「この前、捕まえた。中々に賢い奴でな。俺に飼われる気になったようだ」

「いや、えぇ……。捕まえたっていつの間に……」

「いいから鞍を付けろ」

あんまり突っ込まれるとボロが出るのでやや強引に手伝えと促す。

「う、うん。でも、大丈夫？　噛《か》みついたりしない？」

「お前が剣で斬りつけない限りは問題ない」

ハイディは恐る恐るといった感じで乗せた鞍を固定し、俺が手綱を付けている間に荷物の固定を行う。

地竜はその間、暴れたりはせず小さくあくびをしていた。その様子に警戒を僅かに解いたのか感触を確かめるように背を撫《な》でている。

「あ、ひんやりしてる。この子って地竜だよね？　本でしか見た事なかったけどこの辺にもいたんだ」

「居たみたいだな」

そう応えている間に装着は完了し、後は跨るだけだ。試しに乗ってみるがやはり鞍を付けるとかなり違う。

手綱の感触を確かめて問題がない事を確認。よし、これなら行けるな。

「後ろに乗れ」

鞍を二つ付ける予定だったが大型の物が売っていたので二人乗りでも何の問題もない。

ハイディを後ろに乗せて後は行くだけだ。地竜はのそりと立ち上がる。

「わ、思ったより高いな。あ、ところでこの子の名前は？」

「名前？」

「うん。一緒に旅をするんなら名前は必要じゃないかな？」

確かに名前はあった方がいいな。何にするかと考え――

「サベージでいいだろ」

昔のバイクにそんな名前があったような気がする。特に深くは考えていなかったのだが、気に入ったのか地竜は頷きで応える。

文句がないなら決定でいいな。地竜改め、サベージは軽快な動きで走り出した。

「わ、速い速い！　これからよろしくねサベージ！」

ハイディの戸惑った声を聞きながら小さく後ろを振り返るとウィリードの街がどんどん遠ざかって行く。

次の街では何が待っているのか、俺はぼんやりと考えて遠ざかる街から視線を切った。

第07章

PARADIGM・PARASITE

VOLUME TWO

迷宮

I have no reason to die anymore.

Why don't I travel wherever I feel like it?

All I have to do is to kill

anyone who gets in the way.

流れる景色を見つめながらサベージを走らせる。移動手段を手に入れた事により、一日に移動できる範囲が大きく広がった。

サベージを作ったのは正解だったとは思うがいい事ばかりじゃない。まず最も分かり易い問題が餌代だ。

体だけでなく体内に埋め込んだ根の維持も必要なのでとにかく大量の食事を必要とする。流石に手持ちの食料だけでは賄い切れないので定期的に魔物がいそうな場所へ寄って餌を調達しなければならない。

付け加えるなら燃費の悪さの所為《せい》で常に空腹を訴え続けているのも少し鬱陶《うっとう》しかった。ただ、鉱物以外なら何でも喰《く》うので、餌を選ぶ必要がない点は楽ではあるが。

もう一つの問題は地竜である事だ。これは完全に俺のミスだった。取りあえず足が速い生き物を作ればいいと浅い考えで選んだのだが、元々地竜は気性が荒く、獲物を嬲《なぶ》る狡猾《こうかつ》さも持ち合わせた危険な種だ。

おまけのこの近辺に生息していない事もあって非常に目立つ。実際、すれ違った連中はどいつもこいつも驚愕《きょうがく》の眼差しを向けてきた。

悪い点ばかりが目立つが、移動以外の利点もなくはない。野営の時に見張りを押し付けられるので、妙な奴が近づけば対処を任せられる。

お陰でハイディの睡眠時間を増やせるのは思った以上に大きい。こいつの体調は移動距離に直結するので可能な限り良好に保っておきたかった。

以上がサベージを作った事により、発生したメリットとデメリットだ。収支で言うなら黒になったと思っているので特に後悔はない。

ただ、作るなら無理をしてでも馬の生体情報を抜いておくべきだった事に関しては少し後悔していた。もうハイディに見せてしまったので作り直しは無理だ。

諦めてこのまま運用するしかない。最悪、処分して病死したとでも言えばごまかしは効く――

「ねぇ、あれがそうじゃないかな！」

不意に背中を叩かれて視線を遠くへ遣ると離れた場所に巨大な建造物が見える。ウィリードを出てから数日。

メドリーム領を越えてディロード領へ入って更に数日が経過したところで目的地が見えて来た。この国で最大規模を誇る闘技場を擁する街――ストラタだ。

規模は交易都市でもあるウィリードに比べるといくらか格は落ちるが、活気ではそこまで大きな差はなかった。

ストラタ。闘技場で有名ではあるが、裏を返すと闘技場以外の目玉がない街でもある。つまりこの街に来る奴の大半は闘技場に用事があるのだ。

出るのか見るのかの違いはあるが、娯楽か剣闘士として名を上げたいのか。理由は様々だが、試合に何かしらの関心があるのは共通だろう。

「ところでストラタでは何をするんだい？」

「さぁな。取りあえず闘技場を見物でもする」

「まさか出るの？」

「いや、見る方だな」

「そっか、出るとか言いだしたら流石に止めるつもりだったよ」

出てもいいが俺の体質は闘技場とは相性が悪い。下手に致命傷を喰らって平然と立ち上がったら不自然なので試合形式の戦闘は俺には向いていないのだ。

精々、試合結果を用いたギャンブルに参加するか、単純に試合だけ見て引き揚げるかのどちらかだな。

「滞在はどれぐらいを考えているの？」

「二日、長くても三日だな。あそこは闘技場しか見る所がないから飽きたら次へ行く」

闘技場に興味はあったが一日試合を見たら飽きそうな予感がしているので、観光に一日、準備に一日、その翌日出発で計三日だ。

「はは、はっきり言うね。でも、移動はサベージのお陰で楽になったけど路銀はどうする？　そろそろ心許《こころもと》なくなってきたんだけど……」

「ストラタではプレートの更新だけして、依頼は次に向かう予定のライトラップで行う」

この街での依頼は闘技場の運営関係らしく、荷運びなどが大半を占めているらしい。その為、実入りがあまり良くなく、手早く稼ぎたいなら次の目的地であるライトラップの方が向いている。

「確か迷宮がある街だよね？」

「あぁ、この領で最も冒険者の需要が大きい場所でもある」

それは今はいい。取りあえずストラタを見てから考えればいいからな。俺は徐々に近づいてくるストラタの街を眺めながら実際の闘技場はどんな物だろうかとぼんやりと考えた。


街に入るに当たって問題が一つあった。サベージだ。

目立つので当初は街の近くに放して街を出るタイミングで合流すればいいと思っていたのだが、ハイディが居なくなったり勘違いした冒険者に討伐されたら困ると主張したのでそのまま街に入れる事にした。

前者はともかく後者は厄介事の種だった。冒険者に襲われて下手に返り討ちにしようものなら討伐依頼が組まれる可能性が高い。

それなら騎獣として街に入れた方がマシと判断したからだ。当然、警戒されるが冒険者証を見せて何かあった時の責任の所在を明らかにしておけば入る分にはどうにでもなる。

問題は宿だ。厩舎《きゅうしゃ》付きは少ない上、料金が高いので出費が嵩《かさ》むな。果たしてサベージを置いてくれる宿があるのかどうか……。

街に入る際、衛兵に厩舎付きの宿を聞いておいたので場所は分かるが、必要以上に注目されるのはあまり気持ちのいいものではなかった。

闘技場目当ての客が多いので宿の利用客は身なりが良く、明らかに金を持ってそうな富裕層が多い。そもそも厩舎付きの時点で馬を買えるだけの経済力を持っているのだ。

金がない訳がない。そんな中、受付に来る低ランク冒険者は酷《ひど》く目立った。ジロジロと無遠慮に向けられる視線に不快感を覚えつつも受付を済ませ、厩舎を使えるかの確認を取るのだが――

「……こりゃたまげたな」

そう呟《つぶや》いたのは宿の主人だ。サベージを見て目を丸くしていた。

「厩舎に入れても問題ないか？」

「あぁ、入る事は入るが、こいつが他の客が連れて来たキャバルスを喰っちまわないか心配なんだが……」

「そこは問題ない。躾《しつ》けてあるので出された餌しか食わない」

許可を出せば何でも喰うが。宿の主人は「そりゃ凄《すご》い」と呟きながら触ってもいいかと尋ねて来るのでどうぞと促す。

宿の主人に撫《な》でまわされてサベージは嫌そうにしていたが我慢させる。

「おぉ、こりゃ凄い。この宿をやって長いが、地竜を連れた客を泊める事になるとはなぁ」

「で？ 入れていいのか？」

「あ、あぁ、あんたが責任持つなら構わない。餌はどうすればいい？ 一日、三度出す決まりになっているが」

「一番安くて量があるので頼む。何でも食うから残飯でも構わない」

「そ、そうなのか？ だったら値段は抑えられるが……」

話は決まったな。残飯を食わされると聞いてサベージがもっとマシな物を食わせて欲しいといった眼差しを向けて来たが無視した。

溜息《ためいき》のように鼻を鳴らしたサベージは宿の従業員に手綱を引かれて厩舎へと入って行く。それを見送ったところで話題を変える。

「ところで闘技場を見たいんだが、この時間でも見れるのか？」

「いや、一般向けは休みだな。見たいなら明日の朝から一日やってるぜ」

「そうか」

空を見上げると日が僅《わず》かに傾いていた。次いで視線を闘技場へと移動させると歓声のようなものが微《かす》かに聞える。

なるほど。今は一般向けじゃない客が入っていると。

「今は貸し切りという訳か」

「……そんなところだ」

支払いをしながら宿の主人に話を聞くと、サベージを触れたのがよほど嬉しかったのか色々と教えてくれた。

この近辺の知識は闘技場がある事とトラストから吸い出した古い知識しかなかったので初耳の話が多い。

まずこの闘技場、具体的にどんな層が利用するのかといった話だ。まずは客としての利用。

これは俺のように物見遊山《ものみゆさん》で来た奴。俺みたいに金を持ってなさそうなのは珍しいらしく、大抵は金を持っている富裕層だ。

それ以外は住民が主な観客だな。この街最大の娯楽で入場料もそこまで高額ではないので子供でも中に入れる。

近所の子供が小遣いを握りしめて闘技場へ入って試合を見た結果、将来は最強の剣闘士を夢見た後、現実を知って諦めるケースは非常に多い。

見るだけなら低額だが、遊ぶとなると話は別だ。闘技場はギャンブル会場でもある。試合が始まりどっちが勝つかに賭けろといったシンプルな物だが、この手の催しに付き物なのが八百長だ。宿の主人は濁したが否定しなかったところを見ると定期的に行われているのは明らかだ。

……取りあえずギャンブルで一攫千金《いっかくせんきん》は止《や》めておいた方がいいな。

話を戻そう。金を落とす利用客の大半は余裕のある金持ちだが、中でも闘技場の上客――「会員」と呼ばれる更に金持ちの客がいる。

地位の高い者、商会などを経営していたりと共通するのは金が有り余っている事だ。そんな連中が娯楽として楽しむ為の特別な試合があるらしい。

それが現在、行われている特別試合のようだ。特別試合とは何とも胡散臭《うさんくさ》い響きだな。

次に別の形で利用する者達――剣闘士についてだ。これは大きく分けて二種類いる。

好き好んでこの世界に飛び込んだ者とそうでない者。前者は腕に覚えがあり、試合に出る事によって得られるファイトマネーを目当てに剣闘士になった者だ。

剣闘士はなるに当たってのハードルは冒険者より低い。登録して試合に出るだけだ。もっとも半端な腕の奴が挑めば初戦で死ぬらしいが。

村の力自慢が自身が強いと自惚《うぬぼ》れて当然のように初戦で即死するのは闘技場の風物詩になっている。物語の主人公のようになれると夢を見るのはいいが、現実と折り合いがつかなければ潰《つぶ》される典型だな。

次に後者の剣闘士になる事を強要された者達についてだ。これもシンプルで分かり易い。奴隷だ。

奴隷に人権は存在せず、所有者の財産扱いなので剣闘士にして使い潰す事も罷《まか》り通る。さっき挙がった「会員」の一部には奴隷上がりの剣闘士を飼っているオーナーも含まれており、闘技場の運営に一役買っていた。

観客は常に新しい刺激を求める。その為、アイドル的な魅力を持ったスターは必要だが、そいつだけでは回らない。勝敗の分かり切った戦いなど見ても飽きが来るからだ。

その為、定期的に新しい選手を入荷するのだ。初戦で死ぬ者は以降、二度と見れなくなるのでどの試合も見逃せないとここに居を構えた者までいるらしい。

他人がくたばるシーンが見たくて仕方がない変わった趣味の持ち主もいるのでそう言った意味での需要も大きかった。加えて、隣のティラーニ領は国内有数の奴隷市場だ。

そこから常に新しい奴隷が供給されるのもこの状況への追い風となった。ティラーニ領としては定期的に奴隷を売りつけられる先を確保でき、ディロードは足りない選手を補充できる。

お互い持ちつ持たれつの関係を維持できているらしい。

……で、最後に特別試合の話になるのだが……。

「俺が話したって言うなよ」

頷《うなず》くと宿の主人は声を落として続きを話す。街の人間なら大半が知っている事実ではあるらしいが、特別試合は選手になれないような奴隷を死ぬまで嬲り殺すという試合の体裁をとった趣味のよろしくない催しのようだ。

「なるほど。つまり向こうで盛り上がっているのは嬲り殺しにされている奴隷を眺めている連中なのか」

「あぁ、正直、運ばれて行く連中を見ちまうといい気分にはなれないので、早いとこ廃れて欲しい催しではあるがな」

宿の主人はそう言って話を締める。その後、いつまでも客と話しているとカミさんがうるさいんだと小さく笑うと部屋の鍵を寄越して仕事に戻っていった。

知りたい事も知れたので今日は休んで明日だな。いつの間にか宿の女将と話し込んでいたハイディに先に行っていると言って部屋へと向かった。


翌日。

朝になったと同時に俺は隣のベッドで寝ているハイディを起こして朝食を摂るべく酒場へ向かう。

並んだ料理を黙々と食べていると何やら外が騒がしい。たまたま通りがかった宿の主人に話を聞いてみると宿泊している客の子供が二人姿を消したそうだ。

ざっくりとした特徴を教えられたが、覚えもないので知らんとだけ言っておいた。

「物騒だなぁ……。早く見つかればいいのにね」

「そうだな」

関係のない子供の安否なんてどうでもいい。そんな事よりも闘技場だ。

朝食を簡単に済ませ、宿の従業員からサベージに与える餌の内容を聞いた後、目的地へと向かう。

「闘技場って初めてだからちょっと緊張するよ」

「そうか」

見るだけなのにどう緊張するのかは知らんが、興味があるのは確かだ。朝も早いのに結構な人数が集まっていた。

壁には本日予定されている試合の対戦表とその配当が並んでいる。楽しませる為にバリエーションもあるのか団体戦らしき物もあった。

倍率に関しては極端に高い試合もあれば拮抗《きっこう》しているものもある。剣闘士の名前は知らないので、極端に低い奴は強いだろう事は分かった。

試合にはざっくり分けて二種類ある。まずは個人戦、これは倍率の低い試合と高い試合があって、低い試合は実力が拮抗している者が行う。

後者は新人や飛び込みで入った剣闘士の試合となる。倍率が高いので大穴狙いで賭ける者が多く、ギャンブル性としては面白いらしい。

まぁ、人気なのはどちらが勝つか分からない前者らしいが。

もう一種類は――後でいいか。入場料を払って適当な席に着くと最初の試合が始まろうとしていた。

さっき見た対戦表によれば最初の試合は新人戦のようだ。相手は中堅どころらしく、倍率には結構な差がある。

ハイディは少額なら賭けてみようかとか言っていたので止めさせた。加熱するタイプではないとは思うが絶対ではない。

下手に散財して今後に悪影響が出ても困るので当初の予定通り、見るだけで済ませるべきだ。

出て来たのは全身に傷が刻まれたいかにもといった男と、体格が良く力自慢なのがよく分かる大柄な男の二名。

前者はこの闘技場でそれなりの試合数をこなして生き残ってきたベテラン。後者は近くの村から来た新人剣闘士らしい。

観客席の反応を見るにベテランが新人をどう叩き潰すかで盛り上がっている者が多数だが、もしかしたら大番狂わせがあるかもと新人を応援する声も響く。

選手の入場により歓声が上がるが、正直もう結果が見えていたのでどういう展開になるのかにしか興味がない。

ハイディも興味があるのか視線は釘付けだ。選手の簡単な紹介に簡単なルール説明を行って開始となる。

武器、魔法の使用は自由、相手を戦闘不能または死亡させる事。降参も認められるが審判に聞こえるように申告しなければならないので――始まったか。

見ている先で新人選手が持っていた斧《おの》を振り上げながら突っ込む。相手は腰に剣をぶら下げてはいるが抜く気配はない。

余裕が透けて見えるが、武器を抜かない理由は演出かと注目していると斧の振り下ろしを最小の動作で躱《かわ》して喉に一撃。それを見てそういう事かと納得した。

新人選手はたった一度の攻防で心が折れたのか審判に何かを言おうとしていたが、声が出なくなっている事に目を見開く。

喉を潰して降参できなくしたのだ。こうなると後はいつもの流れといった感じなのか観客はやっぱり駄目かと言わんばかりに「あぁ――……」と諦めの声を漏らす。

恐らく新人に賭けていた連中だな。倍率は結構なものだったので勝てば少額でもそれなりの額が返ってきただろう。

当てが外れた事で新人に「賭けてやってるんだからもっと気合を入れろ」とヤジを飛ば

す客が現れる。意気揚々と村から出て来た力自慢は早々に現実を知って泣きそうになっていた。

もう戦意は失《う》せているように見えるが相手は遠慮する気はないようで致命傷を避けて嬲り始める。それを見た観客の反応は様々だ。

露骨に白けた顔で席を立つ者、いいぞもっとやれと煽《あお》る者、純粋に興味が失せたので連れと話す者と大きく分けて三種類だが、共通するのは助けを求めても誰も救ってくれない事だろう。

「……ごめん、ちょっと何か食べられる物でも買って来るよ」

ハイディもその例に漏れず、適当に理由を付けてその場を後にした。恐らく次の試合になるまでは戻って来ないだろう。

面白いかどうかはさておき、見ていてあまり気分のいいものではないな。俺は小さく嘆息して試合が終わるのを眺める。

どうも試合にも尺のようなものが存在するようで長くなる分には融通は利くが、短くなるのは許容できないらしい。ある程度時間が経ったタイミングで新人を殴りつけて気絶させ、試合は終了となった。

嬲っていた奴も時折、時間を気にするような素振りを見せていたので、外から試合を引っ張れと指示を受けていたのだろうな。

終わる頃にはやっと終わったかといった素振りを見せる観客に勝利のアピールを行うと、倒れた新人を担いで去って行った。

これで新人戦が終了となったが、はっきり言ってつまらなかった。他もこの調子ならもう来なくていいな。

次は中堅どころの選手同士の激突となるらしく、会場は大いに沸き立っていた。正直、さっきので試合に対する期待度は大きく下がっていたので、やや見る目が白けたものになってしまう。

試合の準備が整ったところでハイディがパンの入った袋を持って現れた。無言で一つ差し出して来たので受け取って代わりに硬貨を握らせる。

「別にいいのに」

「俺がよくない」

話している間に準備が終わり、二人の男が各々《おのおの》構えを取る。片方は剣、もう片方は短剣だったが、何を思ったのか武器を投げ捨てると指で手招きするように挑発。

観客は「殴り合いに持ち込むつもりだ！」「受けるのか!?」「受けろ！　受けなきゃ男じゃない！」「いや、そのまま斬《き》り殺しちまえ！」と好き勝手に喚《わめ》き散らす。

試合のルールに盛り込まれていない以上は受けるも受けないも自由だ。仮に容赦なく斬り殺したとしても何ら問題はない。

さぁ、どうするると見ていると、もう一人の男も剣を投げ捨てて構えた。観客は大興奮だ。

お互いが挨拶するように小さく拳をぶつけると全力の殴り合いが始まった。顔面を斜めから打ち抜き、腹を突き破らんばかりに突き上げる。

互いの全身から血が飛び散り、顔面が腫れ上がった。殴り合う事十数分。最後には片方が力尽きて崩れ落ちて試合終了となった。

観客からは割れんばかりの歓声と選手を称えているであろう拍手で会場が満たされる。

勝者は敗者を助け起こし、肩を貸して舞台を後にした。

「凄《すご》かったね！」

「そうだな」

こちらに関してはどちらが勝つかまったく読めなかったので見世物としては非常に見応えがあった。

観客の満足度も新人戦とは比べ物にならない。その後も新人戦と中堅選手の試合を繰り返し、それなりに時間が経過した事により本日の目玉となる試合となる。

団体戦。これは一日に一回、多い日は二回だけ行われる大規模戦で大人数で行われる多対多の試合だ。この闘技場では特に人気のコンテンツで、団体戦だけを見に来る客も多い。

チームに関しては新人やそれ以外も含めて毎回ランダムで決めているらしく、誰と誰が組んでいるのかが分からないのも人気である一因だ。

大楯や槍だけでなく、ハンマーなど様々な武器を持った男達は相手を叩き潰さんとやる気を漲《みなぎ》らせている。

観客のテンションもどんどん上がっていく。始まった団体戦は迫力も見応えもあり、各人の立ち回りも見ていて参考になる点も多くなるほどと頷く。

戦力もバランスよく配置されているので他の試合と同様、どちらが勝つか読めない点もいい。ハイディに至っては身を乗り出してさえいた。

……なるほど。

最初の新人戦で期待値はかなり下がっていたが、気が付けばしっかりと楽しめる構成になっていた事に小さく唸《うな》る。

人気なのも頷けるなと納得したところで決着がついた。


「面白かったね！」

「そうだな」

やや興奮気味なハイディの相手をしながら宿へと戻る。何だかんだと食事休憩を挟みつつしっかり一日楽しめたな。

「特にあの殴り合いは凄かったね。見た感じだけど、あの状況で冷静に相手の急所を狙えるのはちょっと真似できないかも」

「俺は最後の団体戦だな。攻撃、防御に偏らせずに攻めていたが、相手の守りを固めて息切れを狙うのは素直に上手いと思ったな」

「うん！　凄かったね！　また見たいぐらいだよ！」

「悪いが、今回限りだ。明日には出るから必要なものの買い出しを――」

「あ、それなら僕の方でやっておくよ。装備はまだ傷んでないし、食料品だけでいいよね？」

そうか。やってくれるなら頼むとしよう。俺は金の入った袋をハイディに押し付けると任せたといって一人、宿へと向かった。

空を見上げるともう薄暗くなっている。何だかんだと一日、見ていられたので有意義な時間だった。

ただ、毎日見ていたいとは思わなかったので、滞在する必要はないな。トップの剣闘士の試合には興味はあったが数日後なので巡り合わせが悪かったと諦めた。

明日の朝には出発し、次は迷宮都市であるライトラップへ向かう。そこまで離れていないらしいので、サベージの足なら遅くても二日もあれば――

……何だ？

見えてきた宿の前――と言うよりは厩舎の近くに人が集まっている。何の騒ぎだと〈交信〉でサベージに尋ねると大勢の人間がこっちを見て来るので鬱陶しいと返ってきた。

見るだけならいいが鎖などの準備をしているので捕縛しようとしているのかもしれないらしい。

サベージを盗もうとしているのか？

だとしたら今後は宿の使用は考えた方がいいかもしれないな。厩舎に近寄ると俺に気付いたのか数人が指を指している。

「お前があの地竜の飼い主か」

そう言って偉そうな態度で歩いて来る男が一人。だらしなくはみ出た腹を見れば碌《ろく》に運動せずにいいもの食って生きている事は分かる。

つまり金持ちだ。身なりを見ても無駄に光っている指輪や首飾りと生活に余裕がある事が窺《うかが》える。

「お前があの地竜の飼い主かと聞いておるのだ！　返事をせんか！」

金持ってそうだなとか考えていたから聞き流していたようだ。

「そうだ」

「おい、冒険者風情が口の利き方に気を付けろ。お前程度なら簡単にどうにでもできるんだぞ！」

俺の返答が気に入らなかったのか太った男は怒鳴りつけてきた。いきなり現れておいて随分な物言いだな。

「そうか。で？　あんたはどこの誰なんだ？」

太った男は怒りに顔を歪《ゆが》めるが、自制を利かせたのか怒鳴るのを止める。

「ふん。まぁいいだろう。私はパトリック。パトリック・アラン・カーソニー。このストラタ闘技場の会員の一人で剣闘士の所有者《オーナー》だ」

それを聞いてあぁと納得した。要するにこいつは奴隷を買い取っては戦わせて上前を撥《は》ねる奴隷商人って訳だ。

「それで用件は？」

パトリックと名乗った男は俺の足元に金貨の詰まった袋を投げて寄こす。

「地竜の代金だ。それで足りるだろう。後はこっちで面倒を見るので構わんな」

構うに決まっているだろうが。正直、売り飛ばしてもう一匹作ってもいいが、ほいほいくれてやると似たような輩《やから》が次々と湧いて来る上、どんどん図々しい要求をしてくるので金額に見合わない。

「悪いがあいつは売り物じゃない。諦めてくれ」

「図々しい奴だな。足元を見る気か？」

「話を聞いていないのか？　売り物じゃないと言ったんだが？」

思い通りいかなかった事に苛立《いらだ》ったのかパトリックの表情が大きく歪む。何故、俺が頷く前提で話をしているのかがさっぱり理解できない。

「……分からん奴だな。あの地竜はお前に相応《ふさわ》しくないから相応しい私に譲れと言っているのだ！」

「そんなに欲しいなら自分で捕まえてきたらどうだ？　国の南方に広がるジャングルに腐るほどいるらしいぞ」

何せ群生地らしいからな。歩くだけで嬉々《きき》として寄ってくるらしい。

「おい、人が下手《したて》に出ていればつけ上がりおって、低級冒険者風情は本来なら私と会話する事すらできないのだぞ。今、この状況がどれだけ恵まれているのかが理解できていないのか？」

「さっぱり分からん」

会話の通じない豚と喋《しゃべ》って何がありがたいんだ？　こういう押しつけがましいのは不快なのでそろそろ会話するのが苦痛になってきた。

「寄越せと言っているのが理解できんのか！」

「断ると言っているのを理解してくれないか？」

「いいだろう。私に対して働いた無礼、後悔するぞ！」

パトリックは俺の返事が変わらないと悟ったのか顔を赤黒く変色させると手下を引き連れて去って行った。

……何だったんだ？

大名行列のように並んで遠ざかって行く背中を見て内心で首を傾《かし》げる。

「だ、大丈夫だったか？」

会話が聞き取れない距離まで連中が離れると宿の主人が怯《おび》えた表情で厩舎の影から顔を出した。

なんだいたのか。あんな面倒臭い客は追い払ってくれると助かるんだがな。

「すまねぇ。勝手に連れ出す事だけは防いだんだが、流石にあんたを庇《かば》う事ができなかった」

見ているだけしかできなくて申し訳ないと宿の主人は頭を下げた。客を守らないのはどうかと思うが、サベージが連れ出されるのを阻止したのは料金分の仕事をしたといえる。

「それで？　あの男は何だったんだ？」

「あ、あぁ、実は——」

宿の主人は俺の質問に対し、知っている事を話し始めた。

パトリック・アラン・カーソニー。元々はそこそこ大きな奴隷商人の家系だったのだが、この街で剣闘奴隷を大量に仕入れる事で成功したらしい。

この街では上位に位置する権力者だ。闘技場運営に関われる「会員」とかいう肩書も持っているのでこの街では非常に顔が利く。

その為、宿の主人も表だって逆らえない。サベージに関しても連れ出すなら事後承諾は駄目だと粘った結果があの状況だったようだ。

「悪い事は言わねぇ。今すぐ街から逃げるんだ。あんた、下手したら殺されちまうぞ」

なるほど。俺としても積極的にトラブルを起こしたい訳ではないので、街を出る案には賛成だ。闘技場は見たのでここに執着する理由もないので予定を半日前倒すぐらいは構わない。

ハイディが戻ってきたら事情を話して出るとしよう。分かったと頷くと宿の主人は従業員に指示を出してサベージを厩舎から連れ出す。

鬱陶しい連中が消えた事でさっきから不機嫌だったサベージの機嫌も治ってはいたが、腹が減ったと唸《うな》っていた。

……ハイディが戻るまで少しかかるか。

「連れが戻るまでまだかかる。悪いが食事だけ頼めるか?」

「あぁ、それぐらいなら喜んでさせて貰《もら》おう」

出された食事を食いながらハイディの戻りを待っていたのだが、いつまで経っても戻って来ない。

空はすっかり暗くなっており、夜中というには早いが少し遅い時間になりつつある。

「連れの姉ちゃん遅いな……」

「そうだな」

何故か宿の主人と一緒に待っていたのだが戻って来ない。これは手間取っているのではなく何かあったんじゃないか？

「なぁ、これってもしかして何かされたんじゃ……」

俺と同じ結論に至ったのか宿の主人もそんな事を呟く。これはまさか探しに行かなければいけない流れなのか？

もう面倒だし置いて行こうかなと考えているとみすぼらしい見た目をした小男がへらへら笑いながら現れた。

「ひひ、旦那。あんたにさるお方からお手紙ですぜ」

「さっきのパトリックとかいう奴の使いか？」

「さぁ、あっしは金を貰っただけなんで何とも……。ですが、お連れさん。戻りが遅いと思いやせんか？」

これで決まりか。面倒な事になったなと小さく溜息を吐《っ》く。

「分かった。返事はお前にすればいいんだろう？　話は裏で聞こう」

宿の主人は心配そうにしていたが、俺は構わないと追い払った。小男と一緒に宿の裏へ向かい、人気がない事を充分に確認する。

「へへ、旦那は話が早くて――もがっ!?」

手紙を差し出そうとした小男の顔面を鷲掴《わしづか》みにして記憶を吸い出し、ついでに洗脳を施す。手紙を読むより、頭の中を見た方が早いからな。

小男を投げ捨てて、奪った記憶を読み取ってなるほどなと頷く。取りあえずパトリックの狙いはよく分かった。

あいつは奴隷のオーナーで闘技場の運営に口を出せる立場といえば聞こえは良いが、収益を闘技場に依存しているので万が一にも廃れる事はあってはならないと考えている。

その為に様々な事を試している。新人戦の尺稼ぎや特別試合もその一環だ。

飽きられない為にコンテンツとしての力を強化していく事ばかり考えているらしい。その方針を周りには隠しておらず、積極的に行動しているので近い位置にいる者は当然のように知っている。

サベージに執着したのは魔物を剣闘士として、または剣闘士の相手役にと考えたからだ。魔物の使役は不可能ではないが、簡単な事ではない。

馬を見れば分かるが、あれも長い時間をかけて家畜化させたと聞く。魔物を人間にとっての益獣に変えるのは並大抵の事ではないのだ。

その点をよく理解しているパトリックは態度こそ傲慢《ごうまん》ではあるが、商機には聡《さと》いのかもしれない。ただ、それは俺の知らない所でやる分には、だ。

俺に絡んで来る以上は対処せざるを得ない。さて、問題のハイディだが、どうなっているのかの情報は入っていなかった。

こちらへの仕込みと並行して動いているらしく、詳細を知らされていない。もしも捕まっているのであれば監禁に適した場所は分かるがいちいち探すのも面倒だ。

パトリックを直接押さえて止めさせればいい。人質に取られたなら――そこは自己責任だな。仮に殺されていたなら、それはそれで仕方がない。

「取りあえずやる事は決まったな。おい、パトリックの所へ行くから先導しろ」

「へ、へぃ、お任せください旦那！　あっしは役に立ちますぜ！」

小男は指紋がなくなりそうな程の高速の揉《も》み手を披露するとこちらですと手招きして歩き出した。

この街は闘技場だけで成り立っているだけあって、試合が終わると昼間の活気が嘘《うそ》のように鳴りを潜める。

住民も家に引っ込み、それ以外の者達も宿に引っ込む。すっかり人気の少なくなった街を見ればパトリックの懸念も頷ける。

闘技場が廃れる事は街の衰退とイコールだ。位置関係としては闘技場が街の中央で、俺が使っていた宿はそこからやや北側でパトリックの屋敷は西側になる。

この街では領主の館の次ぐらいに大きいので近くに行けば嫌でも目に入るだろう。奴隷を飼って置く為の居住施設も併設されているので尚更よく目立つ。

西側なのは隣のティラーニ領から奴隷を仕入れている関係で便利だからだろうというのは小男の脳みそに入っていた情報だ。

先頭に小男、その後ろに俺とサベージが続く。門を警備している衛兵に小男が少し話すと俺の方へと視線が行き、ややあって門が開いた。

敷地内に入ると警備に使っているのか、剣闘士が複数うろうろと歩き回っている。ほとんどの奴は視線がサベージに向かっており、俺の方へ向いているのは僅かだ。

その表情には好奇らしきものが浮かんでいるが、それ以上に警戒している事が窺える。

屋敷に入る前にサベージは外で待たせろと言われたので近くに居た奴に任せて小男と中へ。

流石に金を持っているだけあって金のかかってそうな内装だったが、取りあえず集めた感じが強かったのでファティマの実家に比べると調度品などの配置が雑な印象を受けた。

パトリックの執務室らしき場所に通されると、相変わらずの小馬鹿にしたような視線で出迎えられる。取り巻きの数は少なかったが、明らかに強そうな剣闘士らしい連中が三人脇に控えている。

女が一人、男が二人。女はパトリックの斜め後ろ、男二人は俺の斜め後ろ。脅迫した相手にする対応としては適切か。

「ふん。ようやく地竜を引き渡す気になったか」

「俺の連れはどうした？　殺したのか？」

「何の話か分からんな。お前の連れがどうかしたのか？　私はそこの男に再度、交渉がしたいといった旨を手紙で伝えるように言っただけだが？」

「なるほど」

小馬鹿にした態度で鼻を鳴らすパトリック。小男の記憶を見ているので嘘だというのははっきりしているが、それを証明する手段はない。

「引き渡すんだな？　だったらこの金を受け取ってどこへなりと消えろ。目障りだ」

さっきと同じように硬貨の入った袋を投げて寄こすが明らかに中身が減っていた。見た感じ半分ぐらいか。

「さっきより少ないみたいだが？」

「状況が変わってな。何事にも言える事だが、機を逸すると大きく損をする。いい勉強になったな」

「そうか」

俺は袋を拾う素振りを見せ——パトリックに向かって仕掛ける。突然の事に反応できずに目を見開くが他はそうでもなかった。

パトリックの傍《そば》に居た女が机を踏み台にして飛び上がり、蹴りを一閃《いっせん》。俺の側頭部を打ち抜くが、俺を昏倒《こんとう》させるには軽い。

そのまま払いのけようとしたが、脇腹に一撃が入れられる。いつの間にか男の一人が体重を乗せた一撃を放っていたからだ。

女は囮《おとり》だったようで、本命はこっちか。魔法で身体能力を強化しているのか結構な威力で、大きく体勢が崩れる。

最後に後頭部に一撃、残りの一人の仕業だ。

「っ!? 何だこいつ、硬いぞ」

後頭部を殴った奴が痛みに呻《うめ》いていたが、流石は剣闘士と言うべきか。大きく動揺した様子はない。

腰の剣を抜いて振り向きながら力任せに振るが空振り。女の蹴りが下から股間を直撃し、メリケンサックのようなものを付けた男の拳が顎を打ち抜く。

どいつもこいつも執拗《しつよう》に急所を狙って来るな。攻撃の効果が薄いと悟ったのか警戒するように三人が距離を取る。

「タマ蹴り上げたってのに堪《こた》えてないね」

「……オーナー。意識を刈り取るのは無理だ。殺害の許可をくれ。どうしても生かして捕らえたいっていうのなら外の連中を呼んで取り押さえた方がいい」

「お、おい、こんな事をしてタダで済むと思っているのか！」

いきなり襲い掛かった事に動揺したのか、パトリックの声は僅かに震えていた。もうやる事は決めているので会話は必要ない。

特に何も言わずにパトリックへと突っ込むが剣闘士の三人は即座に割り込む。

「ここじゃやり難い！　外に出すぞ！」

一人がそう言いながら姿勢を低くしてタックル。俺の胴体を摑んでそのまま窓から突き落とそうとしているが――

「ま、マジかよ」

俺の体がほとんど動かなかった事に驚きの声を漏らす。近くに来てくれたのは好都合だ。男の顔面を摑んで根を送り込む。

勘がいいのか残りの二人が同時に蹴りと拳を膝裏と顔面に叩き込んで仲間を助けるが少し遅い。もう根は入れた。

摑んだ男を投げ捨て、剣を振り回す。魔法を使ってもいいが、派手なのは余計な奴を呼びこみかねないので使い難い。

可能であるならあまり音を立てたくないんだが……。もう遅いか。

俺が剣を大きな動きで振ったのを女が余裕を持って躱《かわ》す。回避としては完璧《かんぺき》だったが、逃げた位置が悪かった。

「――は？　え？」

ガシャリと窓ガラスが砕け散って室内に入ってきたサベージの頭が女の肩に喰らい付い

ていたからだ。

女は自分に何が起こったのか理解できずに呆然《ぼうぜん》とした表情を浮かべ、仲間の男が助けようと走るがこれはどうにもならんな。

サベージの首が引っ込んで女の体が窓から外へと引っ張り出されて消える。

「ペギー！　畜しょ――」

怒りを漲らせて振り返ろうとしていたが、さっきのお返しとばかりにその後頭部を殴りつけると力を入れすぎた所為か頭が陥没してしまった。

男の顔がひしゃげて目玉が飛び出す。確認するまでもなく即死だったが、男はふらふらと一歩二歩と歩いて割れた窓から上半身を突き出すように外に飛び出して窓枠に引っかかって動かなくなった。

サベージが動いたお陰で随分と大きな騒ぎになっている。割れた窓から叫び声や悲鳴まで聞こえてきた。

指示を出した覚えはないが、魔法薬の類いで眠らせようとしてきたので二、三人喰い殺したら騒ぎになり、開き直って割り込んで来たらしい。

大人しくしていろと言ったのだが、やってしまった物は仕方がない。取りあえずさっさとパトリックを洗脳してこの面倒事を片付けるとしよう。

「ば、ば、馬鹿な……」

馬鹿なも何も手下は全滅したからお前を守ってくれる奴はもう居ないぞ。俺が手を伸ばそうとするとパトリックは俺の後ろにいる洗脳した男を見て喜色を浮かべる。

「わ、私を守れ。こいつを始末しろ！」

「外に出て余計な奴が入って来ないようにしろ」

「分かりました」

男は頷くと部屋から出て行った。突然の出来事にパトリックは呆然と硬直する。

いきなり手下が裏切ったら驚きもするか。

「ふ、ふざけるな！　お前達は私に生殺与奪《せいさつよだつ》が握られている事を忘れたのか！」

懐から魔石が嵌《は》まった短杖を取り出すが、即座に取り上げる。何だこれは？　記憶を抜けば分かるから聞く必要はないな。

「待て！　私に何かがあると女の身に――」

そういうのはいいからさっさと死ね。顔面を掴んで洗脳を施す。

パトリックはしばらく痙攣《けいれん》していたが根が馴染むとゆっくりと起き上がる。

「サベージは大人しくさせるから手下を黙らせて来い」

「お任せください」

俺が返した短杖を受け取るとパトリックはのそのそと部屋を出て行った。

吸い出した記憶を精査していると部屋の隅で小男が揉み手しながら指示を待っていたの

で、お前もパトリックを手伝って来いと追い払った。

死体をどかして外を見るとサベージが剣闘士を喰い散らかしていたが、俺が指示を出すと大人しくなり、剣闘士も屋敷から出て来たパトリックにより戦闘態勢を解く。

こっちは終わりだな。後はハイディがどうなったかだが、やはり帰って来なかったのはパトリックの指示だった。

……取りあえず拾いに行くとしよう。

連絡が行けば止まるだろうが果たして生きているのか。


ローと別れたハイディは店を回り、必要な物を一通り買い集めると宿へと戻ろうと道を歩いていた。

空はもうすっかり暗くなっており、人出も減っているので昼間の喧騒《けんそう》が嘘のように静かだ。

彼女は自身の変化にも慣れ、冒険者としての生活にも徐々にだが馴染みつつあった。領主として生きて来た身としては驚きの連続の毎日だったが、見知らぬ土地を旅するのは楽しく常に新鮮な気持ちにさせてくれる。

ただ、毎日が楽しくてこうして一人、静かに歩いていると後ろめたい気持ちが心を陰らせる。自分だけこんなに楽しく旅をしてていいのだろうか？

　オラトリアムの領主であった過去と向き合うべきではないのか？　今の自分に領主に戻る資格はない事は理解しているが、だからといって知らない顔をするのは違うのではないか？

　なら戻って元の地位に収まるべきかとも考えるとそれも違うと否定してしまう。戻るだけならどうにでもなる。

　事実、ローには旅に出る前に勧められた。それでも一緒に行くと拒否したのは彼女自身の選択だ。彼女は自身が領主に戻ったところで、また似たようなトラブルに遭遇するだろうと確信していた。

　そしてそうなればあの時と同様に対処できずにあっさりと終わるだろう。彼女《ハイディ》が彼《ロートフェルト》であった頃から「行いは報われるべき」と思っており、今でもそれは変わらない。

――その結果が今のお前の有様なんじゃないのか？

　その言葉は深く胸を抉《えぐ》った。事実、真面目に宿を営んでいた一家は理不尽な暴力によって死んだ。

　あれが彼らの歩んで来た人生の結末だとしたらあまりにも報われない。もう、分かってはいるのだ。

行いは報われるべき。その考えを翻す気はないが、必ず報われるとは限らないというのもまた真実だった。僅かな時間だが、触れ合ったあの家族と二度と言葉を交わせない事を考えると悲しくなる。

別れるのはいい。距離は離れていても同じ空の下なのだ。また機会があれば会いに行ける。だが、死んでしまうとそれは永遠に叶《かな》わない。

旅は楽しいが、同時に苦しいものでもあった。彼女は同じ過ちを繰り返さない為の学びを得る事を目的にローの旅に同行している。

そういった意味では彼女の目的は成功していた。少なくとも領主として生きていては一生かかっても得られない経験を短い期間に重ねた彼女は人間としての成長を促す。

芯は残したまま、現実的な考えができるようになりつつあるのは同行者の影響なのかもしれない。

彼女はぼんやりと同行者の事を考える。ローというかつての自分だった存在。

最初に思った事は「自分とまるで違う」だ。考え方、行動、決断力、どれをとっても自身とは比較にならない。

共に行動していく上で見えて来た印象は「強い」だ。そうハイディから見たローはとにかく強い。戦闘能力ではなくその在り方が。

信じていた者達に裏切られたにもかかわらず、真っ先に報復を決める決断力とそれを実行に移す行動力。そして他者と自己の間に大きく引いた線。

彼はどれだけの苦境に立たされても動揺すらせずに対処して見せるのではないか？　今の彼女にはローが無敵の存在にすら見えた。

自分も彼と同じ強さを得られるのならそうしたい。彼女がローにこだわるのはそういった面もあったのかもしれなかった。それは尊敬ではなく憧憬《しょうけい》——憧れに近いものだ。

——だが、彼女は一点、致命的な考え違いをしていた。

憧れは抱く者の目を曇らせる。彼女がローに対して理想を抱けば抱く程に現実から遠ざかって行くのだ。

ハイディはローに同行する事でそのメンタリティに近づきたいと思えば思うほど、彼の背中を追っているつもりになればなるほどに実際の道から外れて行く。

まるで道に迷った事にも気付かない幼子のように彼女は自身が正しいと思った道を歩き続ける。それが正しいと信じて。

「ちょっと買いすぎちゃったかな？」

思考を振り払うようにぽつりと呟く。一人になるとどうしても変な事を考えてしまうなと自嘲して歩いていると数名の男が道を塞ぐように目の前に立っていた。

剣闘士だと分かる出で立ち、射貫くような視線は真っ直《す》ぐにハイディを捉えているので何か用事があるのは明らかだ。心当たりがまったくなかったので、内心で訝《いぶか》しみながらも足を止める。

「何かご用ですか？」

そう尋ねると剣闘士達は視線を交わすと代表の一人が前に出る。

「俺達と一緒に来て貰いたい」

「理由を聞いても？」

「連れの男が問題を起こしたらしい。今は闘技場で身柄を拘束させて貰っている」

それを聞いて驚きに目を見開く。何かの間違いだと反射的に言いかけたが、ローの態度は酷く素っ気ない。

あの態度は誤解を生みそうだと常々思っていたので、違うと言い切れなかったのだ。

「彼が？　一体どうして？」

「俺達はあんたを連れて来いと言われただけだ」

「……断れば力尽《ちからず》くでとも？」

男達は応えない。その反応がお前に拒否権はないと雄弁に語っていた。

そもそも剣闘士が数名で冒険者一人を迎えに行くなんて事自体が不自然だ。この街の治安維持は領が管理している騎士、または衛兵が行っているので、来るなら彼らでなければおかしい。

つまり領を通さずに自分を連れて行きたい誰かの思惑が働いた結果が今の状況だ。かなり怪しいがローが本当に問題を起こした可能性もなくはない。

剣闘士を動かせる以上、相手はこの街の有力者だ。あまり表沙汰にしたくなくて内々で処理しようと考えた結果かもしれない。

ハイディの脳裏を様々な可能性が浮かんでは消えるが、どう考えても結論は出なかった。いくらなんでも情報が少なすぎる。

決めるにしてももう少し判断材料が欲しかった。

「荷物も置きたいし、一度宿に戻りたいんだけど構いませんか？」

返事はなく、男達は包囲するように広がる。

「少なくとも理由を話して貰えないと付いて行く気になれないって事は分かって欲しいのですが？」

「……お前等が飼っている地竜が俺達のオーナーの所有する馬《キャバルス》を喰おうとした。男は抵抗したので捕縛して闘技場へ連行。オーナーは酷くお怒りでな」

「サベージが？」

ローはともかくサベージの話になると難しかった。ハイディからすればサベージは旅の仲間ではあるが、ローが何処《どこ》からともなく連れて来たので得体のしれない部分が多い。

旅をしている間は大人しかったが、もしかしたら見えない部分で何かしらの問題を起こしているのかもしれなかったからだ。付き合いが浅い分、信じ切れない。

それが彼女のサベージに対する印象だったが、まだ数日だがこれまでに魔物特有の獰猛《どうもう》さを見せていないのもまた事実だった。

初対面の者達と仲間、どちらを信じるかは考えるまでもない。

「悪いけどそれなら尚更、一度宿に戻ります。本当にそうなのかを確認しないと返事は――」

「男を預かっているといった。つまり来ないならお互いにとって不幸な事になる」

ハイディは途中で言葉を呑《の》み込まざるを得ない。ローが本当に捕まっているかの真偽が不明だからだ。

嘘であるなら突破しても問題ないが、そうでないなら彼の命を危険に晒《さら》す事になる。剣闘士はそれでもいいなら突破して見せろと付け加える。

かなり迷いはしたが、万が一を考えて小さく頷く事しかできなかった。

剣闘士達は真っ直ぐにハイディを闘技場へ連れて行く。

この日の試合は全て終わっており、完全に人気の失せた闘技場は昼間見た時とは違い廃墟《はいきょ》めいた不気味な雰囲気を漂わせていた。

誰も言葉を発しないので響くのは各々の足音だけ。

一度来ているだけあって大雑把な構造は把握しており、連れて行かれる先に察しは付いていた。観客席か事務所の類いに連れて行かれるのかと思ったが行先は一日眺めていた舞台だ。

中心まで歩くように促され、ハイディは黙って指示に従う。目的地らしき所に到着すると剣闘士達は引っ込んでいき、退路を断つように入ってきた入り口が閉ざされる。

観客席をぐるりと一瞥《いちべつ》するとほぼ無人だが、明らかに金持ちといった風体の者達が数名、期待に満ちた眼差しで見下ろしているのが見えた。

これだけ状況が揃えば自分が何をやらされるのかは考えるまでもない。

観客は無言で何も言わない。どうなるんだろうと考えていると反対側の入り口が開き、昼間に審判をしていた男が入ってきた。

「……僕の仲間はどこですか？」

「知らん。俺はこれからあんたが行う試合の審判をやれと言われているだけだ。ただ、オーナーからはあんたの連れが首を縦に振れば終わるとだけ聞いている。精々、それまで粘るんだな」

審判の男は不本意そうに最後だけ声を落としてそう言うと下がった。状況はかなり悪い。結局、ローは捕まっているかいないかがはっきりしないからだ。審判の言葉を鵜呑《うの》みにするのなら、彼らの雇い主はローに何かしらの要求があってそれを呑ませる為にこの場を作りだした。

いないなら完全に茶番だが、いるのなら負けるのは不味《まず》い。持ったままだった荷物を舞台の隅に置き、腰の短剣を腰のポーチに入れている物と交換する。

普段使っているのは普通の短剣だが、こちらはリリネットが使っていた物だ。刃の表面に溝が掘ってあり、そこに毒を仕込んで傷口から流し込む。

元々のロートフェルトの戦闘技能は低くはないが高くもない。だが、肉体の持っていた戦闘技能は知識として残っている。

それを活かして上手に立ち回るしかない。幸か不幸か剣闘士達の戦いは昼間に散々見て来たので、攻撃の傾向などはある程度摑んでいる。

『さぁ、お集まりの皆さん。今宵《こよい》も特別試合の時間がやってまいりました。今回の試合は勝ち抜き戦。冒険者の彼女が屈強な剣闘士達相手にどこまで粘れるのか。それとも花のように容易《たやす》く手折《たお》られるのかは彼女次第！　賭けに関しては何人目で敗北するか、時間切れで終了するかで決まりますので事前に配布した配当表を参照してください』

審判が魔石を用いた拡声器で観客へと今回の催しの概要を説明し、対戦相手の男が入ってきた。その姿には見覚えがある。

昼間の試合で負けた新人剣闘士だ。治療されたのか目立った傷はなく、手には大きな斧を持っている。

『では最初の試合を始める。審判である俺が戦闘不能と判断するか、死亡、または降参で試合終了だ。武器、魔法の使用は自由だが、意図的に観客席を狙うのは反則と見做《みな》して敗北となる』

簡単なルール説明の後、互いに距離を取り――

『始め！』

――審判の合図で開始となった。

状況が呑み込めないがこれは意図的に考える時間を与えない為でもあるのかもしれないと思いつつもやらざるを得ない。

「悪いな姉ちゃん！　こっちも生活が懸かってるんでなぁ!!」

男は真っ直ぐに突進して斧を振り下ろす。昼間にも見たが、本当にただの力自慢といった感じだった。

最小の動きで躱して懐へ入り、腰の短剣を抜いて首へ当てる。

「降参しないなら掻《か》き切る」

「……わ、分かった――なんていう訳ねぇだろうが！」

男は斧を取り落とし、審判に降参だと叫ぶ振りをして摑みかかろうとしたので短剣を握ったままの拳で顎の先端を打ち抜く。

「あれ？」

呆《ほう》けた口調で男は呟き、摑みかかった手は空を切ってふらふらと歩いた後にドサリとその場に倒れて動かなくなった。

『一戦目終了！　新人とは言え、剣闘士を瞬殺した彼女の手並みに拍手を！』

観客席からまばらな拍手が起こり、その間に意識を失った男が運び出され入れ替わるように別の男が入ってきた。こちらにも見覚えがあり、たった今運び出された男を昼間に叩きのめしていた剣闘士だ。

実力的には中堅と聞いていたが、昼間の動きは明らかに手加減していたので油断できる相手じゃない。

「オーナーの悪趣味に付き合わされるのには辟易《へきえき》していたが、さっきの動きを見る限りいい勝負ができそうだな。そちらとしては不本意かもしれんが、俺はいい試合ができればそれでいい」

「こんな場でなければ僕としても望むところですと言いたいのですが、余裕がないので早めに決めさせて貰います」

『二戦目の相手は総戦績七十戦二十九勝の剣闘士ザーギ！　彼女の力はこの男に通用するのか!!　二戦目、始め！』

ザーギと呼ばれた男は開始の合図と同時に一気に肉薄。速いのは確かだが、間の取り方が上手いのだ。

審判の合図と同時に相手の機先を制する動きは闘技場で戦い慣れた熟練の剣闘士ならで

はのものだろう。鋭い拳のラッシュが襲いかかるが、ハイディは下がりながら空いた手で腰のベルトに仕込んだ小さなナイフを投擲《とうてき》。

ザーギは屈伸するように屈《かが》んで回避。そこから掬《すく》い上げるような軌道で拳を振るう。狙いは顎でさっきの男に見舞った最小の動きで意識を刈り取る事ではなく、破壊力で意識を消し飛ばす事を主とした一撃だ。

威力を意識した分、大きな動きだったので体を傾ける事で躱し、お返しとばかりに短剣で突く。毒が塗られたナイフなので無理に急所を狙う必要はない。

肩を狙った刺突をザーギは臆《おく》する事なく既に引き戻していた手の平で払う。無理な体勢で放ったので深追いは危険と判断したハイディは崩れた体勢のままわざと転倒して地面を転がる事で強引に距離を取る。

倒れたと同時に頭のあった位置を拳が通り過ぎたので判断は正しかったといえる。ザーギは刃物を払った手に付着した毒を見て僅かに表情を変えた。

「やはり毒か。それはそうといい動きだな。冒険者より剣闘士にならないか？　あんたならいいところまで行けると思うぜ？」

「遠慮しておきます」

そう応えながら彼女は冷たい汗をかきながら冷静であるように努める。

観客席から見るのと目の前で見るのとでは迫力がまったく違う。直線的ではあるが、思った以上に厄介な動きだった。

特に攻撃に対する対処方法は凄《すさ》まじく、刺突を上半身の動きだけで躱す動きは目を見張るものがある。

——が、昼間に見た動きと目の前で一度見せられた事で仕組みは完全にではないが理解した。

ザーギは毒を警戒してか無理に肉薄せず、当たるか当たらないかの距離からラッシュ。体格差もあって見た目以上に遠くから飛んでくる印象を受ける。

繰り出した拳を斬りつけようとするが攻撃の回転が速いので上手くタイミングが合わない。下がろうにも引くと同時に詰める事で間合いを維持されている。

——やっぱりだ。

武器を使う者はそうでもなかったが、拳を武器として戦う者は動きが似通っておりザーギもその例に漏れなかった。

鍵は下半身の動きだ。彼らは左右の足を利用して上半身の重心を移動させる事により、上下左右に動かして攻撃に対処する。

当たりそうなものはコンパクトな動きで叩き落とす。刃物に対しては手の平か甲を用いて対処。一つの戦闘法として確立された動きだ。

そして最大の強みは回避した後に次の攻撃へ繋《つな》げられる事だ。相手の動きを最小の動作で対処し、体勢を崩したところを拳で叩きのめす。

これで中堅なのだから上位の選手がどれだけ強いのかは想像もつかない。しかし、仕組みさえ分かれば突破の糸口としては充分だ。

繰り出される拳を躱しながら脇下に隠したナイフを投擲。当然のように払い落とすが、仕込みナイフはまだある。反対側に仕込んだ二本目を投げ、対処される前に持っていた短剣も投げる。

ザーギは小さく舌打ちして二本目も同様に払い落とし短剣は上半身を下げて躱す。

――ここだ。

足が止まったと同時に無手で肉薄。拳を握って真っ直ぐに突き出す。

「自棄にでもなったか⁉」

ザーギは肘を畳んで顎を狙う。近すぎるので顔面ではなく顎を狙って来る事は読めていた。

ハイディは首を強引に動かしてザーギの拳を額で受ける。意識が飛びそうな衝撃が頭を貫き、切れた額から血が噴き出す。

「――っ⁉　やるな！　だが――」

硬い額で受けた事で拳を痛めたザーギは苦痛に表情を歪ませる。それでも手応えがあったのでこの勝負は勝てると確信したが、不意に襲った痛みに視線を下げる。

発生源は脛《すね》で原因はハイディの靴の爪先《つまさき》。その先端から刃が飛び出しており、浅くではあるが突き刺さっていた。

ハイディはよろめき、刃が抜ける。そのまま尻餅をつくが、ザーギはやられたと悔し気ではあるが称えるように笑う。

「いつもの調子でやってたからか、その仕込みには気付けなかったぜ。俺の負けだ」

刃に塗った麻痺毒は少量ではあるが体の自由を奪い、ザーギは立っていられなくなって膝を付いた。

審判に頷いて見せると『二戦目終了』と高らかに告げ、無情にも三戦目を宣言する。

『あのザーギを破った挑戦者だが、次の相手はどうだろうか⁉』

ハイディは内心でそろそろ休憩を挟んで欲しいと思いつつもふらついた体に鞭《むち》を打って立ち上がる。

ザーギが運び出され次の対戦相手が――

『三戦目の相手はこれまでのようにはいかないぞ！　五十戦三十――』

審判の言葉は対戦相手ではなく運営関係者らしき男が入ってきた事により中断となった。

「なに？　あぁ、分かった」

離れていたので何を話しているかはハイディには聞き取れなかったが、状況が変わった事だけは分かった。

果たしてそれがいい変化なのか悪い変化なのかは分からないが。

『お集まりの皆さん！　本日はこれにて終了となります。配当に関しては帰りに受付でお受け取りを！』

観客席からもっとやれと文句が飛ぶが、終了を宣言された以上はどうにもならないようで、客は満足した者、していない者と分かれてはいたが次々と帰って行った。

客が全て居なくなりその場に残されたのはハイディと審判のみとなる。

「……良かったな。話が付いたらしい。帰っていいってよ」

審判は安堵《あんど》の表情で「あんたは運がいい」と付け加える。背後で閉ざされた扉が開く。

彼の言葉に偽りはなく、本当に帰っていいようだ。ハイディは腑《ふ》に落ちないものを感じつつもふらつきながら置いた荷物を回収すると闘技場を後にした。


ザーギとの戦闘では額の一撃以外はそこまではなかったが、全力を振り絞った戦闘は相当な消耗を彼女に強《し》いた。

傷は痛み、体は重い。唐突に起こった理不尽に恨み事の一つも言いたくなる。

そんな気持ちを抱えて宿へと戻ると宿の前にはサベージとローが待っていた。まるで何事もなかったかのように彼らはハイディを出迎える。

彼らの無事な姿を見て彼女の胸に安堵が広がる。分からない事も多いが自分は仲間を守れたのだ。そんな手応えを感じながら、小さく駆け出す。

声をかけられる位置に来たところでハイディは笑って見せる。

「やぁ、無事で良かったよ」

「そうだな。お前は——一応は無事か、積み込むから荷物を寄越せ」

ローはそう言ってハイディから荷物を取り上げてサベージの背に乗せ、代わりに魔法薬が入った瓶を渡す。

容器から高級そうな印象を受けるそれを見て小さく驚くがローは有無を言わせずに「さっさと飲め」と促すので小さく頷いて一息に飲み干す。

すると徐々にだが体の疲労が抜け、傷の痛みが和らいでいく。彼女の体が回復している間にローは早々に準備を済ませるとサベージに跨る。

「世話になったな」

「あ、あぁ、まさか本当に話を付けちまうとは……」

ハイディが気付かなかっただけで、宿の主人も一緒にいたようだ。ローが何をしたのかは不明だが、何かがあった事だけは確かだった。

「どうした？　さっさと乗れ」

思わずそれを尋ねようとしたが、差し出された手を前にしたらあまり気にならなくなった。

今はいい。これからまだ時間はある。折を見て道中に尋ねればいいだけだ。そう考えたハイディはローの手を摑んでサベージの背に乗った。


何故、大人しくしているのにこうも行く先々でトラブルが発生するのか。空を見上げると月は高く、夜明けはまだ遠い。流れる夜の景色を眺めながら俺はぼんやりとそう考えた。

再発防止の為、後腐れなく処理はしているので問題はないだろうが、サベージの扱いに関しては少し考えた方がいいのだろうか？

後始末はパトリックに全て押し付け——まぁ、あいつが原因なので当然だな。何かあっても面倒なのでさっさと街を離れ、ファティマに話をして今回の一件は終わりだ。

パトリック達の扱いに関しても任せたので勝手にやるだろう。定期的に連絡する取り決めはしているので何かあればこうして話はしている。

正確にはあの女、旅立ってからというもの毎日のように連絡を寄越してくるので鬱陶しくなって緊急時以外は連絡するなと命令したのだ。

トラブルがあった時に支援できるようにしたいので最低限の居場所と行動だけは把握し

ておきたいとの事で俺が定期的に連絡を入れる事で話は纏まった。

そんな訳でパトリックにはファティマの指示に従うように指示し、後は勝手にしろといって放置だ。

それにしても俺がごねたら闘技場に誘い込んだハイディが剣闘士に痛めつけられている姿を見せつけるつもりだったとは、理由は分かったが思った以上に執着が強かったな。

まぁ、結果としてサベージは取られずに済み、ハイディも無事だったので問題はないか。巻き込んだ形にはなったのでパトリックに高級魔法薬を用意させたが。

訳も分からずに剣闘士と戦わされたのにしつこく事情を聞いて来なかったのも俺としては面倒が減って都合が良かった。結局、ハイディにはサベージを取られそうになったが、交渉で穏便に片付いたとだけ伝えた。

トラブルはあったが無事に解決したのだ。済んだ事はそのまま流してこれからの事を考えよう。

次の目的地はディロード領に存在する迷宮都市ライトラップだ。迷宮とやらは果たしてどんなものなのだろうか。

ストラタからはそこまで離れていないので昼間の内に辿《たど》り着くだろう。

「ねぇ、これから向かうライトラップってどんな所か知ってる?」

「多少はな。お前はどの程度、知っているんだ?」

「迷宮があるって事ぐらいかな。何でも踏破者がいないとかで有名っていうのは聞いたような気がする」

「概ねそれで正しい」

ライトラップ。ディロード領では最大規模を誇る大都市だ。

本来なら領主の屋敷もそちらに置くべきなのだが、当の領主が闘技場にご執心なのでストラタに本拠を置いている。

迷宮《ダンジョン》「夢現《ゆめうつつ》の宿主《しゅくしゅ》」は踏破者ゼロの難関迷宮ではあるが別の意味での収入源でもある。内部には様々な植物が自生しているらしく、魔法薬の材料が豊富に取れるのだ。それによって冒険者への採集依頼が多く、内部探索は危険を伴うが見合った報酬が出るので生計を立てる事ができるらしい。

結果として冒険者が大量に居付き、街としての規模を拡大していったといった経緯があった。ストラタとライトラップの二つの巨大な収入源によってディロード領は豊かな領として有名となったのだ。

「魔法薬の材料ってライトラップで主に採れるの？」

「すべてあそこという訳ではないが、占めている部分は多いと聞く。特に高品質の魔法薬の材料はライトラップの迷宮からしか出ないものもあるらしい」

「そうなんだ。滞在はどれぐらいを予定しているの？」

「路銀を稼ぎたいので少し長めで考えている」

「迷宮に潜るの？」

「そのつもりだ。ライトラップの次はあまり稼げなさそうなので路銀は多めに確保しておきたい」

「あ、もう次を考えてるんだ。ちなみにどこ？」

「ディロードの東にあるノルディア領だ」

「名前は知ってるけどあんまり詳しくないんだ。何か問題があるの？」

「俺も詳しくは知らんが、観光名所としてはそこそこ有名ではある」

「冒険者にとって稼ぎ難いって事？」

「そんなところだ」

何をするにも先立つ物が居るのはどこの世界でも同じ事だ。パトリックから路銀を貰いはしたが無限ではない上、ハイディの懐事情も改善しなければならない。

援助をする気はないので精々頑張って稼ぐんだな。迷宮の最奥には興味があるので踏破を視野に入れた日程を組むつもりだ。

「分かった。頑張ろうね！」

「そうだな」

話すべき事は一通り話したので俺は口を閉じて視線を前に戻す。ハイディも会話が途切れた事で沈黙。

夜が明けるまで無言で流れる景色を眺め続けた。


夜が明けてからも特にトラブルなく進み、目的地であるライトラップが見えて来た。

迷宮都市というだけあって遠くから見ると他とは趣が違う。中心の森のようなものがあってそれを取り囲むように建物が広がっていた。

大都市だけあってストラタと同等以上の人の出入りが見える。入るに当たってサベージを隠すかどうかを考えたが、来るまでに結構な人数に見られているので隠しても仕方がない。

迷宮へは連れて行けないので厩舎にでも放り込んでおけばいいだろう。いつも通り衛兵に冒険者証を見せて中に入り、厩舎付きの宿にサベージを放り込む。

厩舎付きは高級宿しかないので財布的には少し痛いが、維持コストと割り切ろう。

荷物とサベージを宿に預けて真っ先に向かったのは冒険者ギルドだ。プレートの更新を済ませて依頼が張り出されているボードを確認する。

事前に聞いていた通り、薬草の採集依頼が多数を占めていた。特定の植物をどれぐらい集めろといった内容で報酬は採取量に応じて決まるので完全に歩合制だな。

「ほとんどが採集依頼だね。どれぐらい危険なのかが分からないから請けるにしてもちょっと調べてからの方がいいと思う」

「そうだな」

ハイディも事前に知っていたのでそこまで驚いていないが、壁に張り出されている依頼の多さは予想外だったようだ。

掲示スペースを埋め尽くさんばかりに張り出された依頼の量は冒険者の需要が高い事を示していた。

植物の名前を羅列されてもどれがどれかなんてさっぱり分からん。今までに得た知識にも薬草に通じた奴は居なかったので、手っ取り早く知りたいなら適当な奴から記憶を吸い出す必要があるな。

……これは下調べに二、三日使った方がいいか？

いや、いっそ詳しそうな奴に洗脳を施してそのついでに――おや？　並んでいる依頼を眺めていると一部に目を引くものがあった。

明らかに他と違うので目立つ。依頼内容は迷宮絡みではあるが、採取ではなく踏破を目的としたものだ。

どうも定期的に――とは言っても年に数回といった頻度で行われる大きなイベントらしく目的はシンプルに「頭数を揃えて迷宮を踏破しましょう」だ。

下手な鉄砲も数撃ちゃ当たると言わんばかりに参加人数の制限なし、報酬は前払いありで成功後に残金が後払いされる。恐らく前金は最後の晩餐《ばんさん》にでも使えといった意味で渡されるのではないか？

張り出されている依頼書を見ると「第三十三回『夢現《ゆめうつつ》の宿主《しゅくしゅ》』踏破者募集」と銘打たれていた。

俺としては三十三回目という事より三十二回もやって未だに攻略できていない事が驚きだ。

日程は――二日後か。少し悩ましいな。可能であるならもう少し情報を仕入れる時間が欲しい。

「あの、まさかとは思うけど踏破依頼に参加するつもり？」

「興味はある」

「知ってると思うけど敢《あ》えて言うよ？　ここの迷宮に踏破者はいない」

「知ってる」

「つまり今までに挑んだ人は死ぬか逃げて来たのかのどちらかだ」

「そうだな」

「まず間違いなく失敗すると思う」

「そうかもな」

応えつつも視線は依頼の紙に釘付けだ。ハイディは止めておけと言わんばかりに外套の裾を引っ張るが無視した。

「……本気？」

「行く方向で考えている」

ハイディは裾から手を放すと小さく溜息を吐いた。

「分かった。でも請ける前に情報を集めよう。当日参加も受け付けているみたいだし、今日と明日は丸ごと使える。それまでに集まった情報で最終的な判断をしよう。どうかな？」

「そうだな」

確かに前情報なしで挑むのは無謀を通り越して自殺行為か。失敗したところで死ぬだけなのだからそうなったらそうなったでいいとも思っていたが、好き好んで死にたい訳じゃない。


――そこまで考えてふと首を捻《ひね》る。自殺で転生しておいて俺は命が惜しいのか？

……いや、そうでもない。

自問する。俺は生に執着している訳ではないが、死にたい訳でもない。なら生きていても死んでいても同じ事だ。なら、何故死んでいない？　それは死ぬ理由がないからだが……。

しばらくの間、同じ疑問と答えがループし、ややあって死ぬ理由がないからだなと結論が出た。

自分の事なのに何とも腑に落ちないが「死にたい気分ではない」で充分かと無理矢理納得してどうでもいい疑問を思考の片隅に追いやった。

「宿も決まった事だしこの後は夜まで自由行動で情報を集め、夜にお互いに得た情報を擦り合わせる」

それでいいかと付け加えるとハイディは頷く。話は決まったな。互いにやる事がはっきりしたのでギルドを出て解散となった。

情報を集めるといっても大した当てもなかったので問題の迷宮とやらを見に行こうと考えて真っ直ぐに街の中心へと向かう。

市街を抜けると巨大な木々が乱立した場所に出る。どの樹も樹齢数十年ぐらいの風格を漂わせていたが、雨後の筍《たけのこ》のように結構な頻度で生えてくるようで定期的に伐採しているらしい。

樵《きこり》を生業《なりわい》とする者はいないが迷宮探索と同じで定期的に大規模伐採を行うようだ。それでも負担を減らしたり木材が必要な者が許可を得て切ってはいるようだが。

木々の中に切り拓《ひら》いたような道があり、そこから馬車が巨大な切り株を引き摺《ず》って運び出している姿が見える。

馬車が出て来た道から森の中へと入ると周囲が薄暗くなった。見上げると木の枝が頭上を覆っているので日光が僅かしか入って来ないのだ。

その所為か湿った空気と土の匂いが強くなる。デスワームが管理していた墓の近くも深い森だったが、ここはそれ以上だ。

市街地が近くにあるにもかかわらずここまで強く自然を感じられる事に若干の不自然さを覚えたが、迷宮の影響と言われれば納得してしまう。

しばらく歩くと巨大な——切り株？　にしては随分と半端な代物が視界に入った。

半径だけで十メートルは軽く超えている巨大な樹は半ばで断ち切られてはいるが、切り株から新たな樹が生えてきているのだ。

見た限りではあるが上部に半ばで断ち切られた枝が見えるので何度も刈り取られたであろう事は容易に想像がつく。それでも成長しようと枝を伸ばし続ける凄まじい生命力。

これが迷宮の力なのか？　迷宮と一口に言われているがその実、不明な点が多い。そもその数が少ないので迷宮である条件もはっきりしないと聞く。

ただ単に全貌がよく分からない構造体を迷宮と呼称しているだけとも解釈できるからだ。

視線を下げると樹の根元に巨大な穴が開いており、出入りを管理しているらしい衛兵が入ろうとしている奴に説明を行っていた。

……話を聞くなら普段から迷宮にいる連中が適している。

軽く視線を巡らせると休憩中らしい数名の衛兵が何やら話し込んでいたのでそちらに近

づく。

「ん？　なんだ兄ちゃん？　何か用事か？」

「これから迷宮に挑もうかと考えているんだが良かったら詳しく教えてくれないか？」

そう言って銅貨を数枚取り出して見せる。それを見て衛兵達は苦笑。

「ははぁ、賢い選択だぜ冒険者の兄ちゃん。見たところ駆け出しみたいだが、準備を怠らないのは成功の秘訣《ひけつ》だ。あんた成功するかもな！」

「話は聞かせて貰えるか？」

「あぁ、つっても俺達は実際に潜っている訳じゃないから出入りしている連中から聞いた話になるが構わんか？」

「構わない」

「なら何でも聞いてくれ答えられる範囲でなら話そうじゃないか」

「そうか」

俺は何を聞くべきかと考えながらこの迷宮についての質問を行った。


「相当、危険な場所と聞いたな」

場所は変わって宿の一室。俺とハイディは今日一日で集めた情報の擦り合わせを行っていたのだが、内容の大半が重複していたのであまり得られたものは多くなかった。

「僕の聞いた限りの話でも行くのは自殺行為って言われたね」

ハイディは苦い表情で首を横に振る。

「これは止めておいた方がいいんじゃないか？　僕達の目的は旅を通じて見聞を広げる事だって事は理解しているつもりだよ。だからと言ってわざわざ危険な場所に飛び込むのは違うと思う」

「そうか？」

「そうだよ。君は名誉が欲しい訳じゃないんだろ？」

「特に欲しいとは思わないな」

金は欲しいが旅に必要な分さえあればいいので大金を得たいとは思っていなかった。名誉に関して言えば必要以上に目立ちたくないので不要とすら考えていた。

まぁ、それもサベージを作った事で大きく失敗したが。だからと言って開き直る気もないのでこれまで通り気ままにやれればいい。

それでも迷宮の最奥に行こうと思っているのは俺自身の事を理解する為の一環だ。転生してから身に降りかかる火の粉を払いのけ、旅に出てからはこの国の北部を回る日々。

傍《はた》から見ればそれなりに充実はしているのだろうが、実際はそうでもない。様々なものを見聞きして新鮮さは摂取できているように思えるが、俺自身が明確に何がしたいのかが分からない。

見えてこないと言い換えてもいい。自身の事なのに本当にさっぱり分からないのだ。

何かをして結果を出せば満足感や充実感、達成感の類いは得られるが長続きはしない。

ウィリードで会ったトリップレットやパトリックに関しても不快ではあったが始末が済むと以降は「そんな事もあったな」と済んだ事として処理される。

つまりは喉元を過ぎ去ってしまえば本当にどうでもよくなってしまうのだ。

転生前であるなら恨みはどれだけの年月が経とうと色褪《いろあ》せる事なく、娯楽は一つ覚えのようにのめり込んだコンテンツに注力するのだろうが、今の俺は一度飽きてしまうと必要に迫られない限り関心が消えてしまう。

興味が持続しないのだ。何に対してもそうなのか、熱中できる何かに未だ出会えていないだけなのかは不明だがその点をはっきりさせる意味でも異なった刺激を与えれば何かが見えてくるかもしれない。

もしも見つかるなら今後の方向性も見えて来るし、見えて来ないのなら新しい刺激を得る為にこの手探りの旅を続ければいい。

仮に何に対しても興味を抱けないというのなら俺は死ぬまで刺激を求めて彷徨《さまよ》い続ける事になるのだろうか？

当てもなく彷徨い続ける自分の姿は容易に想像がついたが、どこかへ行きつく姿だけは何故か上手く想像できなかった。

別に何に変えても行ってみたい程に執着していないが、危険以外の行かない理由がないのなら行こうといった意欲の方が上回る。

「だったら止めておいた方が……」

「乗り気がしないのならお前は止めておけ。日程は五日から十日の予定だ。それを過ぎて帰って来なければ死んだとでも思え。そうなったらサベージは好きに使って構わない」

それを聞いてハイディが大きく表情を歪める。

「馬鹿な事を言わないでくれないか？　君は自殺しに行く訳じゃないんだろう？　だったら死んだらなんて事は言うべきじゃない」

「そうか」

「そうだよ。何をするにしても生きて帰る事を前提に臨むべきだ。――はぁ、そうだね。死ぬ気がないのなら僕も行くよ」

「別に無理はしなくてもいいが？」

「人数が居た方が便利だし逃げる判断をするのにも都合が良いだろ？」

「そうだな」

元々、こいつを連れているのは大人数が要求される依頼を請ける為でもあるので、来ないのであればいい加減に何故同行させているのか分からなくなるところだ。

「……明日、依頼を請けて準備をしよう。効果の高い魔法薬が安く手に入るから多めに仕入れておこう」

「それがいい」

肉体再生ができる身としてはそこまで欲しくはないが、あって損はないので俺もいくつか仕入れておくべきか。

迷宮の奥で何が待っているのか、それとも途中で引き返す事になるのかは分からない。何か得られるものがあればいいのだが——

俺はハイディと話をしながら明日どう動くべきかをぼんやりと考えた。


準備を済ませて迎えた当日。

集合場所は迷宮の入り口前。開けた場所には数十名の冒険者が集まっている。

『よく集まってくれた！　俺は今回の全体指揮を任されているホンガムだ！』

魔石を用いた拡声器を用いて声を発したのは一人の冒険者だ。首には青いプレートがぶら下がっており、色合いから上級である事が分かる。

装備品や冒険者としての格からかなりのベテランだ。

周りには大柄な男といかにも魔法使いですといった帽子とマントを身に着けた小柄な

女。

見た感じではあるがパーティー単位で雇われたのか。見ているとホンガムと名乗った男は話を始める。

『ここに集まったのは八十二名。この面子で迷宮の踏破を目指す！　皆も知っての通り、領が主導で行われるこの探索は三十三回目だ。既に三十二回の失敗を重ねている』

そんな事は分かり切っているので誰も言葉を発しない。

『犠牲者は何百、何千と出ている！　だがそれでも迷宮に挑むのは何故か⁉　領主による莫大な恩賞か⁉　それもあるだろう。だが、俺達は冒険者、自身の力で道を切り拓く者だ！』

ものは言いようだな。大仰な表現だがフリーターや派遣社員と何が違うんだ？

『先達《せんだつ》の遺してくれた情報によってどんな脅威が俺達を待ち受けているのかも全てではないが分かっている！』

ホンガムは力強く拳を握り、左右にいるお仲間は感心しているかのようにうんうんと何度も頷く。

『中層を突破できたとしても下層は未だ未知の領域。どんな危険が待っているのかも分からない！　それでも俺達は今回の探索を成功させ、迷宮の攻略を成し遂げる！』

そして握った拳を真っ直ぐに突き上げる。

『突破の暁にはここに石碑が建てられる予定だ。そこには最初の踏破者として俺達の名前が刻まれる。脱落者が出るだろうが、安心してくれ！　仮に死んでもその想いは俺達が背負って行く！』

聞けば依頼を請ける際に成功報酬として石碑を建てる事を約束させたらしい。生死にかかわらず今回の参加者は全員刻まれるそうだ。

俺はまったく嬉しくないのだが、他の奴からしたらありがたいのだろうか？

『それでも俺は目指したい！　全員での攻略を！　皆、生きてここに戻ってこよう！』

ホンガムとその仲間はうおお！　と声を張り上げる。これで誰も反応しなかったら恥ずかしいなと思って周りを見ていると半数以上が叫びながら拳を振り上げた。

ハイディも叫んではいなかったが拳を上げていた。

……これは俺もやらなければならないのだろうか？

まぁ、どうでもいいかと黙って見ていると話が済んだのか出発となった。

ギルドの依頼という形だが、成功率の低い――悪く言えば成功に対しての期待値が低い依頼なので失敗条件がはっきりと明記されていた。

要はこの条件を満たせば放棄しても罰則の類いを科せられない決まりだな。

第一にリーダーであるホンガムがこれ以上進むのが難しいと判断した場合。

元々、ホンガムはこの判断をするのが仕事でもある。

第二にメンバーの半数が脱落した場合。総参加人数が八十二名なので四十一名以上の脱落で個人の判断で逃げる事が許される。

第三にホンガムの脱落。撤退の判断ができる人間が居なくなれば個人で対処せよとの事だ。

これに関しては気付いている奴が多そうだが、危険になっても尚、進もうなどと言いだした場合はホンガムを殺せば撤退する権利が与えられるのだ。

その為、リーダーの判断は非常に重要となる。馬鹿な判断を行えば最悪、後ろから刺されるリスクがある。

危険な立ち位置である事を理解しているのか居ないのかホンガムは仲間を引き連れて集団の先頭を歩く。

俺とハイディは列の後ろの方へ入った。初めての経験の為か、ハイディの表情には緊張が張り付いていた。

「緊張するね」

「そうか?」

「うん、流石に危険な場所に向かうって話だから変に力が入っちゃうよ」

「そうか」

緊張感を維持するのはいいんじゃないかと思いつつ視線の先では長蛇の列が順番に迷宮

の入り口に呑み込まれているところだった。

しばらくすると俺達の番が来たので入り口を通って中へ。前に話を聞いた衛兵が頑張れよと声をかけて来たので頷きで返す。

内部に足を踏み入れると話には聞いていたが変わった光景が目に飛び込む。洞窟ではあるのだろうが上に下にとあちこちに草が生えている。

光源の類いはないので基本的には真っ暗だが、先に来ている無数の冒険者達がランタンなどの照明器具を使用しているので特に何もしなくても周囲の状況は見える。

加えて今回の依頼とは関係ない薬草採取に来ている連中も灯《あか》りを持っている事もあり、今のところは前が見えなくなる心配はなさそうだ。

足裏に草の柔らかい感触を感じながら黙々と歩く。上層に関しては危険な魔物が現れる事はほぼないので最低限の警戒で事足りる。

他の連中もそれを承知しているので談笑したり、途中に生えている薬草を毟《むし》って持参した鞄に放り込んでいる者もいる。

日程としては上層の攻略に大体二日から三日。それまでは黙々と歩くだけだ。

問題はその後、中層に入ってからになる。上層は基本的には一本道だ。

一応、分かれ道はあるのだが、最終的に同じ場所に合流するのでどのルートを通っても変わらない。

効率のいい移動経路を把握しているのか先頭を歩くホンガムの先導に迷いはない。俺は後方なので特に前を意識せず、周囲の魔力や気配などを探っていた。

これでも普通の人間よりも感覚は鋭い。魔力の流れや気配にも敏感だと自負しているが、この空間はかなりおかしい。

大抵は生物であるなら魔力を発し、気配が移動する事でそれが生物であると認識できる。植物に関しても魔力を発してはいるが生育するのに不要なのか微量だ。

普通であるならば。ここの植物に限っては違った。全てが大量の魔力を発しているのだ。

本来なら洞窟で生育できないような種類の薬草が自生できている理由はこれか？

気付いている奴がこの場に居ないだけで調べ自体は付いているはずだが、何故そうなっているのかまでは分かっていないのかもしれない。

見れば見る程に奇妙な場所だ。

一説には植物は魔力を発しているように見えるが、実は大地から吸い上げているだけでそれ自体はまったく発していないのではないかと言われているらしい。

この迷宮を見るとあながち的外れではないのではないかと思える。魔物の類いも出ないので最初の一日は採集目的の冒険者の姿も多く、弛緩《しかん》した空気が流れていた。

二日目も同様に黙々と歩くだけだ。風景にもそこまで大きな変化はない。

強いて挙げるなら草や花だけでなく、木があちこちに生えている事ぐらいか。元々、上の方にも生えているのだが、見かけたら即座に切られるのであまり見る事がないらしい。

ここまで下りて来る人間が少ないので必然的に切られる頻度が減って樹木の生育する余地が残ると。それでも良質の薬草を求めて潜る人間の姿が見られる。

三日目。そろそろ上層を抜ける頃だ。この近辺になると衛兵らしき者達の姿が見える。

上層と中層の間には有事に備えて戦力を配置しており、内部で大きな異変が起これば即座に外に伝わって対応の準備をする手筈《てはず》になっている。

これは領主が迷宮を資金源としておきながらもしっかりと警戒している事の表れでもあった。

更に進むと衛兵の詰め所として使っているであろう小屋がいくつか見えてきたが、草や蔦《つた》に侵食されており酷い有様だった。

何人かの衛兵が短剣片手に小屋に生えた蔦を切っている姿があった。

「ここからだ！　皆、油断するなよ！」

ホンガムがそう叫び、移動する為の陣形も切り替わる。縦に並んでいたところを十人前後で横に並び互いの死角を補い合う。

なるべく固めて対処しやすいようにするのは分かり易い対処法といえる。洞窟の方も下りれば下りるほどに広くなっていくので固まっても邪魔にならない点も有利に働く。

……ただ、問題は今まで失敗して来た連中も同じ事をやっているはずなんだが……。

「足元、頭上、壁、全方位に注意を配れ！　ここから先は一瞬たりとも気が抜けないぞ！」

ホンガムの言葉通り、これまでに全滅した連中の証言から中層での脅威は大きく分けて二種類。

罠と魔物だ。前者は軽いものなら蔦が巻き付いて足を取られる程度で済むが、そうでもなければそのまま釣り上げられて壁や床に擬態したでかい植物に喰われる。

蔦に捕まった場合に備えて全員が短剣やナイフ――刃渡りの短い得物《えもの》を持つように言われていた。

それと落とし穴、さっき挙げた釣り上げて喰うタイプが口を開けて待っており、その上を通ると落ちて喰われる。

これは地面をしっかりと照らしておけば擬態部分の見分けが付くので足元への灯りを徹底させる事で対処。

その他にはトラバサミのように踏むと喰らいつくタイプ、粘着性の液体を出すタイプ――これは捕まると剝がすのが難しいので特に厄介なトラップのようだ。

次に魔物。一応、魔物と呼称されてはいるが、正式に認定されている訳ではない。

動く植物《ムービングプラント》。便宜上、そう呼称されているこれらは生態がはっきりしていない上、この迷宮以外での発見例がないので魔物と定義できるだけの情報がないのだ。

ほとんどの探索隊がこいつ等《ら》と出くわした段階で終わるので、はっきりしない部分が多いが様々な生き物の形状を象《かたど》った枝や蔦の集合体らしい。

そんな連中が群れを成して襲ってくるらしいのだが、これまでに挑んだ全員がこれに対する対処ができなかった点を見ても単純な物量だけではないのかもしれない。

脅威度の高い「動く植物」に対してホンガムが用意した対処法としては魔法で焼き払う事だ。

さて、上層を抜けて中層に入ったのだが、こちらは完全に人の出入りがないので頼りになるのは自分達で用意した光源のみ。

広さもあって闇が一気に深くなる。それに圧迫感を覚えているのか一部の冒険者が息苦しそうにしていた。

定期的に大声を出して声をかけていたホンガムもそんな余裕がないのか静かだ。

……確かに違うな。

俺の目には闇で隠された部分もはっきりと見えているので分かるが、さっきまでいた所とは雰囲気が大きく異なる。

草花だけでなく木の枝や蔦が多い。それだけならまだ流せるが、問題はそれらが闇の中で蠢《うごめ》いているのだ。

蔦は蛇のようにとぐろを巻き、枝は微かに軋《きし》むような音を立てて伸びる。

ここまで露骨に動いているのは移動している侵入者に反応している所為だろう。

中層で足踏みするのも頷ける。そして最大の問題は周囲の植物が動いている事に気付いている奴がいない事だ。

質《たち》の悪い事に足元や光に照らされている植物は動いていない。

「おい、なんか軋むような音がしないか？」

「樹木が成長する時に音を立てるって話を聞いた事があるからそれじゃないか？」

「なんだ。だったら気にする事もないか——ったく脅かしやがって……」

異音に驚いた男が怯えたようにそう漏らすが他の冒険者に言われて納得したように頷く。

確かに樹木の急成長はこの洞窟内なら日常茶飯事なんだろうが、もう少し危機感を持った方がいいかもな。

そうこうしている内に樹木や蔦は闇の中を動き回りその勢力を拡大していく。俺が小さく息を吐いて一番元気よく動いている蔦に持っていた松明《たいまつ》の光を当てると動きを止める。

なるほど。準備ができるまでは何もしてこないつもりなのか。

「おい！　勝手な真似をするんじゃない！　一人の勝手な行動が全体の迷惑になるんだぞ！」

俺が勝手な真似をしたのが気に入らなかったのか一人の冒険者が怒鳴りつけて来る。

別に俺一人が別の所を照らしたとしてもそこまでの悪影響は出ないだろうと思ったのだ

が、男の瞳は恐怖に濁っており、光で照らされている部分が減る事に対しての忌避感が強く出ていた。

相手をするのが面倒だったので無言で元に戻す。

「――でもよ。あの塊は何だ？　見た感じ蔦が固まっているように見えるが……」

他の冒険者が俺が照らした塊に光を当てて首を傾げる。

「さっきまであったか？」

「いや、暗かったから分からんな」

口々に意見を言い合う。その間にも死角となっている闇の中では植物が取り囲むように動き続ける。

それを見て今までの連中が全滅した理由に何となくだが、察しがついた。こうやって準備しつつ奥まで誘い込んで襲うのがこの迷宮の歓迎方法らしい。

この様子だと最初の野営を行った時点で襲われそうだな。

「皆、気になるのは分かるが先を――」

ホンガムがそう言いかけた瞬間、悲鳴が上がる。一人の冒険者が足元から伸びた蔦に足を絡め取られたからだ。

そのまま宙吊《ちゅうづ》りにされるが、近くに居た者が短剣で蔦を切断して救助する。

「敵襲だ！　皆、気を付けろ！」

大きく動いただけあって準備が完了したのか地面や壁から無数の樹の枝や蔦が噴出するように現れて襲いかかって来る。

さっきから照らされていた塊も解《ほど》けてこっちに向かって来ていた。

「落ち着け！　手筈通りにやれば問題ない！」

ホンガムの仲間が大きな塊に液体の入った瓶を投げつけ、魔法使いが〈火球〉を発射。

中身は油か何かだったらしく、一気に燃え上がる。

蔦の塊はのたうつように抵抗していたがやがて燃え尽きて動かなくなった。

「見たか！　対処さえ間違わなければ恐れる事はない！　勝てる！　勝てるぞ！」

他の冒険者達もその勢いに乗るように戦意を漲らせて襲いかかってくる敵を迎え討たんと武器を振るう。

俺も他に混ざって剣で襲いかかって来る植物の蔦を切り飛ばしつつ全体の様子を見ると味方がかなりの優勢だ。

このまま行けば問題なく勝てるだろう。

……今回に関してはだが。

冒険者達は魔法道具に各種武器、消耗品などを惜しみなく使って植物の群れを駆逐していく。

時間にして約十数分の激闘の末、冒険者達は勝利を収めて勝鬨《かちどき》を上げる。

出し惜しみをせずに戦ったお陰か負傷者は出たが、犠牲者はゼロだった。

「よし！　敵の襲撃を退けた以上、今なら手薄になるはずだ。進むなら今しかない！」

……今しかないのか？

人員はともかく物資の消耗はかなり深刻に見えるが、大丈夫なのだろうか？

特に派手に燃やすのに使った油は景気よく使っていたので、仮に残っていたとしても次の戦闘で間違いなく底をつく。

その辺を理解しているのかいないのか、ホンガムはさっさと進もうとするが、俺と似たような事を考えた奴がいたのか一部の者が「待ってくれ」と声を上げる。

「どうした？」

「折角、犠牲者なしで切り抜けたんだ。ここは一度下がって、物資の補給をしてから戻らないか」

その冒険者は刃こぼれした剣を見せる。同調している他のメンバーも持っていた武器や装備がかなり傷んでいる。

蔦はともかく、樹木は硬かったので刃こぼれの一つもするだろう。ふと俺も自分の剣に視線を落とすと何ヶ所か欠けていた。

それはさておき、冒険者の主張はもっともだった。消耗した状態で次の戦闘に入れば間違いなく犠牲者が出る。どれだけ深いのかも分からん以上は可能な限りの万全を期するべきだ。

付け加えるなら行くだけではなく帰って来る必要もあるので、どう考えてもこのまま進むのは現実的ではなかった。

「……君はどう思う?」

「戻って補給は悪い判断じゃない」

「僕としてはこのまま撤退が無難だと思う。いくらなんでもこれは無理だ。こんな調子で戦闘を繰り返したら五回も保たない」

「いや、三回がいいところだろ」

半減なら三回で充分だが、全滅までなら五回が妥当か。そんな話をしている間にもホンガムと冒険者とのやり取りは続いていた。

戻ろうと主張する者達とこのまま行こうとするホンガム。入る前の石碑の件といいこの踏破にこだわっているのは分かっていたが、随分と執着が強い。

これは人選ミスじゃないかと思っているとそれを裏付けるかのように強引に行くぞと歩き出してしまった。

事前の取り決めでホンガムが撤退の判断をしない限り、他も付いて行くしかない。

勝手に逃げた場合はギルドからのペナルティが課せられるので引き揚げたいと言った者達も渋々ながら付いて行く。

「……次の戦闘で決まると思う。状況次第では罰則を覚悟してでも逃げた方がいい」

「そうだな。お前は自分が助かる事だけを考えろ」

「君は？」

「俺は俺でどうにかする」

ハイディの考えは正しい。ホンガムが撤退の判断を行う指揮官として機能していない以上は自分の身は自分で守るべきだ。

意見には同意するが、俺としては別にどちらでも良かったので状況に合わせて動くつもりだった。

周囲を見ると相変わらず植物があちこちで生き物のように這いまわりこちらを包囲しようと動いている。

前回の事があったので壁などに灯りを向ける者が多いので包囲の進行は遅い。

危険はじりじりと近づいてきているが移動自体はスムーズに進んでいる。そうこうしている内に中層に入って最初の分岐路が見えて来た。

確か四つ目かそこらの分岐路が最高到達点だったたか。流石に何度も挑んでいるだけあって結構、深くまで潜った者達も多い。

お陰である程度だがマッピングも進んでいるので、その範囲でなら最短距離を行ける。

ホンガムも一度目の襲撃以降、警戒しているのかかなり早いペースで進む。下手に留《とど》まると包囲される事を悟っているからだ。

本来なら二つ目の分岐路の辺りで野営に入る予定だったのだが、ペースを上げたお陰で三つ目の分岐路の近くまで進む事ができていた。

……それにしても見れば見るほどに奇妙な場所だ。

分岐路こそあるが最終的に合流しているので分ける意味がない。俺から見れば無意味な構造にしか見えないので、理解ができないのだ。

「いい加減にしろ！」

そんなどうでもいい事を考えていると前の方から怒鳴り声が響く。

さっきの冒険者がホンガムに噛み付いているようだ。

「もう一日、歩きっぱなしだぞ！　そろそろ休まないと脱落者が出る」

「わ、分かってる！　だが、襲撃される事を考えると長時間、同じ場所に留まる事は危険だ！」

「だから一度戻って立て直そうと言ったんだ！」

今更言っても仕方がない話をしているような気もするが、碌に休憩を挟まずに来ているので不満が溜《た》まるのは分かり切っていたな。

ホンガムも理解はしているようなのだが、迷宮を踏破したい気持ちと危険から逃れたい保身を両立させようとした結果、この無理な行軍なのだろう。

冒険者は疲労もあってかかなり苛立っており、ホンガムも最初のはきはきとした喋りは鳴りを潜め、口調には焦りと苛立ちが混ざっている。

「もういい！　だったら俺達だけでも戻る許可をくれ！　自殺がしたいならあんた達だけで――」

冒険者の言葉は最後まで形にならなかった。何故ならその額に何かが食い込んでいたからだ。

これには俺も少し驚いた。まったく気配がしなかったので何をされたのか分からなかったからだ。

本当に唐突に冒険者の額に風穴が開いた。飛んで来た方向を見ると天井から大きな蕾《つぼみ》のようなものが生えているのが見えた。

あれか？　と首を傾げていると、同じようなものがにょきにょきと大量に生え、風船のように膨らんだ。

なるほど。何をしてきたのか、何をするのか、そしてどうなるのかが瞬時に理解できた。

俺は近くに居た全身鎧と盾で防御を固めていた男の襟首を摑んで射線を遮る位置に引っ張り、ハイディの腕を摑んで後ろに立たせる。

「え？　どうし――」

飛んで来た方向に他の連中が光を当ててるのとそれが起こったのは同時だ。

さっき飛んで来た無数の何か——恐らく種か何かだろうが銃弾みたいに飛ばしてくるのは想定していなかった。

流石は異世界、何でも出てくるな。種は次々と冒険者を射抜き、当たりどころの悪かった者を即死させる。

俺が盾にした男も当たりどころが良くなかったようだ。力が抜けたので手を放すとそのまま崩れ落ち、その手から盾が零《こぼ》れる。

防具は効果を発揮しはしたが顔面に貰ってはどうしようもなかったようだ。

ざっと見回すと半数近くが今ので死ぬか死にかけたようだ。よかったな。これで帰れるじゃないか。

——どうしてこうなってしまったのだろうか？

彼の思考を占めるのはそんな事だった。前人未到の迷宮を攻略して冒険者としても個人としても大成功を収めて誰もが羨《うらや》む人生を送る。

そんなビジョンが彼の中にはあった。戦力を集め、以前の探索で得た情報から充分に対策を練り、後は踏破するだけ。

簡単な話だと思っていたのに中層に入ったと同時に発生した戦闘で計画は破綻し、戻るべきだと突き上げを喰らう始末。

本当は戻るべきだと分かってはいたが、一度引き揚げると場合によってはギルドから失敗と認定される恐れがあった。

そうなれば二度と自分はリーダーに任命されない。ホンガムにとってそれだけはどうしても許容できなかった。

何故なら石碑の一番上――迷宮攻略の最大功労者として名前を残せないからだ。報酬に関しても貢献度で割合が変わるのは常識。

ならばリーダーである自分の配当が一番多くなる。そんな皮算用もあって引くに引けなかったのだ。

「ホンガム！　これはもう無理だ！　逃げるしか――うぉ!?　ぬ、離せ！　邪魔を――うぉぉぉぉぉぉお!!」

仲間の男が動く植物の群れに呑み込まれる。光源がほとんどないので彼がどうなったのかを確認する術《すべ》はない。

「や、ヤダ！　いやぁぁ！　来ないで来ないで！」

魔法使いが悲鳴を上げながら〈火球〉を連射。次々と近寄る動く植物を火だるまに変えるが流れ弾が仲間の冒険者にも当たっていた。

それに気が付かない彼女は恐怖から逃れたい一心で魔法を放ち続け、べちゃりと湿った何かを踏んだ。

「――え?」

違和感に気が付いた時にはもう遅く、足は粘つく液体を踏みつけて上がらなくなった。

そして自分が立っている位置は大きなトラバサミのような植物の開けた口の上だったのだ。

現状を認識して行動を起こす前にバクリと口が閉じて彼女は噛み砕かれ、閉じた口の隙間から血が噴出。

そしてその植物はゆっくりと地中に消えていく。冒険者は死の危険と隣り合わせ。

ホンガムは常日頃からそう嘯《うそぶ》いて来たが、彼は本当の意味での危険に対しての認識ができておらずここにきてようやく自らの命が脅かされている事に気が付いたのだ。

逃げようと思ったが振り返るとそこには彼が率いていた冒険者達の成れの果てが群れを成している。最も頼りになる仲間達はさっき死んだ。

――終わった。

彼の心に浮かんだのは静かな諦めだった。次の瞬間、飛びかかってきた植物の群れに彼は蹂躙《じゅうりん》され、悲鳴も僅かな時間で消えてなくなった。

ホンガムの死亡、半数以上の脱落と二つの撤退条件が満たされたのだが、それに気付いた者はおらず皆、逃げ惑うばかりだ。

そんな中、ハイディは手に持った盾で植物を払いのけながら走る。この盾は最初の攻撃の後、ローに押し付けられた物だ。

彼とははぐれてしまったので彼女は一人、暗い迷宮を走る。片手には盾、もう片手にはランタン。

周囲の状況と来るまでに集めた情報で逃げる際には絶対に足元から意識を切ってはならない。拘束されるような罠を踏めばその時点で終わるからだ。

来る時にはなかったはずの奇妙な水溜まりが見えたので加速して跳躍。飛び越える。

着地位置にも気を配って走る。背後で誰かが罠に引っかかったであろう悲鳴。可能であれば助けに戻りたいがそんな余裕はない。

――自分が助かる事だけを考えろ。

彼女の相棒であるローはそう言った。これは暗に「自分は大丈夫だから」と伝えたのだと解釈していた。

悔しい。走りながら彼女は内心で僅かに歯噛みする。元々、この依頼には乗り気ではなかった。

明らかに自分の力量を超えていると理解できたからだ。それでも請けたのは世話になっているローの助けになればとの考えだった。

本音を言えばちょっといいところを見せて見直して貰おうといった気持ちだったのだが、まったく上手く行かなかったのは無念だ。

ハイディは逃げる事しかできない自分を情けなく思い、もっと強くなりたいと自分の力のなさを恨んだ。


我ながら上手に一抜けできたのではないだろうか？

俺はそう考えながら真っ直ぐに奥へと向かって全力疾走していた。途中で粘つく液体を踏んだが、靴を脱いで突破。

二回目は足の生皮を剝がして突破、木の枝は剣と魔法で対処。罠を張らずにハエトリグサみたいな奴が襲いかかってきたが〈爆発〉の魔法で対処。

発現点を口の中に設定して喰らわせると一撃で片が付くので簡単な相手だった。焼け焦げたハエトリグサの残骸を齧《かじ》って補給しながら走る。

また粘つく罠を踏んで足が止まったのでいい加減、面倒になって〈飛行〉を使って地面に接触する事を止めた。

動く植物は人間の死体をリサイクルする形で生み出されているので自分一人で死体がないここでは出てこない。

集団行動というのはストレスが溜まるな。割と早い段階で飽きて来ていたので、抜け出す機会が来ないかなと期待して待っていた。

思ったよりも早くに来たので早々に抜け出してこうして一人最奥を目指していた。ハイディには近くに落ちていた盾を渡しておいたのでどうにか切り抜けるだろう。

死んだら死んだでそれまでだ。長い時間、我慢をしていたがこうして解放されるとちょっとした爽快感が得られるな。

釈放された囚人の気分はこんな感じなのかもしれない。魔力を派手に使って加速し、一気に奥へと向かう。

減った分は襲って来た植物を喰って補給すればいいから、何の問題もない。

理由は知らんがここの植物は魔力を大量に含んでいるので、あんまり腹の足しにはならんし美味《うま》くもないが魔力の補給源としては上等だった。

途中、分岐路があったが、どうせ合流するだろうと考えて適当に通る。しばらく飛んでいると広い空間に出た。

……で？　この広い空間は何だ？

意味のない分かれ道が大量にあったのでこの空間も意味がないのかもしれないが——

あぁ、そうでもなかったか。

わざわざ広い空間を用意しているのは大型の個体を扱う為だったようだ。

地面から生えた枝や蔦が折り重なって形を成していくがわざわざ待ってやるほど俺は暇

でも親切でもないので他と同様に〈爆発〉を喰らわせる。

内部から爆散して破片が散らばる。それにしても〈爆発〉は便利だな。

発現点の設定と起動に複雑な構築が必要なので他に比べると出が遅いのが難点だがこの手の大物を仕留めるには非常に有用だ。

それにしても迷宮と銘打たれている割には出てくるのは枝や蔦ばかり。知ってはいたが、思った以上に夢もロマンもないな。

現実なんてこんなものかと思いつつ進もうとしたがさっき潰した奴の残骸から別の塊が飛び出す。

地中で形を作ってから出して来たのか。植物の癖に考えているな。

姿を現したのは長い首に巨大な胴体とそれを支える足にバランスをとる為の尾。形状がもっとも類似しているのは地竜だが、この枝の塊の方が竜っぽかった。

強いて呼称するなら植物竜？ 植竜の方が分かり易いか？

植竜《プラント・ドラゴン》の方がしっくりくるなとどうでもいい事を考え、結論が出た時点で興味も失せた。

目障りだしさっさと消えろ。〈爆発〉発現点は首の付け根に設定して起動。内側から破裂するように狙った位置が爆発するがメキメキと軋むような音を立てて損傷が修復される。

再生するのか。明らかに生き物ではないのでどこを吹き飛ばせば始末できるのだろうかと首を捻る。

植竜は口を大きく開く。枝の塊なのにドラゴンブレスを使えるのか？

実際に飛び出したのは気体ではなく液体だった。緑を基調とした毒々しい色合いの液体はどうやったのか光線のように綺麗な直線を描く。

流石にこれは予想できなかったので反応が一瞬遅れ、咄嗟《とっさ》に上昇したが足に命中し、刺激臭と共に溶けてボロリと落ちた。

溶け落ちた足を見て靴に続いてズボンも買い換えないと駄目かと小さく溜息を吐きながら足を再生させる。

植竜は追撃に液体を飛ばしてくるが一度見た以上、対処は難しくない。

要は発射のタイミングに射線上にいなければいいので、飛び回っていれば回避は容易だ。問題は仕留める方法が見当たらない事だった。

〈爆発〉は喰らわせても再生力が上回って効果が出ず、〈火球〉は表面を焼くだけでやはり効果がない。

というか何でこいつは再生するんだとよくよく観察してみると足が地面に埋まっているのが見えた。道理でその場から動かなかった訳だ。

つまりこいつは下から養分を吸い上げて回復に回しているのか。だからこいつ一体しかいないのか？

これまでの傾向から他の植物が攻撃を繰り出してこないのも不自然だと思っていたが、こいつの再生にリソースを割いているからか？

そう考えるとこの迷宮を管理している存在が居るのかもしれないな。迷宮と呼ばれる存在の謎には迫れるかもしれないな。

それを知る事で何かを得られればいいのだが――差し当たってはこいつの処理か。

無視してもいいような気もするが仕留めておくと奥で出てこないような気がするので先々の事を考えると逃げない方が良さそうだ。

ただ、問題はどうやれば処理できるかだが、使えそうな攻撃手段から最適な物を模索し――手頃なのを見つけた。

俺は一気に植竜へと肉薄しその背に飛び乗る。接触した状態で〈枯死〉を使用。

対象を風化させる魔法は植竜を構成している枝から水分を抜き去り砂へと変える。

接触部分だけが砂になると思っていたのだが、どうも全ての枝が足からの伸びている枝に繋がっていたので全体に効果が行き渡ったようだ。

植竜は再生する事もできずに足首だけを残して砂となった。その足首もややあって砂になった。恐らく奥に伝わる前に切り離したのだろう。

面倒な相手だったが弱点さえ分かれば雑魚《ざこ》だったな。追加が出てこないのを確認し、俺は奥へと進む。ここまでに結構な距離を移動して来たのでそろそろ最奥が見えて来ても不

思議はない。

特に距離を意識していなかったのでどの程度の深さまで潜ったのか今一つ分からんな。地面や壁に設置するタイプの植物や種を飛ばしてくるタイプは〈飛行〉で空中にいれば対処は難しくなかった。

観察していたが種を飛ばすタイプは一発撃ったら弾を込める為の時間が必要なのか数秒は撃って来ない。数を用意しての一斉射撃も来るのが分かりさえすれば魔法で障壁を張れば簡単に逸らせる。

ここの植物が冒険者相手に連戦連勝なのは暗闇からの奇襲により実態を摑ませない点にある。動く植物がいい例だ。

冒険者の認識ではどこからともなく奇襲してくる魔物である点からもそれは明らかだった。

……まぁ、この世界は死体が勝手に消えるから意識を向け難いのかもしれんな。

絡め取ろうと枝が束になって絡みつこうとするが〈枯死〉で砂に変えて突破。巨大なハエトリグサみたいな植物も懲りずに繰り出してくるので魔法で吹き飛ばして残骸を齧る。

初見時はちょっとした驚きもあってそれなりに新鮮な気持ちにはなったが、一通り見てしまうと段々と飽きが来ていた。

一番奥には何かしらあるだろうと僅かな期待を滲《にじ》ませて加速。進むにつれてこの迷宮に対する興味も失せつつあり、変わり映えしない景色にすら飽き始めたところでようやく変化があった。

広い空間に出たのだ。さっきの植竜じゃないのかとも思ったが、それも僅か。何故ならこの空間には奥へ向かう為の道がない。

それはここが最奥である事を示しており、空間の中央に鎮座する圧倒的な存在感を放つそれがここそが終着点である事を示していた。

地下にもかかわらず下手な街ぐらいなら入ってしまいそうな程に広大な空間。そこに足を踏み入れて真っ先に目に入ったのは巨大な花だ。

俺は暗闇でも視界を確保できるが、光源がない状態に比べると見え辛くはある。その為、形ははっきりと分かるが色はそうでもなかった。

その為、その花の光の下では鮮やかであろう色合いが分からない。花びらだけで十数メートル。花としての大きさは百メートルはあるんじゃないか?

とにかくでかい。そしてその花の中央には巨大な柱——いや、柱に見えるが目を凝らすとその正体が見えてくる。円柱状の袋だ。

食虫植物にこんな感じの奴がいたなと思いながら視線を下げると地面は沼のようになっており、得体のしれない粘性のある液体に満たされており巨大な花が浮かんでいる形になっている。

巨大な見た目に目を奪われがちだが植物である以上は本体は下じゃないのかと思って目を向けたのだが、このでかい花は思った以上に危険な存在のようだ。

その理由は沼のような液体溜まりだ。最初見た時は気が付かなかったが、よくよく見てみればぽつぽつと何かが浮かんでいる。

意識すれば認識するのは早かった。浮かんでいるのはゴミではなく生き物、それも人間の骨だ。

ここが最奥部だとしたら前人未踏のはずだ。なら何故こんな所に人骨が浮かんでいるのか？　答えは来る途中に見て来た物全てが示していた。

動く植物は死体を利用している。その為、死体を用意しないと現れない。

なら過去に存在した個体はどうなるのか、それ以前にこの迷宮で死んだ連中はどうなるのか？　浮かんでいる人骨がそれをしっかりと示している。

同時にこの迷宮の正体にも思い至る。道理であちこちから正体不明の草が次々と生えてくる訳だ。

ここは迷宮なんかじゃない。この洞窟そのものがあの植物なのだ。ここに入った連中は食虫植物に誘《おび》き寄せられた昆虫のように薬草という餌に誘われた獲物でしかない。

無駄に広いのも洞窟そのものが人体で例えるなら消化器官のようなものなのだ。広く取って多く吸収する為と考えるなら、無駄な分岐路も最終的にここに合流する理由も腑に落ちる。

死ねば動く植物になるか死体になるかの差はあるが、最終的には養分としてそこの沼に浮かぶと。

迷宮の奥には宝が待っているなんて絵空事と思ってはいたが、現実は想像の斜め上を行く無情さだな。ここに挑んだ連中はわざわざ餌になりに来ているのだから救われない。

冒険者は自己責任。ギルドは標語としてそう掲げているので、死んだ連中に関しては覚悟の上なのは分かるが領主はこの事を把握しているのだろうか？

恐らく知らないだろうな。知っているなら処分する——いや、迷宮が使い物にならなくなる事を考えれば生かさず殺さずが最適解か？

迷宮はこの領最大の収入源だ。捨てる選択は取れないだろう。

見た限りここが最奥でこの迷宮の本体らしき存在も見た。それによりこの迷宮に対する疑問は解消され、好奇心も満たされはした。

迷宮の正体は巨大な植物魔物。予想の斜め上ではあったが、こうして答え合わせをしてみるとすっきりはした。

前人未踏の地とやらに足を踏み入れたので、この光景を見たのは俺だけなのかと考えると多少はいい気分に——ならないな。

こう、誰も足を踏み入れていない地に足を踏み入れ、雄大な自然の息吹を感じれば感動的な何かで胸が震えるのではないか？　心的なものが動くのではないか？

そんな期待を抱いてはいたが、どうやら駄目そうだ。新鮮な気持ちにはなれたが、持続せずに喉元を過ぎればどうでもよくなった。

俺は興味を失ったが巨大植物はそうでもなかったようだ。沼のあちこちからボコボコと気泡が上がり、爆発のような飛沫《ひまつ》が発生するとさっきの個体より巨大な植竜の首だけが大量に現れる。

同時にここに入る際に通った出口が塞がる。こういう所だけは迷宮っぽいなと思いつつどうしたものかと悩む。

無数の首が一斉に口を開いてさっきの液体を放出。巨大な分、液体の充填《じゅうてん》に時間がかかるのか、発射のタイミングはさっきの奴よりは遅かった。

特に囲んだり、退路を断つ形で照準を散らさずに俺だけを真っ直ぐに狙っているので躱すのは難しくない。

急上昇する事で回避。液体は壁に当たり、折角塞いだ通路が口を開けたのを見て、これは帰っていいのだろうか？　と首を捻る。

始末してもいいが、この怪獣みたいなサイズの巨大植物はどうやって仕留めればいいんだろうか。試しに本体に〈爆発〉を喰らわせてみたが、駄目そうだった。

効果自体はあったがサイズが違いすぎるので大したダメージになっていない。適当に袋部分を狙ってはみたが、穴が開いて少し焦げた程度で燃える様子もない。

その為、燃やせばいいなどという安易な考えは通用しなさそうだ。しかも損傷も徐々に修復されているので、撃破は現実的じゃないと判断せざるを得ない。

〈枯死〉で砂に変える事も考えたが、サイズ差の所為で俺の方が先にガス欠になりそうだったので試す気にはなれなかった。

考えている間にも植竜の頭は液体を吐き出して俺を消化しようと執拗に狙って来る。手近な個体の上に着地して〈枯死〉を使用して砂に変えるが、他が口を開いて喰らいつこうと突っ込んで来た。

俺が気に入ったのかここまで踏み込まれたのが気に入らなかったのかは不明だが、意地でも俺を喰いたいといった執念じみたものを感じさせる攻めだ。

〈枯死〉は効果が出るまでに若干のタイムラグがあるのでこうも畳みかけられると使えない。サイズ差だけでなく手数の不利もあってどんどんとやる気が萎《な》えて行く。

別に怖気《おじけ》づいた訳ではなく、単に割に合わないと思ったからだ。明らかに本能しかない植物。放置しても俺に不利益を齎《もたら》す訳でもないので多大な労力を払ってまで仕留める必要性を感じないのだ。

……引き揚げるか。

迷宮の正体が分かった段階でその結論は出かかっていたので撃破の難易度の高さを目の

当たりにし、俺の中でそれは決定となった。

ただ、ここに来るまでにかなり消耗したので駄賃代わりに何か喰える物でも貰って帰るかと視線を巡らせて――巨大な袋に目が行く。

小さな穴しか開けられなかったので中はどうなっているのかが少しだけ気になった。都合のいい事に例の液体を噴射してくるので袋の前まで飛んで攻撃を誘導。

液体は袋に当たってその表面を大きく溶かす。中からは下の沼に溜まっている液体がドロドロと流れ出す。

あぁ、下の液体の出所はここかと納得し、その液体の中に何かが見えたので〈爆発〉の発現点を流れている液体の中に設定して起動。液体が爆《は》ぜて中か岩のようなものが飛び出す。

何だこれはと目を凝らすとどうやら種のようだった。俺はこれでいいかと宙を舞う無数の種の内、一つを抱えて逃げを打つ。

来た道はさっきと同様に塞がっていたが、再度攻撃を誘導する事で開けさせてそのまま通り抜ける。

全力で飛行し、適当に離れたところで着地するとあちこちから様々な植物が俺を喰おうと現れたので、これは無理かと〈飛行〉で躱しながら退避する。

さっきの戦闘と今使っている〈飛行〉で消耗も激しい上、いい加減に抱えている種が邪魔になってきた。手の平サイズぐらいなら許容できたが両手で抱える必要のあるサイズは無理だ。

齧ろうとしたが硬くて文字通り歯が立たない。面倒だなと根で吸収する為に表面を〈枯死〉で砂に変えると中から蔦のようなものが飛び出して俺の首に絡まる。

植物の種は発芽するまでは無害と思っていたがこれに関しては当てはまらないらしい。

首を圧《へ》し折る勢いで蔦が締まり、表面から消化液が滲んでいるのか皮膚が溶け始めた。

そうこうしている間に周りからもハエトリグサのような植物が喰らいつかんと口を開いて迫る。躱しながら鬱陶しいと種の中に手を突っ込んで逆に消化してやろうと侵食。

知能があるか不明だが、消化はできそうだったので全力で内部へと根を伸ばす。消化スピードは俺の方が上だったのか、中を食い荒らすと大人しくなったのでそのまま中身を完食して完全に吸収。

ガワだけになった種を投げ捨てて加速する。本体の中に入っていた種だけあってかなりの魔力を内包しており、大幅に回復できた。

これなら上層まで保《も》つだろう。身軽になった俺はこの迷宮への興味を失い、ここから出る事だけを考えて上を目指した。

八十二名中、生存者は十三名。

それが今回分かっている損害だ。リーダーであるホンガムを筆頭に大半の人間が死亡し、命からがら逃げ出して来た者達は上層を守っている衛兵達に保護された。

彼らを受け入れた衛兵達は特に驚きもせず「やっぱりこうなったか」と同情の眼差しを向ける。意気揚々と乗り込んだ探索隊が数日保たずにボロボロになって帰ってくるなどもはや見慣れた光景だった。

調べない訳にはいかないのは理解しているが、こうも何度も同じ光景を見せられると彼らも慣れてしまうのだ。

負傷者も多く、治療の為に人員を派遣してくれるとの事で彼らは上層の比較的、安全な場所で待たされていた。

生き残った者達は恐怖に震える者、暗闇を恐れて灯りの傍から離れない者、仲間の喪失に涙を流す者と様々だが、共通しているのは心に大きな傷を負った事だろう。

そんな中、ハイディは一人中層の方を見つめていた。彼女も際どいところで助かった身だったが、逃げ切った後に無事を信じていた相棒の姿がない事に気付く。

いくら探してもローの姿は見えない。真っ先に浮かぶ可能性は死亡だ。この場に姿がない事は逃げ切れずに未だ中層にいる事を意味する。

あの大人数ですらこれだけの損害が出たのだ。たった一人で生き残れるはずがない。百人――いや、千人いれば全員がこう断言するだろう。ここに姿のない者は死んだと。

ハイディも頭ではそう理解はしていたのだが、別の何かが彼は死んでいない。そんな予感めいた何かを感じていた。

あの何をしても死なないような彼がこんな簡単に居なくなる訳がない。根拠はなく理屈ではなかったが、戻って来ると信じていた。

それでも時間は無情に流れる。迷宮内の所為で、時間の感覚が摑み辛いがここに来てからそろそろ丸一日が経過しようとしている。

そろそろ領とギルドが送り込んだ救助と治療の為の人員が合流する。彼女達がここに待機している理由は負傷により動かせない者達がいるからだ。

迷宮の外まではかなり歩く必要があるので治療して自力で帰らせる為であった。これは失敗した時の為に最初から用意されていた事でもある。

領主としても死ぬ分には構わないが、負傷者を見捨てるような真似は印象の低下に繫がる事と内部で何があったかの聞き取りが必要だと判断していた事もあってしっかりと救助はしてくれる。

そんな訳で彼らは助けが来るのをじっと待ち続け、今に至っていた。ハイディは黙って迷宮の奥を見つめ続ける。

そうする事によっていなくなったローが帰って来ると信じて。近くにいた衛兵に食事の用意ができたから受け取って来いと声をかけられる。

あまりこの場所を動きたくなかったが、自分が参ってしまっては待つ事ができない。食事の間だけでもと踵を返そうとして——目を見開く。

何故なら闇の奥から足音が聞こえたからだ。警戒していた衛兵達も驚いて持っていた灯りを向ける。

そこには彼女が待ち続けた姿があった。装備は何かで溶かされたのかボロボロで、全裸とはいかないが半裸に近い有様だ。だが不思議な事にその体には目立った負傷はなかった。

彼女は思わず駆け出す。衛兵達も「大丈夫か」と駆け寄っていた。

ペタペタと何故か素足のローは頷きで応えている前に立つ。言いたい事は山ほどあった。こんな依頼は請けるべきじゃなかった。今まで何をしていたのか？　様々な思いが胸中で渦を巻き、言葉にならなかったので軽く握った拳を力なくその胸にぶつける。

ローは何だと視線を下げるとハイディは少しだけ泣きそうになりながら「心配したよ」とだけ呟く。

「そうか」

彼女の相棒はいつもの素っ気ない態度でそう返した。それを聞いて少し笑う。いつも通りすぎて力が抜けてしまったのだ。ローは特に表情を変えず、ハイディをそのままに近くに居た衛兵に「何か着る物はないか？」と尋ねた。

（まぁ、そんな訳だ。）

（迷宮と銘打たれていますがその実態は巨大な植物型の魔物。命からがら逃げ延びた者達がそれを知ったらどのような顔をするでしょうね？）

一通り迷宮で起こった事を話すとファティマは僅かに嘲《あざけ》りを滲ませて笑う。今いるのは宿の上だ。あの後、迷宮を出てギルドから面倒な聞き取りを受け、それがようやく終わって解放されたのだ。

同じような質問を繰り返してくれたので俺だけ随分と時間がかかったな。正直に迷宮を一回りしたと言っただけなのだが、人の話を信じない奴が多くて困る。

宿に戻るとハイディは疲れたのか部屋で早々に眠ってしまったので、静かな夜を過ごそうと思っていたが、ファティマへの定期連絡をすっかり忘れていたのでこうして行っていた。

〈交信〉は距離は関係なく、声も出さなくていいので非常に便利だ。傍から見れば俺は宿の屋上で空をぼんやりと眺めているだけにしか見えないだろう。

（お話は分かりました。この後は東のノルディア領を目指すおつもりですか）

（あぁ、迷宮も見たのでこの領には用事がなくなった）

見るものも見たので次だな。我ながら淡々と移動しているなと思っているが、明確な目的がない以上はこうして順番に各地を見て何か得られるものがないかを探し続けるしかない。

次の目的地はディロード領の東に存在するノルディア領だ。グノーシスの影響力が強い土地ではあるが、ある有名な観光名所があるので見ておきたいと思っていた。

だが、向かうに当たって少し問題がある。

（装備をなくされたと聞きました）

（あぁ、奥に向かう途中で軒並みやられたな。財布も落としたので手持ちがギルドから貰った見舞金しかない）

今、身に着けているのは衛兵に貰った古着だ。ギルドの職員も俺の有様があまりにも酷いと思ったのかボロい外套をくれたので最低限の衣服はどうにかなったが、見舞金も宿代で消えるのでほぼ無一文となってしまった。

ハイディが肩代わりすると申し出たが要らんと突っぱねた。手っ取り早く金を得る手段はある。

ストラタにいるパトリックから徴収する事だが、流石に唐突に纏まった金を手に入れると変な輩を引き寄せかねない上、ハイディへの説明も面倒だ。

（その事ですが、少し私のお願いを聞いて頂けませんか？）

（何だ？）

（現在、オラトリアムは復興作業中です。トラストを筆頭に先日合流した者達はよく働いてくれますが、信用できる人手が欲しいので新たな同胞をこちらに送って頂けませんか？）

その辺の奴を適当に洗脳して送れと？　できなくはないが大人数となると面倒だな。

（えぇ、仰《おっしゃ》りたい事はよく分かります。ですので、パトリックを経由して依頼を請けて頂きたいのです。内容は西の隣領であるティラーニ領での奴隷の買い付け。それなら依頼の体《てい》を取った資金援助も可能です）

何も言っていないのにファティマは俺が難色を示す前に先回りをして提案する。

なるほど。ファティマは人員の補充ができ、俺は当面の路銀を得られると。仕事と考えれば面倒事に対する抵抗感も和らぐ。

悪くない話だ。ティラーニ領は元々、無視するつもりの場所ではあったが、向かう機会があるなら見てみるのも選択肢としては良いかもしれない。

（分かった。その依頼を請けよう。数はどれぐらい必要だ？）

（多ければ多い程、都合が良いですがパトリックの懐事情と相談となりますね）

本来ならファティマとパトリックでやり取りをさせればいいのだが、眷属《けんぞく》間での〈交信〉のやり取りは互いの存在を認識する必要があるので一度顔を合わせないと使えないようだ。

その為、俺が間に入ってやり取りをする必要があった。

（これからパトリックに繋ぐ。細かいやり取りはそこで始めてくれ）

（はい、ではよろしくお願いします）

寄り道にはなるが旅には付き物だろうなとも思えるので特に問題はない。俺はファティマの話を伝える為、パトリックへと〈交信〉を飛ばした。


「——と言う訳で次の目的地はティラーニ領に決まった」

「う、うん。話は分かったけど、いつの間に依頼を取ってきたんだい？」

翌日、場所は宿に併設されている酒場。朝食の席で俺はハイディと今後の予定を話していたのだが、その表情には困惑が滲んでいた。

面倒な事情聴取が終わって寝て起きたら俺が依頼を持って来たのだから無理もない。

依頼者はパトリック。内容は奴隷の買い付けの際の護衛。報酬額は当面の生活を賄える程だったのだが——

「いくら何でもちょっと額が大きすぎない？　何か裏がある気がするんだけど……」

報酬額が高額だったのでハイディはやや引き気味だった。人を疑う事を覚えたとは成長したな。

ストラタでの一件がパトリックの仕業とは気付いていないので名前を見ても特に不信感を抱いてはいないようだが、依頼自体は胡散臭いと思っているようだ。

この反応は想定済みなので建前は用意してある。

「あぁ、このパトリックという男は結構な資産家でな。移動中、サベージに乗せて欲しいと言って来た。つまりこの報酬は依頼とサベージへ騎乗する際の謝礼だそうだ」

「そうなんだ。サベージも有名になったね。でも大丈夫？　乗るだけで済むの？　何か理由を付けて取り上げたりとかは……」

「断言はできないが何かあればギルドが責任を持ってくれるらしいので、問題はないはずだ」

「そっか、路銀の事は僕も心配してたからしばらく薬草摘みかなって思ってたけど何とかなって良かったね！」

「そうだな」

「依頼は今日からなんだよね？」

「昼からだな。パトリックがこの街に入った後、合流してそのまま出発だ」

「日程は？　荷車が一緒に行く事になっているみたいだからちょっとかかるよね」

「移動に三日。帰りに五日から六日の予定だ。送り届けるのはストラタの近くまでだから、それが片付けば依頼は完了となる」

「帰りに日数を使うのは？」

「単純に大人数だからだな。大量の奴隷を買い込むから帰りは動きが鈍る」

嘘ではないが全てではない。移動中、購入した奴隷に洗脳を施す作業があるので時間をかける必要があるのだ。

「依頼料は折半だ。まぁ、サベージの手柄だから奴の餌は少し奮発したいのでその分は差し引かせてくれ」

「それは構わないけど……うーん。ちょっと不安だなぁ……」

明らかに腑に落ちていないハイディだったが、依頼を請ける事自体には反対していない。懐事情の懸念もあって請けざるを得ないと思っているようだ。

宿まで迎えを寄越すとの事だったので待っていればよかった。雑談で時間を潰していると男が一人、入って来たのが見える。

俺が洗脳を施した剣闘士だったので顔を見ればすぐに分かった。剣闘士は何食わぬ顔でこちらに近づく。

「失礼、冒険者ロー殿で間違いないですか？」

「そうだ」

「自分はオーナー、パトリック様の使いで来ました。本日は依頼を請けて頂き感謝します」

「こちらこそ助かった」

完全な茶番だが、挨拶を行って固く握手。ハイディもその様子に僅かに警戒を解いた。

パトリックは直接向かっているので領境での合流となる。宿の清算を済ませると厩舎から出したサベージに跨り、剣闘士は乗ってきた馬で同行する。

さて、準備も済んだので出発といこう。俺は剣闘士の先導に従ってサベージを走らせる。

次の目的地は奴隷市場だ。特に何かあると期待はそこまでしていないが、新しい土地で何か得るものはあるのだろうかと思いながら迷宮都市を後にした。

グノーシス教団

世界最大規模を誇る宗教団体。ウルスラグナだけでも何らかの形で信仰している者は人口の三割を超える。

信仰の象徴として天使と呼ばれる神聖な存在を仰いでいる為、エンブレムには天使をイメージした羽が使用されている。

基本的な考えは教団の定める正しい行いをすると『霊知』という徳業に近いものが溜まりそれの蓄積によって死後の処遇が変わるというもの。

この世界は死体が時間経過で消失するので死後の概念に関する認識は曖昧な為、住民達からすれば霊知が溜まれば幸福になれるといった漠然とした印象。

ウルスラグナを始め、世界各国に存在する大規模な国家からは国教と定められている歴史のある組織。

活動としては布教だけでなく『聖騎士』と呼ばれる独自の戦力を保有しており、治安維持などにも大きく貢献している。

その他、教団への布施——献金額が大きければ聖騎士を戦力として借りる事も可能なので資産家や一部の領主は傭兵や私設の騎士団に代わって聖騎士を登用している事も多い。

警備だけでなく賊の討伐など、需要の多い聖騎士は給与面でも恵まれている職業なので信仰心とは別に安定した生活を求めて志す者が多く、国家だけでなく民衆からも強く支持されている。

第 08 章

蜘蛛

I have no reason to die anymore.
Why don't I travel wherever I feel like it?
All I have to do is to kill
anyone who gets in the way.

――ここは……。俺はどうなったんだ？

不意に彼の意識は覚醒する。視界には草や木々が映り込む。

どこかに倒れている自覚はあったが、何故自分がそんな状況になっているかの記憶があやふやだった。

彼はぼんやりとした頭で記憶を辿《たど》る。様々なものが瞬く。朝、通学路、雨、駅――そして階段。

土屋陽介《つちややようすけ》。それが自身の名前だと思い出した事で次々と記憶が紐《ひも》づき、直前の出来事が蘇《よみがえ》る。

年齢は二十、専門学生。学習態度は真面目とは言えず、それもそのはずだった。

そもそも就職が嫌で専門学校へ通って社会進出までの時間を稼いでいる状態だからだ。

趣味はアニメやゲーム。

最近のトレンドは異世界転生。インチキ《チート》と呼称される超越した能力を用いて馬鹿な異世界人相手に日本で培った常識レベルの知識でマウントを取っていい気分になれる素晴らしいジャンルだと彼は憧れていた。

就職は面倒、やりたくない事をやるのは苦痛で仕方がない。そんな意識の低さは彼を趣味の世界へ埋没させる。

それでも社会的な体裁が存在する以上、いつまでも部屋に引き籠《こ》もっていられる訳でもないので学業に打ち込んでいるポーズが必要だったのだ。

強い雨の日だった。本来なら自主休業《サボタージュ》をするつもりではあったが、特に力を入れているソーシャルゲームのイベントでスコアを稼ぐ為に二日連続で引き籠もっていたので、もうその手は使えない。

一応、卒業する為に登校しなければならない日があるため、天候が悪くても行かざるを得ない。

親の名義で借りている部屋を後にし、雨の中バスに乗って駅へ。傘で手が塞《ふさ》がる事と雨天時特有の湿った空気に不快感を覚えながら最寄り駅のホームへと向かう。

夜遅くまでゲームに没頭していた事もあってややぼんやりとした思考だったが、そう言えばと眠っていた時間に行動値が回復してるんじゃないのかと、歩きながら持っているスマートフォンからアプリを起動。

階段を上りながらゲームの起動画面が表示された事でそちらに意識が向く。それによって周囲への注意が疎《おろそ》かになった。

ドンとすれ違った相手と肩がぶつかり、スマートフォンが手から零《こぼ》れ落ちる。

「——ちょっ!?」

咄嗟《とっさ》に摑《つか》もうとしたが雨によって濡れた足元は滑り、彼の想像を超えてその体勢を崩す。そして彼が今いる場所は階段だ。

手摺《てす》りには少し遠く、伸ばした手は空を切って階段から転げ落ち——頭部に強い衝撃が加わり意識が途切れた。

記憶が確かなら自分は階段から転げ落ち、頭部を強打。普通なら病院にでも運ばれると考えられるのだが、奇妙な事に現在彼が居るのは見覚えのない草むらだ。

仮に放置されていたとしても駅の構内でない事が不自然だった。自分は何故《なぜ》こんな訳の分からない場所で倒れているんだ?

現状を把握する為にも彼は起き上がろうとしたが、体の自由が利かない。いや、正確には動きはするのだが、違和感があるのだ。

強い困惑を浮かべながら周囲を見回して驚愕《きょうがく》する事となる。自分の体が見慣れたものではなくなっていたからだ。

黒くて細長い線虫のような姿はまるでミミズのようだった。

本来なら混乱に叫び出すところだろう。実際に彼も現状を受け入れるのにそれなりの時間を要したが、フィクションをこよなく愛した彼は自身の現状をこう結論付けた。

異世界転生。ミミズに変化している時点で転生の可能性は大いにあり得るが、異世界かどうかの確認を取らずに「転生」と「異世界」を関連付けるのはそれ故の弊害かもしれない。

正解ではあったが、彼はとにかく自身の現状をそう解釈した。真っ先に考えた事はこの体にはどんな力が宿っているのかだ。

何か凄《すご》い能力がある事が大前提と考えていたのはある種の現実逃避なのかもしれない。

——異世界転生は現実にあったんだ！

彼は自身の現状を好意的に解釈し、世間に存在するフィクションは創作ではなくもしかすると実体験だったのではないか？　と思考を飛躍させる。

そう考えるなら彼にとって何もかも都合が良かった。何をするにも思いのままで帰る為の手段も間違いなく存在するからだ。

ともあれ考えていても仕方がないので動かなければ何も変わらない。

数多《あまた》のフィクションに触れ、様々な知識を持った自分なら異世界での立ち回りも楽勝だ。前向きに過ぎる考えを抱きながら彼は身をくねらせて移動を開始しようとして——それと目が合った。

頭部と思われる部分に散るように配置された八つの眼に八本の足、全身には毛のようなものが生えており、体色は明るい茶色。

細部は異なるが日本で蜘蛛《くも》と呼ばれる生物に酷似していた。本来なら踏み潰《つぶ》せるサイズの生き物ではあるのだが、目の前の蜘蛛は彼と同程度の大きさだ。

何で蜘蛛がこんなにもでかいんだよと思ったが、彼は今になってようやく周囲の草や木が異様に大きい事に気が付き、ややあって自分が小さい事に思い至った。

人間サイズで見る場合はそうでもなかったが、同じ目線、大きさで見るその生き物は非常に彼の嫌悪感と恐怖心を煽《あお》る。

恐怖のあまり逃げ出そうとしたが蜘蛛の動きの方が早かった。軽い動きで大きく跳躍すると彼の上に覆いかぶさる。

――止《や》めろ！　俺に触るな！

そう叫ぼうとしたが、今の彼はミミズのような生き物で発声器官が存在していない。悲鳴は声にならずに彼の内側でだけ反響する。

蜘蛛は口を開くとその牙を彼に突き立てた。痛みはなかったが、齧《かじ》られている感覚だけははっきりと分かる。

そんな馬鹿な。自分は選ばれた存在で異世界転生して好きに生きる事ができるはずじゃなかったのか!?　恐怖と混乱に思考が纏《まと》まらない。

蜘蛛は彼の都合など構わずにその体を貪《むさぼ》り喰《く》らう。何かに突き動かされているのかと言わんばかりにとにかく齧り続ける。

――あぁぁぁぁぁ!!

もはや思考の体を成さない悲鳴が彼の中で木霊《こだま》し、異世界に辿り着いて早々にその意識が途切れた。

生きたまま蜘蛛に貪り食われる。そんな悪夢を見たと思い込もうとしたが、圧倒的な恐怖は現実として彼の背に圧《の》し掛かった。

「……う、何だったんだ……」

——そうだ。あれから俺はどうなったんだ？

記憶通りなら自分は喰い殺されたはずだ。今はどうなっているんだ？

必死に記憶を辿るが、蜘蛛に齧りつかれたところまではっきりしているがその後がよく思い出せない。

何かをしていたような気がするのだが、強い衝動に目の前が真っ赤になった事しか思い出せなかった。

未だ混乱が冷めていない状態ではあった。自分が何故助かったのかも不明だが、動かなければまた襲われるかもしれない。

とにかく逃げなければ——そこでようやく気が付いた事があった。

「あれ？　声が出る？」

さっきまでなかったはずの肉体の感覚があるのだ。どういう事だと疑問を抱く間に変化は次々と明らかになる。

まずは視界。さっきまでは見えてはいたがややぼんやりとしていたのに今は広くはっきりしていた。

次に視点。数センチから数十センチサイズ相応の低い視点だったが、今は人間と同等だ。木々や草のサイズに違和感もない。

これだけで見るなら人間に戻ったのではないかと思ってしまうが最大の問題があった。彼は自分の手に視線を落とす。

そこには明らかに人間のそれではない手があった。五指は備えているが全体を覆うように明るい茶色の毛が生えている。

まるでさっきの蜘蛛のように——彼は否定するように小さく首を振った。危機を脱し、自由になる肉体を手に入れたのだ。まずは現状の把握が先だと現実の直視を先送りにした。

現在位置はよく分からない。少なくとも人里から離れた森の中である事だけは分かった。しばらくの間、彷徨《さまよ》っている間に自分の体がどうなっているのか、どのような形をしているのかは凡《およ》その想像は付いた——付いてしまった。

四肢《しし》は存在し、人間のように歩行できるがそれとは別に背から蜘蛛の足のようなものが四本生えている。感覚はしっかりと存在し、意識を向ければ自在に動く。

そして腰に大きな袋のようなものが付いていたが、その正体も何となくだが理解していた。現実を直視しないのは未だに何かの間違いではないかといった望みがあったからだ。

彼の望みはようやく見つけた川と水面に映った自分の姿を前に砕け散った。頭部に散った八つの眼球に牙、全身を覆う明るい茶色の体毛。

背から生えた四本の何か。その姿はどこからどう見ても蜘蛛だった。それもただの蜘蛛ではない。

人間とのハイブリッドで、まるで特撮に出てくる怪人のような姿だった。

「……何だよこれ……」

自らの異形《いぎょう》に彼は呆然《ぼうぜん》と呟《つぶや》く。否定したい気持ちはあったが水面に映った自分の姿がこの上なく雄弁に現実を彼に叩きつける。

「マジかよ……」

ガクリと膝を付く。人間でなくなってしまった事による戸惑いや混乱が行き場のない感情となって渦を巻き、それを吐き出すように彼は天に向かって悲鳴を上げた。

起こった現実は変えようがない。

彼がそれを理解したのはそれから数時間後だった。気が付いた時には夕方が近かったが今ではすっかり日も暮れて夜だ。

動き出そうといった気持ちになったのは空腹に腹が鳴ったからで、とにかく何か食べたいと彼は立ち上がった。

川の水をガブガブと飲んだ後、食べ物を求めて歩き出す。残念ながら彼は異世界転生のお約束には精通していても森の中での食料の調達法は知らなかった。

その為、彼の知識は最初から分かり易い能力ありきなので、早々に破綻を迎えたのだ。我慢するといった選択肢は選ばない。

彼を襲っている空腹は我慢できる領域を遥《はる》かに超えていたからだ。とにかく何でもいいから口に入れたい。

そんな衝動に突き動かされて彼は夜の森を歩く。幸か不幸か彼の眼は星明かりしかない状態でも森の中をある程度ではあるがはっきりと見通せる事もあって食料の捜索に支障はなかった。

木に登り、足元に視線を走らせ、何か食える物をと探していると樹から生えているキノコを発見した。地味な色で以前に食べた物と似ている。

彼の中の認識では毒々しい色をしたキノコは毒キノコでそれ以外は全てではないが食べられると思っていたのでこれ幸いとキノコを毟《むし》り取った。

両手いっぱいにキノコを抱えて川に戻ると流水で軽く洗う。可能であれば焼いて食べたいが彼に火を起こす技術はなく、我慢も限界だった。

構わずにキノコに齧《かじ》りつく。普段ならあまり美味しいと感じられない味ではあったが空腹はその全てを置き去りにする。

特に体に害はないと判断した彼は持ってきたキノコを貪るように食べる。それはミミズのような姿をした自身を喰らった蜘蛛に驚く程似ていたが彼は気が付かなかった。

そしてもう一点、彼が気が付かなかった事があったのだが、現在彼が次々と口に入れているキノコは幻覚作用と呼吸困難を誘発する強力な毒キノコで知識がある者なら誰も見向きもしない危険なものだった事だ。

本来なら致死量を軽く超える量のキノコを摂取した彼には何の影響も出ていない。それは彼の異形が毒を受け付けない事を意味していた。

そんな事にも気が付かない彼は持ってきた分を食いつくし、それでも足りないと判断した彼は再度森に入って手当たり次第にキノコを毟っては口に入れる。

どれだけのキノコを食べたのか思い出す事も難しくなった頃、ようやく腹具合が落ち着いた彼は安心するように息を吐く。

本当に苦痛すら覚えるレベルの空腹だった事もあって、食料の確保は必須と身に染みた彼は歩きながらキノコを見つけては拾っていた。

途中でチビチビとキノコを齧りながらこれからどうするべきかを考える。まずは人里を探すべきだと思っていたがこの姿は受け入れられるのだろうかどうかの疑問が付いて回る。

人がいないとは考えていないのは彼の知識の偏りが原因であったが、永遠に一人で森を彷徨う訳にもいかない。何より、人恋しい気持ちがあったのでとにかく人里を見つけて安心したかったのだ。

川があるので下れば何処《どこ》かに出られるだろう。そんな安易な考えで方針を決めると行動開始を明るくなってからと定めて食料の調達に動き出した。

翌朝。川を下りながら彼は自身の肉体スペックの確認作業を行う。昨夜は空腹の所為《せい》もあって感覚で動いていたのだが、人間離れした見た目をしているだけあって身体能力もまた人の領域を外れていた。

足腰は強く、特に跳躍の高さは数メートルに達し、木の上にも軽々と飛び乗れる。そして最も違う点は腰に付いている袋状の器官から吐き出される糸だ。

粘性に優れており、一度くっ付くと簡単には剝がれない。太くすれば自身の体すら吊《つ》り上げられる程だ。以前に映画で見たヒーローのように糸を飛ばして木々に飛び移る事も可能かと思ったが、思った以上に難しかった。

糸を飛ばして目標に付け、引き戻す事で自身の体を吊り上げる。だが、糸自体を任意に剝がせないので空中に上がったところで切断。その後、次の糸を飛ばして当てる必要があった。

映画のヒーローは軽々とやってのけたが、現実にやってみるとまったくと言っていい程に上手く行かない。

彼の中ではこの手の努力は大した手間は要らないはずだったのだが、現実はそうでもなかった。

転生直後に感じた異世界への期待感は早々に薄れ、今では現状をどうにかする事に追われる事となる。彼はとにかく自身の肉体を使いこなす事に力を注いだ。

糸を飛ばし、木に登り、森を駆けた。努力のかいあって体の扱いは形になり、転生前と比べると大幅に向上した運動能力はちょっとした万能感を彼に与える。

難点は燃費が悪く、かなり早い段階で食事を摂らないと早々に飢餓感に襲われる事だ。苦痛すら伴う飢えに対し、彼は怯《おび》えにも似たものを感じていた。

その恐怖心から食料の調達に力を入れる。体を慣らしながら食べられそうな物を見つければ少し口にし、問題がないなら次回以降は積極的に拾っていく。

食料が簡単に手に入るなんて俺はツイているなと思っているが、彼が口にしているのはほぼ全てが人間が口にするのは不可能な毒を含有した物だったが気が付かなかった。

そうこうしている内に数日が瞬く間に過ぎ、彼は生物と遭遇する事となる。猪に似た生き物でこの世界ではスクローファと呼称されている生き物だった。

数は一匹。群れないのかはぐれたのかは彼には判断が付かなかったが、豚は喰えるといった認識が彼の意識をその場に縫い留める。

普段の彼であるなら大きな生き物を殺傷する事に抵抗感が生まれていたのだろうが、空腹は彼の倫理観を塗り替え生物を攻撃する事への抵抗感を大幅に低下させた。

樹上から獲物を狙う異形。今の彼を傍《はた》から見ればそんな不気味な存在として映っただろう。

彼は糸の束を飛ばす。噴出するような勢いで飛び出した糸の束はスクローファの足を直撃し、地面に張り付きその動きを止める。

スクローファは突然の事に驚いたようにブヒブヒと鳴き声を上げて抵抗していたが、糸の粘着力は強く逃れられない。

下手に襲い掛からずに拘束を狙っている点を見ても彼が冷静に殺しにかかっており、動けなくなった事を確認した後にゆっくりと樹上から降りる。

スクローファは突然現れた異形に恐怖を覚えたのか息を荒くし、自身の足を引き千切らん勢いで抵抗していたがこうなってしまった以上は捕食者、非捕食者の立場は揺らがない。

彼は背から伸びている蜘蛛由来の四肢の内の一本を軽く振るう。爪のような形状をした先端はスクローファの頭蓋を物ともせずに貫きその命を奪った。

派手に血が飛び散る。返り血を浴びた彼は汚ねぇと思いつつ大きな生き物を殺した事実にあまり抵抗感を覚えなかったが、それに気が付くことはなかった。

感じた事はただひたすらの万能感だけ。生命力に溢《あふ》れた命を簡単に奪えた事、そして自分にとってのチートはこの肉体だったのだと確信を深める。

彼は手に入れた獲物を喰らった。火を起こす事はできなかったので生で齧りつく。自分で仕留めた獲物は驚く程に美味《うま》かった。

この近辺はスクローファが多数生息している場所だったらしく、探せば見つかる程度には数が多い。一度、経験してしまえば二度目以降は自信を付け、攻撃行動に対する精神的なハードルも大きく下がる。

一匹、二匹と次々と殺して喰らう。死骸は適当に放置していれば数日後には跡形もなく消えてなくなるという奇妙な事もあったが、他の動物が持って行ったんだろうと気にもしない。

こうして彼は大型の獲物を狩る事を覚え、当人としては順調にステップアップしている手応えを感じながら先へと進む。

更なる変化があったのはそれから更に数日が経過した頃だった。人を逸脱した彼の五感は鋭く、集中すればかなりの範囲の音を拾う事もできる。

そんな彼の感覚に引っかかる存在があった。また猪かと彼は考えるが、足音の感じが違うので別の生き物だと理解する。

獣であるなら食のレパートリーが増やせると喜び勇んで木々を飛び越えて気配の下へと向かう。

「――おぉ」

その姿を見て思わず感嘆の息を漏らす。樹上から見下ろした先――そこに探し求めていた人間の姿があったからだ。

男が二人に女が一人、流石は栗色の髪にメリハリの利いた体つき。明らかに日本人とは違った美しさがそこにあった。

皆、軽鎧《けいがい》を身に着け、剣や弓矢を持っている。流石はファンタジーと異世界の息吹を感じさせた。

思わず声をかけようとしたが、自身の姿を意識して躊躇《ためら》いが生まれる。この姿は明らかに普通じゃない。話しかけても大丈夫だろうか？

悩んだがまずは様子を見て判断するべきと樹上でその集団を観察する。

「――《どうだった》？」

「――《こっちまでは来ていないけど》――《奥はかなり酷い》」

「――《いったい何だってんだ》！――《スクローファがあんなに殺されるなんて》……」

「――《分からん》。――《死骸が消えていないって事はまだ近くにいるはずだ》。――《警戒は怠るな》」

何やら会話をしているようだったが彼にはその内容を理解できなかった。

それもそのはずだ。ここは彼の故郷である日本ではないので、用いられる言語も日本語ではない。

彼には何か言っている程度にしか認識できなかった。そんな彼の視線の先にいる者達は冒険者だ。

ここはウルスラグナ王国北方、ティラーニ領の北西部に存在する未開拓地だったがここ最近、魔物の不自然な大移動が確認され、調査に入った者から惨殺された死骸が見つかったとの事で急遽《きゅうきょ》偵察隊が組まれたのだ。

彼らは青の上位ではあるが、魔物との戦闘経験も豊富なベテランだった。請けた依頼内容は魔物を惨殺している存在の正体を探る事だ。

殺し方からかなり残虐な気性をしていると判断されており、可能なら討伐。難しいようなら存在の確認して情報を持ち帰るように言われていた。

当の本人はそうと気付かず、会話が聞き取れない焦りから徐々に接近。何とか聞き取ろうとしたのだが、それは致命的な悪手だった。

冒険者の一人が何かに気が付き、弾《はじ》かれたように視線を樹上へと向け――彼と目が合った。散らばった八つの眼は樹の陰で妖《あや》しく輝き、冒険者の女性はその異様さに思わず悲鳴を上げて持っていた弓を構える。

それに気が付いた他も即座に武器を抜く。言葉は分からないが不味《まず》い事になった事だけは理解した彼は敵意がない事をアピールしようと樹上から飛び降りた。

「ま、待ってくれ！　俺はこんなナリだけど怪しい者じゃ――」

「――《クソッ》！　――《化け物めどこから湧いてきやがった》!!」

「――《クイン》！　――《お前は逃げてこの事をギルドに伝えるんだ》！　――《ここは俺達が食い止める》！」

「―《で》、――《でも》……」

「――《行くんだ》!!」

彼には理解できないやり取りが繰り広げられ、クインと呼ばれた女冒険者が弓を射る。

魔力付与された矢は地面に突き立つと鏃《やじり》が小さな爆発を起こし、砂煙が発生。

即席の目晦《めくら》ましだ。同時に残った二人が彼へと斬《き》りかかり、クインは踵《きびす》を返して駆け出す。

「ちょっ!?　待てって――」

思わず呼び止めようとしたが二人の冒険者がそれを阻む。

「――《お前の相手はこっちだ化け物》！」

言葉は通じないが彼らの行動意図はしっかりと読み取れた。自分を敵と認識し、一人を逃がして仲間を呼びに行かせたのだ。

彼はあまり頭の回転が速い方ではなかったが、ここで彼女を見送る事が何を招くのかを理解できない程に察しは悪くなかった。

不味い。行かせると本当に不味い事になる。意思疎通が取れない以上、碌《ろく》な事にならない。

冒険者の斬撃が真っ直《す》ぐに彼を狙うが飛び上がって回避。糸を飛ばして木々へと飛び移り、逃げたクインを追いかける。

剣を向けられた時には若干の恐怖心はあったが、今の彼の動体視力であるなら見切るのは難しくなかった。

背後で焦りを含んだ怒鳴り声が響くが、焦っているのは彼も同じだ。瞬く間にクインの背に追いつき、押し倒す。

「な、なぁ、待てって。落ち着け。何もしない。何もしないから――」

悲鳴を上げて暴れる女冒険者を取り押さえ、どうにか宥《なだ》めようとするが言葉が通じないので彼女からすれば気持ちの悪い生き物が変な鳴き声を上げているようにしか認識できないのだ。

彼自身にも自覚はなかったが、異形になった事で発声器官の性質も変わっているので最初から言語と認識していないと鳴き声に聞こえてしまう。

それに気付けない彼には異形に組み伏せられた恐怖に怯えて暴れ、助けを求める女性の構図は動かしようがなかった。

どうしよう。どうすればいい。何をすればこの現状を丸く収める事ができる。

暴れているクインと同様に彼もまた混乱の只中にいた。必死に考えてはいるが、答えが出ずに苛立《いらだ》ちが募る。

元々、物事を深く考えずにお手軽に済ませたがる傾向にあった彼からすれば現状は非常にストレスの溜《た》まる状況だったのだ。

そして状況は致命的な悪化を見せる。クインが持っていた矢を彼の足に突き立てたのだ。

「ぐぁ、痛ってえなぁ！　大人しくしろこのクソ女！」

鏃が刺さった痛みに彼は激高しクインの頬《ほお》を思いっきり張ったのだ。人間の頃であるならパンと渇いた音が鳴ったかもしれないが異形の肉体で放たれた一撃はゴキリと鈍い音を周囲に響かせた。

振り回していたクインの手が力なく落ち、それっきり彼女は動きを止める。

「——は？」

信じられないと彼は己《おのれ》の手を見つめる。信じたくなかったが、手応えがあったのだ。

硬い物——首の骨を砕いた手応えが。呆然と視線を落とすとクインは両手を力なく投げ出し、半開きの眼は既に何も映していなかった。

「いや、は？　嘘《うそ》だろ？　おい、起きろって」

現実を認められずに彼女の体を揺するが反応はない。

——死んだ？　こんなにあっさりと？

ちょっと腹が立ったから軽く殴っただけだぞ。こんな程度で死ぬのか？　そんな馬鹿な。いくら否定しても現実は無情な程に変わらない。バキリと更に籠もった音が響く。クインの首が皮だけで繋《つな》がった状態で落ちたのだ。

起きた半身から首がぶらぶらと揺れる。

「――ひっ!?」

思わずその体から手を放す。命を失った体は力なく地面に落ちた。

背後から足音。彼女の仲間が追い付いて来た。混乱の只中には居たがこの場に留《とど》まる事が危険だという事は分かったので彼は飛び上がってその場から逃げ出した。


「うはは、これは楽しいですなぁ!!」

そう言って子供のようにはしゃいでいるのはパトリックだ。サベージの背に乗って喜んでいる姿は中年男がメリーゴーランドに乗って童心に帰っているように見えて何とも言えない気持ちになった。

俺はその姿を馬車から眺めていた。現在位置はディロード領を抜け、ティラーニ領へと入って少しした所だ。

領境でパトリックと合流し、台本通り奴にサベージを預けた。俺とハイディは大喜びでサベージを乗り回しているパトリックの姿を眺める。

ハイディは苦笑していた。俺はやりすぎではないかと内心で首を捻る。

演技は必要だが、少し過剰だと思っていたがパトリックは本気で楽しんでいるようで
あぁ、演技じゃなくて本気だったのか。何が楽しいのかは理解できんがサベージには〈交信〉すると最高ですなとサベージを絶賛していた。

サービスしてやれと言ってあるのでその指示を忠実に守ってパトリックを楽しませていた。

視線をこの馬車の後ろに移すと複数の大型馬車が連なって移動している。パトリックの現在の資金力では四、五十名が限界との事だが、病気や体に欠陥がある奴隷なら安く買えるとの事で洗脳するついでに修理すれば資金を節約できる。

その辺を見越しての馬車らしいが、奴隷——というよりはティラーニ領に関しての知識はパトリックから得ているので大雑把にだが把握はしている。

ティラーニ領。元々、このウルスラグナ王国で発生した罪人を収監する刑務所のような場所だったらしい。

似たような場所が国内のあちこちにあるらしく、ティラーニ領は大陸北方で発生した罪人が集まる場所だ。この世界では囚人を税金で食わせるシステムは存在しないので罪状が

確定したと同時に奴隷として人権を剝奪され「資産」として扱われる。

罪人を引き受ける事で国から金を受け取り、罪人を売り飛ばす事で更に金を得ると。こうしてティラーニ領は国内有数の奴隷市場となった。

奴隷になる者は犯罪者だけではなく、借金や捕まって売り飛ばされた奴もいる。借金に関しては当人を売り飛ばす事で返済する形だな。

どれだけの借金があろうとも奴隷になれば人間ではなく資産としてカテゴライズされるので帳消しとなる。何せ物だからな。物が金を借りられる訳がない。

金貸しはこうして金に困った人間を売り飛ばして貸した金を回収する。特に女は見た目にもよるが高く売れるので娘がいる家庭は回収の見込みありとの事ですんなり貸してくれるとか。

査定金額も店によって異なるので割と博打《ばくち》になるらしいが、上手く行けば貸した原価以上の金額を回収できるらしい。法律が緩い世界は怖いな。

奴隷になれば人生はほぼ詰むので後はいい主人に買われる事を祈るしかない。何せ奴隷は法律上、家具と同じ扱いなので何をしても許される。

仮に気に入らないと街のど真ん中で殺したとしても清掃費用程度の請求しかされない。

ただ、他人の奴隷を殺すのは犯罪なので、生殺与奪《せいさつよだつ》を握るのは買った奴の特権だな。

正直、奴隷自体には興味がなかった上、知識を得ている事もあってティラーニ領へ向かう事にはあまり乗り気ではなかった。ハイディも奴隷制度は好きではないのかいつもの「楽しみだね」とか「何があるのかな？」といった期待に満ちた言葉は発しない。

黙って過ごしているとやがて遠くに街が見えて来た。

バイセール。それがこの領最大の都市にして奴隷市場だ。街を囲む外壁は二重で、傍から見ると刑務所のような雰囲気を醸し出している。

元々壁は外から入って来るであろう魔物を防ぐものだが、ここのは奴隷の脱走を防ぐ意味合いが強い。その為、衛兵や騎士も外よりは内側の警戒に重きを置いている。

そうこうしている内にバイセールに到着し、二重の壁を通り抜けて街の中へ。冒険者は身分証を見せれば通行を許可され、パトリックに至っては上客なので顔パスだ。

この街は領主の直轄地でもあるので衛兵の数も多く、歩き回っている人間を見れば一定の割合で武装した者が存在する。

出入り口は街の東側に存在する一ヶ所のみ。これは隣のディロード領に近い事もあるが、脱走防止の意味合いが強い。

そんな事情もあって入ってすぐの街の東側は宿屋や商店が軒を連ねている。

東から真っ直ぐに街の中央を目指すと大きな広場と領主の館。公園のような扱いではあるが、オークション会場も兼ねている。

高額で売れそうな商品が入荷されれば定期的に競りにかけられるらしい。街で開催されているちょっとしたイベントだな。街が保証する高級奴隷との事で欲しがる連中が金貨を抱えて参加しに来るとか。

中央から北側へ向かうと娼館《しょうかん》が固まっている。奴隷になった女を抱ける場所だ。街に買われた奴隷女の行先の一つだな。

南、西側は奴隷の販売店、南側は普通の奴隷を扱っているが、位置的に街の最奥に当たる西側は高級奴隷を扱っている金持ち向けの店がそれぞれ固まっている。

高級奴隷に用事はないので向かう先は南側の普通の奴隷を扱っている店だ。手続きなどで時間がかかるので数日の滞在となる。

「お前はここに残ってサベージと荷車を見張っていろ」

「え？　でも僕達の仕事はパトリックさんの護衛なんじゃ……」

居ても意味がないのでハイディには馬車とサベージの見張りを押し付ける。一応、護衛の体を取っているので主張は当然ではあるが、街の治安が良い事は衛兵の数が物語っていた。

「問題ない。後は買い付けだけだから俺だけで充分だ。お前は宿で休んでいろ」

パトリックが自前の護衛も連れてきているので実のところ、見張りも不要だ。なんならその辺で遊んで来てもいいぞと言ってやりたいぐらいだったが、仕事である以上は待機させておく必要があった。

「う、うん。分かった。でも、気を付けてね」

俺はあぁと頷き、パトリックを連れて奴隷の販売店へと向かう。街の中央の広場を経由して南側へ。

例のオークションは明日に行われるので当日は人でいっぱいになるが、今は閑散としている。

「もしも時間に余裕があれば明日の競りを見てみたいのですが構いませんかな？」

不意にパトリックがそんな事を尋ねて来たので支障がない範囲で好きにしろとだけ返す。競りにかけられるレベルの奴隷は何かしらの分野で優れているので興味があるのだろう。

記憶にある限りでも絶世かは知らないが顔のパーツ配置が非常に整った美女や元騎士とかで戦闘能力が高い男、面白いところではエルフなどの亜人種も売られる。

特にエルフは中々老けないので奴隷としては非常に高額だ。ついでに顔面偏差値も人間より上で、長く使える優良商品と大人気らしい。

人気だけあってほとんど出回らない。気になる点としてはどこから仕入れているかだな。

俺の知識ではエルフはティアドラス山脈の向こうの大森林に生息しており、ゴブリンに目の敵《かたき》にされて現在は戦争の真っ最中だ。

他にも居るのだろうか？　この国は未開拓地が多いのでどこかに隠れ里でもあるのだろ

うか？

気にはなったがわざわざ探したいとも思わなかったので、浮かんだ疑問は泡のように弾けて消えた。到着した奴隷の販売店は相当数の奴隷を収容する為か店舗部分と奴隷を収容している施設の二つに分けられている。

最初に入るのは店舗部分だ。ここはパトリックがよく利用している店舗なので顔を見せれば従業員が揉《も》み手をしながら奥の応接室に案内し、飲み物を用意すると支配人がすぐに参りますと言い残して早々に消えた。

しばらく待っているとパトリックと似たような体格の男が現れる。見た感じ、ここの支配人なのだろう。清潔感のあるパリッとした身なりをしている。

「これはこれはパトリック様。ようこそお越しくださいました。本日はどのような商品をお求めで？　剣闘士であるなら務まりそうな者がいくつかおりますが……」

「今日は剣闘士ではなく特別試合用の廃棄奴隷が欲しいのだが在庫はあるかね？」

それを聞くと支配人は喜色を浮かべる。特別試合は雑魚《ざこ》を嬲《なぶ》り殺しにする会員用のイベントで、使われる奴隷は死ぬ事が決まっている処分場のようなものだ。

売り手としても金にならないような買い手が付き辛《づら》い奴隷はさっさと売ってしまいたいので大量に買い取ってくれるパトリックはこの店にとってかなりの上客らしい。

支配人の態度がそれを物語っており、パトリックもそれを当然と受け取って渡された目録に目を通す。

ざっと目を通すとパトリックは自然な動作で俺に見終わった目録を差し出した。その態度に支配人の視線がこちらを向くが気にせずに受け取って目を通す。

（欲しい物があれば私にお申し付け下さい。購入いたします）

〈交信〉でパトリックがそんな事を言って来たので俺は別にいいと思いながらもちょっとした分厚さのページをペラペラと捲《めく》る。

年齢、性別、体格、技能、奴隷落ちした理由、性格――というよりは奴隷商が定めた扱い易さのランク。どの程度従順なのかの目安だな。

女であれば処女か否《いな》かも記載されている。生娘か否かで値段に差が出るらしい。俺はふーんと適当にページを捲っている間にパトリックが支配人と交渉していた。

「では、それで頼む。いい買い物ができたな。これからも頼むぞ」

「いえいえこちらこそ。今後ともご贔屓《ひいき》に」

二人は固い握手を交わす。リストを眺めている間に話は纏まったようだ。

次に向かうのは隣の建物だ。購入する商品の確認作業だな。俺はパトリックと支配人の後ろを黙って付いて行く。

収容施設は当初のイメージと言うよりは、この街自体のイメージから刑務所のようなものを想像するが実際はホテルに近い。

奴隷が生活する無数の部屋に一階部分は広いエントランス。そこでは結構な人数の奴隷が清掃などの労働に従事している。

これは自分達の面倒は自分達で見させる事で人件費を抑えつつ、奴隷のメンタルケアも兼ねているようだ。

長期間の監禁生活は精神にかなりの負担を強《し》いるようで、心を病むケースも多いらしい。その辺を解消させる一環として労働をさせるのだ。

参加は自由で給金の類いは出ないが、働き次第で少し上等な服や食事、多少の嗜好品《しこうひん》も支給されるらしい。奴隷は資産扱いなので財産を持つ事はできないが着飾ったり、健康を保つ事で自身の付加価値を高くする事ができる。

奴隷の人生はどれだけまともな主人に引き取られるかで決まる。その為、少しでも自身が有能である事をアピールしておくのは賢い選択だ。

真面目に働けばさっき俺が見ていたリストの性格の項目に「優良」と書き込まれる。奴隷に求められるのは単純な労働力だけではない。

家事などが高い水準でこなせるなら家政婦やメイドとして購入する者も多いので、より良い主人を求める機会を得る可能性も上がるので奴隷側にもメリットのあるシステムだ。

見た感じ、拘束はされていないが奴隷は全員、体のどこかに焼き印が押され首輪を嵌《は》められている。

これは奴隷の逃亡と裏切りを阻止する代物で、対になっているアイテム――大抵は短杖《たんじょう》や腕輪のように持ち運びが容易な形状をしている――とリンクしており、操作すれば首輪が締まる仕組みだ。

緩めなければそのまま首を捻《ね》じ切れる代物で、外す事は鍵か専用の器具を使用しないと難しい。ここの奴隷の場合は支配人が管理しており、普段は持ち歩いていないのだが脱走を考える者はそういない。

理由はこの敷地を囲むように設置された魔法道具《マジック・アイテム》だ。首輪と連動しており、許可なく敷地外へ出た場合、首を捻じ切るようになっている。

過去にどうにか外して逃げようとした奴もいたらしいが成功した話は聞かない。ただ、誰彼構わず自由行動が許されている訳ではなく、問題を起こしたり、起こしかねない奴隷は地下の牢屋のような個室で繋がれている。

後は景観を損ねるとの事で弱った奴隷もまとめて管理する為に地下に放り込まれていた。あからさまに死にかけている奴を傍《そば》に置いておくと他の奴隷の精神衛生上よろしくないと判断されている訳だ。

今回用事があるのはその弱った連中で、ファティマの要望通り安くて数が多く手に入るので条件とは合致している。

「いやぁ、助かりますよ。死にかけや病気持ちは維持費が嵩《かさ》むので引き取って頂けて本当に助かります」

「最低限、立ち上がれる者にしてくれたまえよ?」

「それは勿論《もちろん》ですとも。動けないともう売れないので処分せざるを得ないのですよ」

二人の会話を聞きながら俺はそのまま地下室へと向かう。下りた先は地下にもかかわらず結構な広さだった。

広い廊下を進み奥の部屋へ。両開きの扉を開くと傷んだベッドが並び、数十人の奴隷が横になっていた。

どいつもこいつも顔色が悪く、明らかに健康状態に問題がある。

「子供であるならまだ売り先もあるのですが、そこそこの年齢になると買い手が付きませんのでいつまで経《た》っても減らんのですよ」

奴隷は次々と入荷されるがベッドは有限なので次に使う奴の為にもさっさと出て行って明け渡して欲しいのが本音だろう。

それ以前に買い取らない選択を取ればいいとは思うが、そうもいかない事情があった。基本的にこの国の法律により、罪人の辿る道はシンプルだ。

奴隷か死罪。要は線引きがされていて死罪以外は全て奴隷にする決まりなのだ。そして国からの買取依頼を奴隷商は拒めない。

それ以外であるなら拒否は可能だが、この手の傷んだ商品は国を経由して流れて来るのでどう頑張っても定期的に買い取らなければならないのだ。

その結果が目の前の惨状と。俺は手近に居た男を覗《のぞ》き込むが明らかに何かの病——肌の色がおかしいので内臓の疾患か何かだろうか？

医学知識はないので詳細はさっぱり分からんが、放置したら間違いなく死ぬ事だけは見れば分かる。

「特別試合に使われるのなら最低限、武器を握れる者を選び——」

支配人がそう口にしようとするとパトリックは笑顔でその肩を叩く。

「私と君の仲じゃないか。ここの——六十人ぐらいか？　を全て買い取ろうじゃないか」

それを聞いて支配人は目を見開き表情を輝かせる。

「ほ、本当でございますか！　ありがとうございます！　ありがとうございます!!」

「——で、だ。こんな立っているだけがやっとの死に損ないも引き取るんだ。ちょっと値段の方、勉強してくれないかな？　それともう一つ頼みがあるんだ。聞いてくれるよなぁ？・」

パトリックの粘つくような口調に支配人の喜色がやや曇る。明らかに処分待ちの奴隷を引き取ってくれると聞いて喜んだが、パトリックの提案に不安を感じているといったところか。

「な、なんでございましょう。私の裁量で可能であれば良いのですが……」

「次の入荷は明日だったね？」

「はい、その予定です」

何故、知ってるかと言うと明日に広場でオークションがあるからだ。競りにかけられるのは新しく仕入れた目玉商品なので、当然他も同じタイミングで入る。

「その時に入る傷有りも全て買い取ろうじゃないか。ただ、値段をこれぐらいにしてくれないかな？」

パトリックは指を何本か立てて見せる。それを見て支配人は目を見開く。

「す、全てですか？」

「あぁ、全てだ。実を言うと今回は質を度外視して量が欲しくてね。輸送は心配しなくていい。空の荷車をたっぷり連れて来てるから二百ぐらいまでなら積める。でも分かるだろ？　私の資産も無限ではないんだよ」

要約するとパトリックは不良品の在庫を空にしてやるからほぼ捨て値で寄越せと言っているのだ。最低価格で売ると奴隷商側も黒が出るか出ないかの微妙なラインになる。

売れる事を祈って置いておくか、最低限の売り上げで満足するか。在庫を一時的にでも空にできるのは支配人にとってはかなり魅力的に映ったのか、表情にはあからさまに喜びの色が浮かんでいる。

ここが空だと世話の手間も省けるので人材を割く必要がなくなる点からも美味しい話と

思っているようだ。

交渉は俺が見ても綺麗に纏まりそうだと分かった。パトリックも奴隷の買い付けを始めて随分と長いようでこの手の交渉はお手の物らしい。

支配人は数十秒ほど悩む振りをした後に「特別ですよ」と言ってパトリックと固い握手を交わした。


全部で九十七人。さっきの部屋にいた六十二人と明日入る三十五人が買い取る奴隷の数だ。

清々《すがすが》しい笑顔の支配人に見送られて俺達は店を後にした。

「最低でも五十は欲しいとの事でしたので、これだけいればご満足いただけますかな？」

「その倍はいるんだ。文句は出ないだろう。後は修理の手筈は——」

「ご心配なく。外から中が見えない馬車を一台用意しております。御者も見張りも同胞が行っておりますので作業はそこで順次行って頂ければと思います。それと今回の輸送には私も同行する旨はお伝え頂けましたでしょうか？」

「あぁ、ファティマへの面通しか。さっき連絡したらお前の事を気に入ったとかで是非とも来てくれと言っていた」

「おぉ、我等《われら》を束ねる方にお目通りが叶《かな》うとはこのパトリック更なる貢献を致しますぞ！」

「そうか。後は依頼達成の報酬は別れる時に引き渡しでいいんだな」

「はい、流石に街を出て別れるのでは不自然なのでストラタで契約満了とした方が自然かと思い、報酬の引き渡しもそちらで行う予定です」

「分かった」

　話題も途切れて無言になったところで広場が何やら騒がしかった。ギルドの依頼を張り付けるようなボードが置かれており、衛兵らしき者達が何か叫んでいた。

　来る時にはなかったのでさっきからやっているようだがあれは何だ？

「見たところ、冒険者ギルドの出張所のようですな」

「そうみたいだな」

　この街には冒険者ギルドがないので、もしも冒険者に依頼を募りたい場合はこうして臨時で出張所を立てるのだ。

　ギルドがないイコール冒険者の需要がないので、余程の緊急でもない限りやらないらしいが……。

　俺はパトリックを伴って出張所に近づくと、内容が聞こえてきた。

「頼む！　俺達の仲間の仇《かたき》を取る為に力を貸してくれ！」

そう叫んでいるのは冒険者の一人で涙を流しながら助けを求めていた。よく分からなかったので張り出されている依頼を確認すると――

「――なるほど」

納得して頷く。泣き喚《わめ》いている冒険者はこの街の近辺にある森の調査を依頼されていたようだ。

正確には偵察だな。どうも何かに追い出されるように森から魔物が湧いて来たので調査に入ったら惨殺された死骸が転がっていたらしい。

一匹、二匹ならそこまで驚く事ではないが、結構な数だったようで偵察隊が組まれたのだ。この世界では死骸は長持ちしない。

転がっている事が確認できている時点で殺されてからそう時間が経っていないのだ。つまり、短時間の間に魔物を殺しまくっている奴が森にいる。

その存在を確認する為に冒険者チームが送り込まれたのだが、そいつらは未知の魔物と遭遇。交戦となったのだが、魔物は想像以上に手強《てごわ》く仲間の一人が殺された。

命からがら逃げ延びた二人はギルドに報告し、討伐隊を編成する為に待機を命じられていたが魔物との遭遇場所からこの街が近く、現地の戦力もかき集めて有事に備えようと出張所を立てて有志を募っているらしい。

……未知の魔物か。

ボードには冒険者が書いたと思われる魔物の姿が描かれていたが、確かに記憶にない姿をしている。

何というか蜘蛛と人を混ぜたような――例えるなら特撮に出てくる怪人のような見た目だった。果たして本当にこんな日曜の朝に現れそうな生き物が存在するのだろうか？

「あいつは……クインは、仲間思いのいい奴だった！　あの化け物はそんなクインを惨《むご》たらしく殺しやがったんだ！　絶対に許せねぇ！」

仲間を殺された冒険者は死んだ奴がどれだけいい奴だったのかとそのいい奴を殺した魔物がいかに生きている価値のない害獣なのかを必死に喚き散らしていた。

一通り聞いたが特に何も感じなかった。冒険者は自己責任なので俺の知らないところで死んだ奴がどれだけの善人でも「ご愁傷様《しゅうしょうさま》」ぐらいの感想しか出てこない。

もう気になる事もなくなったので興味が消え失せた。俺はパトリックに顎で行くぞと示した後、そのまま宿へと戻った。

「おかえり。どうだった？」

宿に戻るとハイディが出迎えに現れる。外ではパトリックの部下が街で買い集めた食料を馬車へと積み込んでいた。

パトリックは部屋で休みますと言ってその場を離れ、取りあえず飯を食いながら話そうと食堂を兼ねた酒場へ移動し特に問題がなかった事だけを伝えた。

それで会話を打ち切ろうと思ったが、そういえばとさっきの広場であった出張所の話を聞かせる。新種の魔物で調査に向かった冒険者を殺害し、この街の近辺に潜んでいるかもしれない。

「……そうなんだ。気の毒な話だね」

「そうだな」

俺は注文した料理を口に運びながらそう返す。

「新種の魔物って言ってたけど、そういうのって割とある事なのかな？　少なくともオラトリアムやライアードではそんな事件なかったよね？」

「そうだな。この国には未開拓の領域が多い事もあって、そういった知られていない魔物が居ても不思議じゃないとは思う」

このウルスラグナが開拓以前はどんな姿だったのかは知らない。だが、この国のざっくりとした地図を見ても未開拓の領域はかなりの範囲にわたる。

何せ西も東も大陸の端まで行っておらず、海が確認できないからな。海が存在しないといったことはない。

他所《よそ》の大陸はしっかりと存在し、この大陸とを隔てる海もある。海産物を始め、海が齎《もたら》す恩恵は大きい。

その程度の事は他も理解しているはずだ。――にもかかわらずこの国には海がない。

つまりは海まで開拓できていない事を意味する。開拓は口で言う程に簡単にできる事じゃない。

魔法は便利だが万能ではないので、ゴリ押すにしても限度がある。人員を集める事もそうだが、維持するにも多大な費用が必要だ。

そして海までは結構な距離があり、今回のような未知の魔物との遭遇の危険を考えると割に合わないと大抵の領主は手を引く。

やるにしても精々、集落や村を増やす必要が出た時に切り拓《ひら》くぐらいか？　未開拓の領域は年々減ってはいるが、まだまだなくすには遠い。

少なくとも数十年はかかるだろう。その過程で新種の魔物と遭遇するケースは多いが、今回のように単独で見慣れない魔物が人里の近くまで来るのは稀《まれ》だ。

俺としてもあり得ない話ではないと思っているので珍しいが、それ以上でも以下でもない。特に人間に対して強い攻撃性を示すのであるなら駆除は妥当な判断だ。

……まぁ、俺には関係のない話なので、首を突っ込むつもりもない。

流石に犠牲者が出ている以上は冒険者ギルドも本格的な被害が出る前に対処したいと考えるはずなので本腰を入れての討伐隊が組まれるだろう。

予定にないトラブルはあまり歓迎したくない。

明日の取引を済ませてさっさとこの面白みのない街から去って面倒な作業を済ませて次へと行こう。そこまで考えてふと目の前のハイディを見る。

「な、なにかな?」

これはどう例えるべきなのだろうか?

最近流行っているから、もしくは周りがやっているから、将来必要になると思ったから、そんな理由で家電を購入したが実際に使ってみると思ったよりも使えない、思っていた物と違う。

結局、使いそうにない。そんな肩透かしのような感情を俺は目の前の女に抱いていた。

体を奪った事に関して負い目がある訳ではないが、結果的に今の俺が存在できているのはこいつのお陰なのである程度の譲歩は許容するつもりだ。

旅に連れているのもその一環だが、俺自身がどう思うのかはまた別の話。簡単に言うのならこいつの為にいちいちごまかしたり建前を用意するのが面倒になってきたのだ。

同行を許す段階で多少の面倒は仕方がないと割り切ったつもりだったのだが、毎回こんな茶番をやらされるのかと思うともう適当なところで捨ててもいいんじゃないかと思い始めていた。

別に殺したい訳ではなく、その必要性も感じない。ただ、少し鬱陶しくなってきただけだ。真っ先に浮かんだのはどこかに置き去りにする事だった。

適当に大きな街に置いて手切れ金でも持たせて終わり。後腐れもないかと思ったが、こいつの性格上追いかけてきそうなのでできそうもない。

なまじ記憶と知識を持っていて行動傾向に察しが付く分、穏便に別れる方法が思いつかなかった。

加えて自分で約束した以上、こちらから反故《ほご》にするのも何か違うと思うので切り捨てたいとは思うが実行するにしてもかなり先だな。俺の許容できる範囲を超えればその時は――

「だ、黙って見つめられるとちょっと恥ずかしいんだけど……」

俺が何を考えているかを想像もしていないであろうハイディは少しだけ照れた表情を浮かべていた。それを見て俺は内心で小さく溜息《ためいき》を吐《つ》いた。


翌日。話自体は纏まっているので事前に役目の割り振りも決まっていた事もあって全員がさっさと行動に移る。

ハイディとパトリックの部下が馬車を奴隷商の所へ持って行き、買い取った奴隷の積み込みを行う。ふらふらで歩くのがやっとの連中を支えながら馬車の荷台へと順番に乗せていく。

満員になった馬車は街の出口へと向かう。全員の回収が済むと空の馬車を待機させる。

これはこの後に仕入れる奴隷をそのまま積み替える為だ。回収が済んだからこの街にはもう用事がないので終わり次第発《た》つ予定だ。

その間、俺は何をしているかというと——

「本日はお集まりいただきありがとうございます。本日ご紹介する商品も我々が自信を持ってお勧めできる良品揃い。是非お買い上げを！」

そんな煽《あお》り文句を言っている司会を尻目にぐるりと周囲を見回すと、明らかに金を持ってそうな連中が集まっていた。

ここは昨日冒険者ギルドの出張所があった広場だ。前々から言われていた競りがこれから始まる。

あまり興味はなかったが、やる事もなかったのでこうしてパトリックの護衛という名目でここにいた。

出品リストにはざっと目を通したが、なるほどと納得する。写真が添付されている訳ではないので、容姿までは分からんが競りにかけるぐらいには優れた奴隷が並んでいる。

元騎士、戦闘能力が極めて優良。実家が没落したとかで売り飛ばされたらしい。ちょうどお立ち台に乗せられて競りにかけられていた。

「銀貨十枚！」「こっちは十五枚だ！」

あちこちで高額の値を付ける声が響く。元騎士の男は遠い目で空を見ていた。この先の事を考えればあんな目にもなるか。

パトリックは真剣な表情で「剣闘士に使えるか？　いや、予算的に——」と何やら呟《つぶや》いている。俺は特に構わずにリストに視線を落とす。

他は元娼婦、元メイドなど何かしらの職能を高い水準で備えた者達が次々と買われて行く。その次は容姿や体格に優れた者になる。

特に前職はないが容姿に優れた娘。司会が生娘ですと口にすれば脂ぎったおっさん達がうおおおおと声を上げる。

その様子を娘は絶望の表情で見ていた。目尻からは涙が一筋。そこからはもう悲しむ事すらできない自らの運命を悟った者の悲哀があった。

このまま行くとあの娘は競りに勝って勝利の雄叫《おたけ》びを上げているおっさんに性的な意味で喰《く》われるのだ。泣きたくもなるだろうな。

こうして見ていると人の命が何よりも重んじられる日本は良い国だったんだなと思い、こっちでは金次第でいくらでも値引きが利くんだなと落差を感じてしまう。

感じただけではあるが。そうこうしている内に奴隷は次々と買い手が付く。競り自体の回転は早い。

常連が大半なので深追いしないらしく、この手の催しで定番の意地でも競り落とすと熱を上げるようなシーンはなかった。

パトリックの話では予め《あらかじ》予算を決めておいて超えるようならすっぱりと手を引くらしい。

この辺の見極めも奴隷を扱う者にとっては必須の技能ですぞと少し自慢げに語っていた。

「ですが、この後に控えている目玉商品は例外でしょうな」

俺はふむとリストに視線を落とす。雑にページを捲ってその目玉商品とやらの項目を探すとややあって見つかった。

「この手の商品は滅多に出ませんからな」

「そうか」

北の方へ行けばいくらでも居るんだがな。視線の先ではこのオークションの最後の品物であり、今回の目玉である奴隷が引っ張られてきていた。

見た目は十二、三ぐらいの少女。幼いながらも顔のパーツ配置は整っており、将来性の高さが窺《うかが》える。

そして最大の特徴は僅かに尖《とが》った耳。あの娘は人間ではなくエルフだ。

この国ではエルフは非常に珍しく、奴隷としても貴重らしくかなりの高額で取引される。元々、エルフは長命なので長く使える点も魅力ではあるが、若ければ若い程に耐用年数も長い。

上手に教育すれば一家数代にわたってこき使う事もできるので、資産に余裕があって先々を見据えるのであれば手元に置いておきたい存在のようだ。

他からすればそうでもないようだが、ゴブリンの王国で一山いくらのバラ肉として売られているのを見た俺としてはそこまでの希少性を見いだせなかった。

早々に金貨数枚を提示している参加者を見てパトリックは少し惜しいと言った表情で小さく首を振る。

「なんだ。欲しかったのか？」

「……ええ、まぁ。エルフを飼っている事は資産家としての箔《はく》付《づ》けにもなるので……」

どうもエルフを多く飼っている事が奴隷使いにとってはステータスらしく、周りの連中が熱を上げて競り落とそうとしている様子からも明らかだ。

俺には理解できない世界だが、この競りが終わったらオークションも終了となる。その頃には向こうの作業も片付いている頃だろう。

そこまで面白いものではなかったが、この手の催しの空気を肌で感じる事に僅かな新鮮さは感じられたのでまぁいいだろう。

競りは白熱し、支払い能力のない者は順番に脱落していき、自然とこの場で最も金を持っている連中同士の潰し合いとなる。

互いに予算の限界が近いのか小刻みに値段を吊り上げ続け――やがて片方が諦めて項垂《うなだ》れた。

司会が決着！　と大きく煽り、周囲から拍手と羨《うらや》む声が上がる。競り落とした男は勝利を誇示するように握った拳を振り上げた。

さて、決着もついたしそろそろ――帰ろうかと踵を返そうとした瞬間だった。エルフの少女の体に糸のようなものが巻き付いたのは。


初めて人を殺した日から彼は出口のない感情を持て余し、それを発散するかのように森を進む。

途中に遭遇した魔物を屠《ほふ》り、腹が減れば手近なものを喰らう。殺人という取り返しのつかない事実はその精神に多大な負荷を与えていた。

自分でも処理できない感情を誰かに吐き出したいが、吐き出せないので周囲の物に当たり散らす事で発散しようと試みていたのだ。

彼の大好きな物語の主人公は気に入らない奴を何の躊躇《ちゅうちょ》もなく殺害し、その事実に対して何の感慨も得ていなかった。

自分がそうなっても大丈夫だ。どうでもいい奴なんていくら死んでも知った事じゃない。俺は俺の道を行く。

そんな自負は目の前で出来上がった死体の前ではただの虚勢でしかなかった。自覚はなかったが、本質的に彼は小心者だ。

殺人とそれが齎す未来に対しての恐怖は見えない圧力となって圧し掛かる。もうどうしていいか分からない。誰か助けて欲しい。

彼の救いを求める行動は傍から見ればその姿は無秩序に暴れる魔物で、実際に彼は狂いかけていた。

どれぐらいの時間そうしていたのか分からない。不意に目の前に広がる光景に変化が訪れる。

彼の目の前に現れたのは大きな屋敷。二階建てで広い庭が付いた立派な建物だ。

周囲には警備の兵らしき者達が武器を持って巡回している。人の姿を見て衝動的に飛び込みかけたが、際どいところで理性が働いてその動きを止めた。

折角、人を見つけたのだ。今度は慎重に接触しないと状況が更に悪化する。

気持ちは誰かに話を聞いて欲しいと背中を押し、辛《かろ》うじて残った理性が待てと囁く。衝動を必死に抑えながら彼は森の中から屋敷を観察する。

見たところ、かなりいい屋敷だ。住んでいる人間はかなり身分が高いと彼は勝手に解釈し、どうにか保護して貰う方法はないかと考えた。

焦りもあって何も思いつかずにもう忍び込むしかないのかと訳の分からない結論を出そうとした時だ。屋敷に変化があったのは。

出入り口の扉が大きく開き、幼い女の子が泣き叫びながら大柄な男に引っ張られていた。それを追って母親らしき女性が飛び出したが取り押さえられる。

母親も娘同様に泣き叫んでいたが、取り押さえていた男がその頬を張り飛ばす。

少女は馬車に乗せられ屋敷を後にした。その様子を見て彼はどうするべきかを考える。

状況だけで見ればあの屋敷は襲撃され、あの娘は誘拐されたとみて間違いない。

——実際は大きな間違いだった。

あの屋敷はティラーニ領の領主が保有する隠れた飼育場だ。エルフの奴隷を交配させて子供を産ませて出荷する。

傍から見れば非人道的な施設ではあるが、奴隷に人権はないので平然と罷《まか》り通ってしまうのだ。

エルフは売却価格が非常に高いので時間をかけたとしても投資分は回収できるのでこのような施設が未開拓の領域内にいくつか存在する。

隠しているのは後ろめたさではなく、商品の盗難を防止する為の措置だ。売る前に盗まれては敵《かな》わないので人が寄り付かない場所に用意し警備も厳重にしてある。

魔法である程度の偽装は施していたのだが、彼は偶然にも足を踏み入れてしまいその存在を認識してしまった。

彼は間違った考えの下、どうすればいいのかを判断する。何故なら考える時間がなかったからだ。

あの娘を救助して母親の下へ届けるのだ。自分の姿を見れば驚くだろうが娘を返せば、態度も軟化するといった皮算用もそれに拍車をかける。

考えている内に馬車は遠ざかって行くので彼は一つ頷くと馬車を追うべく近くの木へと飛び乗った。


彼の身体能力は高く、馬車の追跡は難しくなかったが目的地が問題だった。

高い壁に覆われた、まるで刑務所のような巨大な建造物。正確には街ではあったが、彼の目には悪党の巣窟にしか見えていない。

彼の感覚で見るなら危険な建造物ではあるが引く気はなく、心のどこかでは何とかなるとも思ってすらいた。

考えの根拠としてまずは人間の脆《もろ》さ。叩いた程度で死ぬような奴しかいないなら殴れば大抵の相手なら何とかなる。

自惚《うぬぼ》れもあったが、武装した人間を勢いで殺せるほどの身体能力は極めて高く、この世界の水準に照らし合わせるなら強者である事は間違いではない。

この二つを根拠に彼はこの難攻不落（に見える）建物に挑む事を決めたのだ。普段ならもう少し冷静に考えられたのかもしれない。

姿を見ただけで言葉すら交わした事もない少女を救う。話を聞けば大多数の人間は笑うどころか正気を疑う行動だ。

だが、今の彼にはそれを判断できる冷静さは残されていなかった。頭にあるのは少女の救出に成功し、親元に返せば自分は理解者を得られる。

そんな思い込みだ。救う事で自分の中に存在するマイナスを解消し、悪党を殺す事で殺人に対する嫌悪感を相殺したい考えもあった。

なにより彼の憧れる物語の主人公達はこんな事で怯《ひる》んだりはしない。自分も結果を出す事でそんな存在へとなり上がるのだ。

自覚、無自覚の違いはあるが彼の中で様々な思いと考えが混ざりあった結果、少女の救出——俯瞰《ふかん》で見れば商品の強奪に踏み切ったのだ。

覚悟を決めて動き出せば後は早い。一日かけて街の周囲を観察し、救出までの大雑把な流れを計画。

街の出入り口は一ヶ所しかなかった事を確認して壁を超える事を決める。夜中に糸を張り付けて壁を登り侵入すると高い位置に陣取り、街を俯瞰する。

巨大な施設と思い込んでいた彼からすれば内部に街が広がっている事は大きな驚きだったが、やる事には変わりがないのでじっと観察。

闇雲に動かないのは少女がどこに囚《とら》われているかが分からないからだ。その為、主に見るのは街の出入り口——奴隷が運び込まれる様子。

どこに収容されているかを摑めれば探す手間が大幅に省ける。そんな考えだったのだが——幸運は彼に味方をした。

街の中央の広場で少女の姿を見つけたからだ。彼はこれ幸いと建物を飛び移ると広場へと向かい、糸の有効射程に入ったと同時に少女を釣り上げた。


俺の視線の先でエルフの娘が一本釣りされた魚のように宙を舞う。

その先には異形の姿。蜘蛛と人を混ぜたようなデザインの魔物というよりは怪人と形容する方が適切な存在が居た。

正直、昨日仲間を殺されたと喚き散らしていた連中が話を盛っていたんじゃないかと思っていたが、確かに絵の通りの姿だ。

特撮に出て来そうなデザインの魔物の姿に少しだけ興味が引かれた。

……それはそれとしてあいつはどうやって街に入ったんだ？　いや、それ以前に何の目的でこんな街中に──

蜘蛛怪人はエルフの娘を抱えると踵を返してその場から離脱を試みる。その行動だけで判断するならエルフの娘の強奪だが、あの奴隷にそこまでの価値があるのか？

もしも仮に救出だとするのなら最悪の一手だが、その辺は考えていなかったようだな。

離れていて見え難かったが、蜘蛛怪人が小脇に抱えたエルフの首が千切れて血が噴き出す。

奴隷の首輪は遠隔で殺す為の代物だ。あんな分かり易い真似をすればこうなる事は目に見えていた。

ティラーニ領としてもどんな事情があったとしても奴隷に逃げられるのは面子に関わるので高額商品だったとしても奪われるぐらいなら処分の選択肢を取る。

その結果、エルフの娘の首は胴体と泣き別れたと。

蜘蛛怪人は近くの建物の上に着地し、その体は小刻みに震える。その間に怒りに震えているオークションの運営はあちこちに怒鳴り散らし、戦力をかき集めていた。

昨日、仲間を殺されたと喚いていた冒険者が蜘蛛怪人を指差すと「あいつが俺達の仲間を殺したんだ」と声を上げる。

見ているとわらわらと集まった衛兵や冒険者が武器を片手に向かっていく。蜘蛛怪人は身を震わせながら死体をそっと横たえると振り返って建物から飛び降りる。

俺は少し興味があったのでパトリックにこの場を離れるように言った後、近くの建物に登って上からその様子を窺う。

視線を向けるとちょうど先頭にいた冒険者の首が飛んだところだった。蜘蛛怪人は何やら怒っているのか喚き散らしながら次々と冒険者や衛兵を屠っていく。

背中の蜘蛛足らしきもので腹に風穴を開け、尻尾？　らしき部分から糸を出して絡め取った冒険者を振り回す。

特に介入するつもりもないので蜘蛛怪人がこの街の戦力を血祭りにあげているのを見ているとふと気になる事があった。距離がある所為でよく聞き取れないが何か喋っているのか？

単に吼《ほ》えているにしては少し違和感がある。少し気になったので建物を飛び移って戦闘の行われている場所へと近づく。

すると――

『畜生！　何でだ！　何であの子を殺した！　お前等には人の心はないのか！　このクズが！　死ね！　死んでしまえ！』

蜘蛛怪人は何と意味のある言葉を喋っていたのだ。それだけでも驚きだが、喋っている言語が更に驚きだった。

日本語だ。何故、あんな目立つ格好しているのかは知らんが、どうやらあの蜘蛛怪人は俺の同類らしい。

他にも居るのは知っていたがこんな形で出くわすとは思っていなかったので少し驚いた。

言動から蜘蛛怪人はさっきからエルフの娘を殺した事に対して怒っているようだが、何を言っているんだこいつはと首を傾げてしまった。

そこに転がっている娘を殺した――正確には死に至らしめたのはお前じゃないか。自分で死ぬ原因を作っておきながらよくも殺したなとかさっぱり理解できない。

何とか理解しようと努力して考察する。まぁ、恐らく経緯は不明だがどう見ても奴隷の首輪の存在を知らずに助けに入って死なせたってところか。

俺には欠片も関係ない事ではあるが、巻き添えを喰らうのは避けたいので〈交信〉を使用してパトリックに連絡を取る。

（パトリック。今どこだ？）

（奴隷商の所です。積み込み作業中だったので私も部下のいるこちらに避難しました）

（そうか。こっちは転生者らしき奴が派手に暴れている。何かの陽動かもしれん。そっちで何か変わった事はあるか？）

（……いえ、騒ぎ自体は伝わっていますが、それ以外は特に何も……。どうします？　可能であるなら人を遣《や》って調べさせますが）

(そこまでは必要ない。ただ、ハイディの奴はこっちに来させるな)

来させてもあの蜘蛛怪人相手だとあっさり殺されそうだ。パトリックに警戒だけは怠るなとだけ伝えて〈交信〉を切る。

どんな思惑があるのかは知らないし興味もないが、転生者には興味があった。あいつから記憶を抜けば何かが分かるかもしれない。

今まで調べる術《すべ》がなかったので気にしないようにはしていたが、転生者や転生については興味がある。別に元の世界に未練がある訳ではないが、何一つ知らないまま第二の人生を生きるのも据《す》わりが悪い。

可能であるなら転生する原因や理由ぐらいは知っておきたかった。事情を話して情報を引き出すのも選択肢として存在するが、即座に握り潰す。

……論外だな。

あんな見るからに面倒事しか持って来ないような奴とお近づきにはなりたくない。情報を出し渋る可能性もあるので殺して記憶を抜いた方が確実だ。

殺すか。方針を決めて意識を切り替える。観戦から参戦へと。他の冒険者と連携を取る気はない。

割り込むのはあの連中が全滅してからだ。増援が来ないのは戦力をかき集めているからだろう。

俺が動くのは今戦っている連中が全滅してから増援が来るまでの間。増援が来るまで長引くようなら諦める。

転生者である以上はスペックは同等か格上と見るべきだ。後はどの程度の生き物を喰って攻撃手段のレパートリーを増やしているかだな。

俺は人に見られる事も考慮に入れないと不味《まず》いので大きな形状変化は使えない。

……まぁ、どうにでもなるか。

最後に残った仲間を殺されたと喚いていた冒険者が蜘蛛怪人の背から生えている蜘蛛足で貫かれて死亡したのを確認して俺は〈爆発〉を使用。

蜘蛛怪人の足元で爆発が発生してその体が吹き飛ぶが、即座に立て直して着地。一応は効いてはいるのかあちこちが焼け焦げていた。

目玉らしきものが大量にあるだけあって俺に気付くのも早い。俺は建物から飛び降りて腰の剣を抜きながら肉薄。間合いに入ると同時に一閃する。

『まだいやがったのかこのクズ！』

俺の斬撃は蜘蛛足で受け止められずに折れ飛んだ。思ったよりも硬いな。いや、安物の剣が悪いのか？

反撃の蹴りが飛んでくるが後ろに跳んで躱し、死体の持っている短槍を拾って投げつける。蜘蛛怪人は払いのけながら真っ直ぐに突っ込んで来た。

魔法で生み出した風の塊を地面に叩きつけて土煙を発生させて視界を潰し〈飛行〉で急上昇。真下で何かが空を切る音。

適当な場所に〈爆発〉を使用。土煙が吹き払われて視界が戻る。蜘蛛怪人は——いない？

何かが足に絡まる感触。糸と認識した頃には地面に引き摺《ず》り降ろされ、そのまま振り回される。俺の体は近くの建物へと突っ込んだ。

結構な衝撃で首の骨が折れたが頭蓋骨は無事だった。頑丈に作っておいてよかったな。

損傷を修復しながら糸を千切ろうとしたが、強い粘着性を持っているのか掴んだ手も取れなくなった。手は皮ごと剝がし、腕力では無理かと魔法で火球を生み出して焼く。

熱には弱いらしく糸はあっさりと焼け落ちる。火は効果的かと理解し〈火球〉を射出。

狙っていないが糸に沿って発射しただけあって命中したようだ。悲鳴が上がる。

追加で連射しながら突っ込んだ建物から飛び出し、火だるまになっている蜘蛛怪人の姿を認め更にしつこく〈火球〉を撃ち込む。

二発、三発と命中したが『調子に乗ってんじゃねぇぞ！』と叫ぶと腕でガードしながら真っ直ぐに突っ込んで来る。

俺はそれを見て内心でふむと首を傾げた。蜘蛛怪人は見た目通りの攻撃手段を保有している。

高い身体能力、蜘蛛足による刺突、そして蜘蛛糸。ただ、疑問なのはそれ以外の攻撃手段を使ってこない事だ。

蜘蛛の能力を最大限に活かす為の形状なのは理解できるが、それに固執する理由が理解できない。それともブラフか何かで別に切り札を隠しているのか？

恐らく俺が転生者だという事は悟られてはいないだろうから、現地人と思って舐められているのだろうか？

身体能力に関しては疑問点はやや残るが、技量に関しては凡そではあるが底は知れた。はっきり言ってかなり低い。

戦い方は突っ込んで近接か蜘蛛糸で絡め取って振り回すかの二択。

冒険者や衛兵を相手にしている時からそれは一貫していた。隠す理由も見当たらないので、見る限りこの蜘蛛怪人の技量はお世辞に高くないと結論付けられる。これまで蓄積したであろう記憶があればそこそこ上手く立ち回れるはずだ。

付随して日本語しか使っていない事も引っかかる。さっきからポンポン殺しまくっている点からも殺人に対して抵抗がないのは明らかなのでここに来るまでも殺しているはずだ。

その際に記憶を奪っていない訳がない。つまりこいつは現地語を理解できるのにわざわざ日本語で喚き散らしているのだ。

やはり裏に何か居るのだろうか？ 何かを口に出していないと落ち着かない性分だが、言語を理解できる魔物と認識されるのは避けたい。その為、日本語で喚き散らす事で発散している。

……少し苦しいか？

『くたばれこのクズが！』

さっきからクズクズと聞かせる気がないにしても語彙《ごい》力に乏しい奴だな。賢い罵倒を聞きたい訳ではないが、同じ言葉を繰り返されても新鮮味を感じない。

間合いに入ったと同時に拳による一撃。身を低くして懐へ入る。腹に手を当てて〈枯死〉接触部分を風化させてごっそりと抉《えぐ》り取った。

『がぁぁぁぁ!!』

追い払う為の蹴りが放たれるが、すれ違う形で脇を抜ける。その際に蜘蛛足の一本を掴んで同様に〈枯死〉で千切り取った。

『畜生！ このクズが！ ふざけんてんじゃねぇぞ！』

〈火球〉を撃ち込みながら更に湧いた疑問に目を細めた。蜘蛛怪人の挙動が気になったからだ。

あれが演技でないのなら苦痛を感じている事になる。本当に俺と同じ転生者なのか？

俺も痛みは感じるがダメージとしてしか認識できない。要は痛みを感じていると客観的に判断はできるが苦痛といった形では表れない。

そうでもなければ手足が千切れて平気な顔ができないからだ。あまりにも違いすぎるのでこいつが本当に自分の同類なのかと疑問に思い始めた。

判断材料は日本語を扱える点だけで、もしかしてこいつはオウムか何かのように聞いた言葉を吐き出しているだけの魔物ではないか？

飼い主が転生者であるなら一応の筋は通る。見れば見る程に訳が分からなくなるが、答えを得るには仕留めて頭の中身を調べないとはっきりしないな。

攻撃の傾向は摑めたので何か隠していない限りはこのまま押し切れそうだ。


畜生。彼は目の前の冒険者に圧倒されている事を理解する。

攻撃が段々と当たらなくなってきており、逆に相手の攻撃は自身の体を削っていく。

抉られた腹と千切れた蜘蛛足はゆっくりとではあるが再生を始めていたが、激痛は彼を蝕《むしば》み、その動きを単調にしていく。

普段の――転生前の彼であるならこれだけの激痛を受ければみっともなく泣き喚いて地面を転がる事しかできないが、今の彼は痛みこそ感じているが行動に大きな支障は出ていない。

冷静な判断ができるなら逃げる選択肢を取れたかもしれなかったが、こうなってしまった以上はどうにもならなかった。

首尾よくエルフの少女を救出できたところまでは良かったのだが首輪の存在をまったく知らなかったので結果的に死なせる事となってしまう。

手の中で命を失った彼女、殺された事に対する怒りはあったが最も大きいのは希望を奪われた事だ。

彼女を助ければ今の自身を取り巻く状況が改善すると根拠もなく信じていた彼からすればこの状況はとてもではないが許容できなかった。

抱いた希望が潰《つい》え、絶望がその心を満たし、やがてそれは怒りへと転化する。

彼は怒りの咆哮《ほうこう》を上げて少女を殺したと思われる者達へと襲い掛かったのだ。怒りはあらゆる感情を塗り潰し、殺人への抵抗感を極限まで低下させる。

突然の乱入者とオークションを台無しにされた事、そして仲間を殺された怒りを滾《たぎ》らせた衛兵や冒険者達が襲いかかるが、躊躇いを捨てた彼の敵ではなかった。

特に苦戦する事なく全滅させたのだが、その直後に現れた存在に彼は苦戦を強いられる羽目になる。

今までの相手を特に苦も無く全滅させた事でその存在も同様だと思い込んでいた事での侮りもあった。

当初は奇襲してくる姑息な相手程度の認識だったが、普通の人間なら即死するような攻撃を喰らっても平然と立ち上がり、何事もなかったかのように反撃してくる。

雑魚から面倒な相手に格上げされたが、それが徐々に違和感に変わるのに時間はかからなかった。攻撃が段々と当たらなくなってきたのだ。

彼の強さは身体能力に依存しており、攻撃自体が非常に単調だった事もあって見切られ始めたのだが、彼にはその理由に思い至れなかった。

その為、認識としては「何故か攻撃が当たらなくなってきた」となる。思考の片隅で不利を意識し始めたが、決定的だったのは腹を抉られ、蜘蛛足の一本を千切られた事だ。

体の一部を欠損し、それによって発生した激痛は彼の怒りを吹き消して別の感情を植え付ける。ここに来て彼はようやく対峙《たいじ》した相手をまともに認識した。

顔立ち自体は整っているが表情がまったく存在しないので一瞬マネキンか何か、無機物めいた存在に見える。中でももっとも彼の目を引いたのはその目だ。

何の感情も宿っていないガラス玉のような透明な眼。それがお前を処理すると雄弁に語っていたのだ。

――ひっ……。

目が合った瞬間に感じたのは紛れもない恐怖。殺すのではなく「処理」。自分を殺す事を作業と定義しているそんな熱量の感じさせない視線が恐ろしかった。

怒りは霧散し、恐怖がその身を支配する事によって行動も感情に引っ張られて変化する。撃破ではなく逃走へと。

彼は全てをかなぐり捨てて背を向けた瞬間、抉られる感触。腹を抉った攻撃を喰らったと認識したが苦痛に構わず、飛び上がって距離を——取る前に背中に槍が突き刺さり転倒。

慌てて立ち上がろうとする前に周囲が光り爆発が発生。万全の状態であるならある程度は耐えられていたが、体のあちこちが欠損している状態ではそうもいかずに吹き飛ばされ、碌に受け身も取れずに近くの建物に当たって止まる。

『ま、待ってくれ！　もう動けないんだ。許し——』

自分の行動を棚に上げた命乞いへの返答は飛んで来た短剣だ。それは彼の目玉の一つに深々と突き刺さった。

『あぁぁぁ！　クソっ!?　何でだよ、異世界転生ってもっと気楽なものじゃなかったのかよ』

目の欠損により視界が制限されたが、残りの目はつかつかと歩み寄って来る男の存在をしっかりと捉えている。

庇《かば》うように翳《かざ》した手は払いのけられ顔面に蹴りを入れられて倒され、地面に縫い留めるように踏みつけられた。男は彼の目玉を抉った短剣を引き抜くと傷口に指を突っ込む。

激痛と恐怖に濁った思考でもこのままだと殺されると確信できた。どうすればいい。誰か助けて、死にたくない。

この瞬間、怒りや恐怖が消え、彼の中には純粋な生存への渇望だけが残った。この危機を打開する手段を。そう強く念じ――自らの内にある何かに触れた。

枷《かせ》にも似たそれは彼の渇望に応えるようにバキリと砕け散り、その根幹を成す部分で大きく脈動する。

――力が満ちようとしていた。


目玉を抉って脳への道を作り、さっさと記憶を吸い出そうと俺は蜘蛛怪人の傷口に指を突っ込む。

まともな構造をしているとは思っていないが、脳があるなら一番可能性が高いのは頭だ。調べるならここからと思ったのだが、体内に侵入した瞬間に違和感に襲われる。いや、そんな生易しいものじゃない。

中から何かが出てくるような嫌な感触、俺は咄嗟に指を引き抜こうとしたが蜘蛛怪人の傷の修復に巻き込まれて指が食い千切られる。

後ろに跳んで距離を取り、傷口を押さえる振りをして隠して修復。治ったと同時に落ちている剣を蹴り上げて摑む。

蜘蛛怪人はゆっくりと起き上がるとメキメキと軋《きし》むような音を立ててその体が巨大化する。

……追い詰められると巨大化するのか。

どこまでもセオリー通りだなと思う反面、こいつが本当に転生者かどうかの疑惑は強まった。

俺も似たような事はできるが、あれは違うとはっきりと分かる。感覚的なものだったので自分でも上手く説明ができないが、何となく俺とは違う生き物だと肌で感じるのだ。

転生者と思い込んでいる何かか、俺とは違う経緯で転生したので仕様が違うのか？　疑問だけが泡のようにボコボコと湧いて来る。

ここまで来ると意地でも殺して記憶を吸い出してやろうといった気持ちになるな。それだけ目の前の存在は不可解だった。

『は、はは、凄《すげ》ぇ、やっぱりあるじゃねーかチート能力。これなら負ける気がしない！　てめえ、さっきはよくもやってくれたな!!』

さっきみっともなく命乞いしようとしていた奴が随分と強気になったな。それにしてもチートとは何を言っているんだ？

確かにイカサマ《チート》臭い身体能力としぶとさだが、それはお前自身に備わった能力だと思うがな。それともこの世界がゲームの世界だとでもいうのか？

まぁ、ここまでリアルな世界をゲームと断ずるのは無理があるが。

蜘蛛怪人は十メートル前後まで巨大化。元々が二メートルぐらいだったので大体五倍ぐらいの大きさとなった。

でかい分、的が大きくなったと思いたいが——ズシンと小さく地面が揺れたと思ったと同時に蜘蛛怪人は巨体からは想像もつかないスピードで間合いを潰すと振り上げた拳を下ろす。

際どいところで躱し、地面に叩きつけられた腕を斬りつける。傷はつかずに逆に剣が折れた。

落ちていた剣だが、そこそこ高そうだったのにあっさり折れるのか。まぁ、俺のじゃないからどうでもいいな。

傷もつかないところを見ると単純な巨大化ではなく硬さも増していると見て間違いないか。この様子だと目玉や関節などの柔らかそうな部分以外は難しいな。

『チョロチョロうぜぇ！』

蜘蛛怪人が尻を向けて糸を飛ばして来たので地面を転がって回避。太さと長さも増しているので反応が遅れるとあっさり捕まりそうだ。

『読めてんだよ。この雑魚がよぉ!!』

躲した糸が引かれる。後ろからかと振り返ると建物が丸ごと吹っ飛んで来ていた。

なるほど、狙いは俺じゃなくて後ろの建物か。丸ごと引っ張れるとは凄まじいな。

完全に意表を突かれた形になった俺は反応が遅れ、魔法で糸を焼く前に飛んで来た建物に押し潰された。

命中と同時に建物は砕け散り、俺はあちこち潰されながら瓦礫の山に埋もれる。

あちこちに家の残骸が突き刺さり自分の形が把握できない程に潰れてしまった。これは治すのに少しかかるな。

隙間から蜘蛛怪人がざまあみろと高笑いしているのが聞こえたが、少し遅れて爆発音や多数の人間の叫び声。

どうやらかき集めた戦力が到着したようだ。思ったより早かったなと思いつつ体の修復を進める。

折角だし、少し時間を稼いで貰おう。今、掘り出されると抵抗できない。

死んだと思っているかは微妙だが、状況を上手く利用して奇襲をかけようと俺は損傷の修復をしつつ瓦礫《がれき》の隙間を這《は》って進む。

外は結構な盛り上がりで「この化け物め！」「どこから湧いてきやがった！」「回り込め！　後ろから仕掛けろ！」と応戦している連中の声が響き、それ以上の音量で蜘蛛怪人の格下を見下すような嘲笑が聞こえた。

時間をかけて外が見える位置まで移動し、隙間から外を窺うと蜘蛛怪人は腕の一振りで人間数人を軽々と吹き飛ばしているところだった。

蜘蛛怪人は万能感に酔っているのか最初の怒り狂った調子ともさっきまでの苛立った調子とも違う、弱者を嬲る事を楽しんでいるようだ。

感情の振り幅が凄まじいなとどうでもいい事を考えながらどこを潰せば行動不能にできるのだろうかと観察。体は全体的に硬く、刃《やいば》の類いは魔法付与がされた高級品でも持ち出さない限り突破は厳しい。

炎が有効ではあるが大型化した事により、火力に不安があるので〈枯死〉で急所を潰して仕留めるのが最適解だ。問題は即死させると記憶の抜き取りに支障が出る事。

脳を完全に破壊すると中身を吸い出せないのは検証済みなので記憶の吸い出しが目的の俺としては可能な限り避けたい。可能であるなら適度に痛めつけて行動不能にしたいのだがそれも厳しいか？

見ている間に冒険者や衛兵が次々と殺されて行く。それでもここを守る精鋭、ただでやられるつもりはないらしく迷宮でも見た火炎瓶や魔法で焼こうと炎を飛ばす。

『クソっ！　熱っちんだよ！　さっきからチマチマうぜぇ！』

火を消す為に手で払うと焼けた油が飛び散って近くの建物に燃え移る。

木造の建物が多かった事もあって結構な速さで燃え広がり、建物に避難していた連中が

悲鳴を上げて飛び出す。

蜘蛛怪人は戦闘員と非戦闘員の区別もつかないのかそれとも関係ないと思っているのか目に付く人間を片端から踏み潰す。

『ひゃはは！　どうだぁ！　見たか！　このっ！　俺の！　力を！』

非戦闘員を逃がす為に衛兵が気を引こうと弓矢を射かけるが、蜘蛛怪人は燃えている家の一部を引き抜いて投げつける。

炎が逃げ回っていた男に燃え移り、消そうと地面を必死に転がるが鬱陶しいと思ったのか燃えている男を拾い上げると無傷の建物に投げつけた。

男は潰れ、そこから更に火の手が上がり、あちこちから凄まじい量の煙が立ち昇り蜘蛛怪人を中心に視界が一気に悪くなる。

視界が不良になった事で更に混乱が加速。ここまで来るともう戦闘どころではないな。まさに阿鼻叫喚《あびきょうかん》だ。

他人事のように眺めてはいたが、そろそろこっちにも燃え移りそうだったのでいい加減に出るか。

体の方はもう治っているので動く分には問題ない。タイミングは背中を向けたところでいいかと考えて俺は息を殺しつつその機会を待ち続けた。

彼は哄笑《こうしょう》を上げながら虐殺とも呼べる非道を繰り返す。そこにはさっきまでの所業に怯える転生者の姿はなく。

ただただ、自分の力に酔う怪物だけが存在した。目まぐるしく変わる状況に大きな怒り、恐怖、苦痛は元々不安定だった彼の精神の均衡を容易く破壊し、その思考を完全に停止させる。

今の彼は全ての現実から逃避し、気持ちよく力を振るい続け、破壊の快楽を貪るだけの魔物に成り果ててしまったのだ。上がり切ったテンションは体の異常すらも感じさせず、動くものを見れば見境なく叩き潰した。

多少でも理性が働くなら極度の空腹に襲われている事に気が付くはずだった。彼の力は隠された力でも便利なチートでもない。

その存在に備わった能力であり、使用には大きな代償を支払う必要がある。空腹はその代償の一つなのだが、自身が手を付けた力の正体とそれが齎す結果を想像できない彼は現実から逃れる為に目的もなく暴虐を撒《ま》き散らす。

衛兵や冒険者達は何とか撃破しようと立ち向かったが、火の手が上がった事で戦闘だけに集中できなくなってしまった。

消火、避難誘導、魔物撃破と同時に処理すべき案件が三つも出現している状況、統率の取れた者達であるなら行動の取捨選択も可能だったかもしれないが文字通りかき集めた戦力でしかない者達には難しく、それぞれが独自に行動する事となる。

瞬く間に被害は拡大し、犠牲者は秒刻みで詰み上がっていく。そんな中、避難していた奴隷の少女はそれを見た。

燃える瓦礫が爆発するように飛び散り、その下から何かが飛び出したのを。煙と炎の中、はっきりとは視認できなかったが、それは放たれた矢のように巨大な怪物へと向かっていく。

怪物は背後から迫る存在を察知して糸を飛ばす。

糸は迫りくる影の足を捉えてその動きを止めるが、足を引き千切って前へと進む。煙の所為ではっきりとは見えなかったが、少なくとも少女にはそう見えたのだ。

どんな傷を負っても諦めずに立ち向かう不屈の英雄。少女はそんな幻想を目の前の光景に重ねる。

影は飛んでいるとしか思えないような動きで怪物の後頭部に取り付くとその腕を突き入れた。凄まじい悲鳴が上がり、怪物の巨体は崩れ落ちる。

「――凄い」

思わず少女はそう呟いた。怪物が倒れた事に気が付いた者達から驚きの声が上がる。

屋外にもかかわらず煙が充満し、呼吸もできずに目に痛みが走るが少女は怪物を打倒した英雄の姿を一目見ようと目を凝らす。

私に気が付いてと念じて見つめていると願いが通じたのか倒れた怪物の上に乗っている影が少女の方へと向いたのだ。

こっちを見た！　少女の顔が喜色に満ちる。特に何かして欲しかった訳ではない。単にその英雄的行動に憧憬《しょうけい》を抱いただけだ。

そして少女の足元に光が満ち――爆発が起こった。


……これは失敗したな。

俺はこっちを見ていた奴隷らしき娘を〈爆発〉で始末しながら内心で嘆息。

やった事は単純で隙を見て後ろから襲いかかって後頭部に〈枯死〉を全力で喰らわせた。腕は固い外殻をあっさりと抜いて沈み込み脳らしき器官を破壊する。

途中で足を糸に絡め取られたので自切してそのまま突っ込んだかいあって仕留めた手応えがあった。都合が良い事に周囲が景気よく燃えているお陰で視界がほとんど利かない。

そんな事もあってこんな思い切った真似をしたのだが、問題はなさそうだ。何故か近くでこっちを見ていた奴が居たので始末し、他に俺に意識を向けている奴がいない事を確認したので大丈夫だろう。

他は警戒して距離を取っているかそれどころじゃないらしく、俺が仕留めたところを見た奴はいないはずだ。片は付いたが、肝心の記憶に関しては諦めるしかないか。

せめて欠片でも入っていないかと後頭部に開いた穴に腕を突っ込もうとすると足元が揺らぐ。

何だと足元を見ると蜘蛛怪人が急激に萎《しぼ》みだしたのだ。死んだから元に戻ったのか？　せめて欠片ぐらいの情報でも入っていないかと元のサイズに戻った蜘蛛怪人の死骸の後頭部に手を突っ込んで根を伸ばす。

異変を感じて誰かが来るまで数秒から十数秒。使える時間はそれだけだ。少し急いで根を伸ばすと――

「――何？」

思わず声を漏らす。何故なら何の手応えも返って来なかったからだ。

根を用いれば記憶の吸い出しも可能で、生体であれば吸収できる。植物にさえ有効だったこの能力だが、蜘蛛怪人からは生体に接触している感触すらしない。

何だこれはと訝《いぶか》しむと蜘蛛怪人の死骸は砂か何かでできていたかのように崩れ、風に攫《さら》われるように消え去った。まるで初めから何もなかったかのように。

……何だったんだこいつは？

結局、情報が取れなかったのであの蜘蛛怪人が何だったのかは分からず終《じま》いか。

俺は修復の済んだ自分の体に視線を落とすと装備はまた全損し、服は焼け焦げているので後で処分だ。

繋ぎで使っていただけの安物なのでそこまで惜しくはないが、いちいち一式なくなるのはどうにかならないものか。

小さく溜息を吐くと冒険者や衛兵の生き残りが恐る恐るといった調子で近寄って来ていた。

「おい！　大丈夫か!?　化け物はどうなった!?」

数名が俺に駆け寄り残りが周囲を警戒している。あれだけ存在感のある奴がいきなり居なくなったら警戒もするか。

「死骸は今しがた消えたので証明しろと言われれば難しいが俺が仕留めた」

俺は少し悩んだが、部分的に隠して正直に話すと周囲の者達は驚きに目を見開く。

「ほ、本当か？　いや、実際にいない以上は――まぁいい、あの化け物が居ないなら先に消火作業だ！　とにかく火を消せ！」

あちこちで火を消せと声が上がっているのを尻目に俺は疲れたから休むと近くに居た衛兵に告げるとその場を後にした。

歩きながら考える事はさっきの蜘蛛怪人についてだ。転生者っぽかったが俺とは随分と違うので本当にそうなのか判断が付かないな。

あの巨大化もそうだが、どこか根本的な部分で違うと感じてしまうのだ。もしかしたら環境か何かで変化が出るのだろうか？

デスワームの件もそうだが、思った以上に転生者は来ているようだ。同じ国内で意識して探していないのに出くわしている点から見ても間違いない。

記憶を抜けなかったのは残念だったが、また出てくるだろう。その時に記憶を吸い出せばいい。

思考が着地した事で別の問題へとシフトする。足が千切れた事もあって片足が剝《む》き出しで、上半身も瓦礫に埋まって炎と煙を大量に浴びた所為か煤《すす》やらがこびり付いていた。

我ながら酷い格好だ。取りあえずパトリックに着替えを用意させるかと〈交信〉を使用して連絡を取った。

（それは災難でしたね）

（まったくだ。奴隷を買うだけの簡単な仕事のはずが気が付けば軽く死にかけた）

場所は変わって奴隷商人の店にある浴場。俺の有様を見てハイディが驚いていたが、無事だと知って胸を撫《な》で下ろしていた。

パトリックに着替えの用意が済んでいるので風呂で汚れを落とされてはと、この浴場に案内されたのだ。

湯は魔法で用意できるので排水する機能さえあればいい事もあってこの世界の風呂は少し変わっている。

栓を抜いて水を捨てる排水溝はあるが、湯や水を出す蛇口の類いが存在しない。その為、湯は使用前に用意しておく形になっていた。

ぼーっと浸かるのも時間の無駄と考え、そろそろファティマに連絡する頃かと思い出したのだ。

(ウルスラグナ北部の僅かな場所で転生者絡みの事件と二度も遭遇するのは少し多いですね)

(それだけ件数が多いと俺は見ている)

話すのはさっき仕留めた蜘蛛怪人についてだ。

(それに関しては私も同意見ですが、ロートフェルト様と同じ存在が他にもいるのならもっと目立つはずなのです。そういった話を聞かないのは妙な話ですね)

確かに。言われてみればそうだ。

俺と同じ能力を持った奴がいるなら俺みたいに適当に旅をするだけではなく、権力を得ようと考える奴が居てもおかしくない。

目に付いた人間を片端から洗脳すれば国を興す事すら可能だろう。転生者が多いにもかかわらずそれがないのは不自然だ。

デスワームの主だった古藤という前例がある以上、俺よりも先にこの世界に来ている奴は間違いなくいるはずだ。

（……俺が仕留めた蜘蛛は自身の形状を最大限に活かす形態をとっていたように思える。能力は個人差があって俺はたまたま洗脳だっただけかもしれん）

（情報が少ないのではっきりとは申し上げられませんが、現状で考えられるのはロートフェルト様が仰《おっしゃ》った個人差。今回の件を踏まえると可能性は高いですが、サンプルが少なすぎるので決めつけは危険かと）

（他は？）

（環境……いえ、この場合は寄生先の方が適切かもしれません。ロートフェルト様は偶然、人間の死体を発見された事で現在の肉体と能力を得ました）

あぁ、なるほど。そこまで聞いてファティマの言いたい事を理解した。

最初の条件は同じだが、肉体を得る為のプロセスが違うのでそこで違いが出たのかもしれないと。

あの見た目から単純に考えるなら寄生した先は蜘蛛の死骸だろうからそのままあの形状になった可能性は高い。

ただ、この世界にあんなでかい蜘蛛が存在している情報はなかったのでやはり疑問は残るが。

（こちらでも情報を集めておきますので何か分かり次第、ご報告させて頂きます）

（あぁ、分かった。この後だが、外の後始末が終わるまでこの街を出られないらしい。俺もさっさと事情聴取をさせろとギルドに呼び出されている）

（仕留めてしまった以上はそれは仕方がないかと）

（そうだな。悪いが予定は数日程遅れる事になる）

その後に買った奴隷を修理しつつ洗脳作業を行いながら移動。ストラタに到着するまでに仕上げて依頼は完了となる。

済ませればそのまま当初の予定通り、東のノルディア領へと向かう。話は終わったので切り上げようとしたのだが、ふと思い出した事があった。

（ところで後腐れなく関係を終わらせる方法に心当たりはあるか？）

（……あぁ、あの女ですか？　やはり邪魔になってきたようですね）

ファティマは特に驚く様子もなく、口調にはなにを今更といった呆れすらあった。

（まぁ、そんなところだ。連れて行くと頷いた手前、一方的に破棄するのも違うと思ったのでな）

（そういう事でしたらそのままでよいかと）

（我慢しろと？）

（はい。無礼を承知で言わせて頂きますが、ロートフェルト様は自制——というよりは加減が利かないので、行動を戒める意味でも連れている事に意味はあるかと）

つまりは自制する為のブレーキとして傍に置けということか。必要なのかと口にしかけて呑み込む。

これまでの出来事を引き合いに出されると反論ができないからだ。なるほど、確かに自分の状況を隠す事を念頭に置いて動けば自然とやりすぎないように加減が必要になる。

そして加減を覚えれば今回のようなトラブルに遭遇する可能性も落とせる。

（……とは言ってもロートフェルト様が本当に邪魔で耐えられないと仰られるのなら何か手を打ちますが？）

（いや、お前の言う通りだ。自制を学ぶ意味でも連れていた方がいい）

ただ、何でもかんでも我慢するのも違うとは思うので本当の意味で学ぶ必要があるのは匙加減《さじかげん》だな。

ハイディを連れて歩く必要性を見いだせた事で胸にあったつかえが取れ、少しだけ気分が良くなった。

不必要な存在と認識しているのに連れ歩く事にストレスを感じていたのかもしれない。何事も考え方次第か。一つ賢くなったなと思い小さく息を吐いた。

（何でしたら私と交換するのはいかがでしょうか？　旅の供ならば充分に——）

用事が済んだのでまた連絡すると〈交信〉を切断。転生者についてはまだまだ分からない事も多いが、旅の途中で何か分かるかもしれない。

そう考えれば前に進む為の原動力となる。旅はまだ始まったばかりだ。俺の行く道がどこに至るのかは分からないが、分からないからこそ何かが得られると信じよう。

差し当たってはこの後の事情聴取か。俺は面倒だなと思いつつ、さっさと済ませるかとギルドに向かうべく風呂から上がった。

バイセール

ティラーニ領に存在する街で、ウルスラグナ北部最大の奴隷市場。

奴隷の逃亡防止の為に分厚い二重の街壁に囲まれた堅牢な場所で、犯罪を行って奴隷に落ちた者も多いので刑務所の側面も持っている。

売買される奴隷は大きく分けて三種類存在し、前述した犯罪を犯して送り込まれる奴隷。犯罪奴隷と呼称され、許すには罪は重く、死罪にするには軽いといった者がその立場に落ちる。

次に借金などで財産を失い、自身を資財として売却する事となった借金奴隷と呼称される存在。

最後にエルフや獣人といった人に近いが人ではない亜人種と呼称される中でも容姿が整った者達。こちらは希少なので非常に高値で取引される。

中でもエルフは容姿が端麗で長寿である事から数代にわたって労働させようと購入を希望する者は多く、所有している事は一種のステータスとなっている。

労働力、見世物、コレクションと様々な用途で奴隷を求めて資産家が集まり、命に値段を付ける街。

APPENDIX

PARADIGM・PARASITE

VOLUME TWO

巻末特集

I have no reason to die anymore.

Why don't I travel wherever I feel like it?

All I have to do is to kill

anyone who gets in the way.

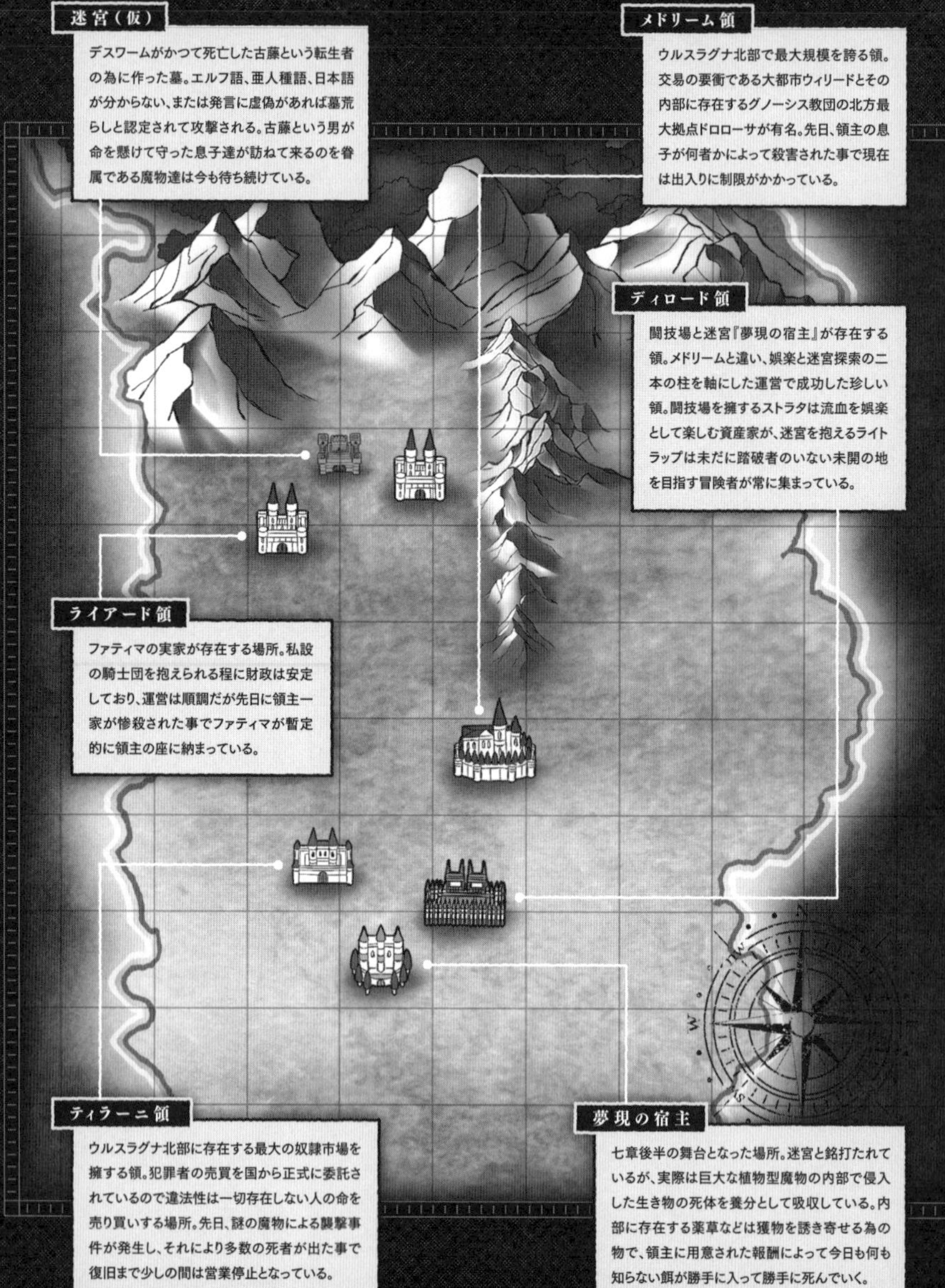
迷宮（仮）
デスワームがかつて死亡した古藤という転生者の為に作った墓。エルフ語、亜人種語、日本語が分からない、または発言に虚偽があれば墓荒らしと認定されて攻撃される。古藤という男が命を懸けて守った息子達が訪ねて来るのを眷属である魔物達は今も待ち続けている。
メドリーム領
ウルスラグナ北部で最大規模を誇る領。交易の要衝である大都市ウィリードとその内部に存在するグノーシス教団の北方最大拠点ドロローサが有名。先日、領主の息子が何者かによって殺害された事で現在は出入りに制限がかかっている。
ディロード領
闘技場と迷宮『夢現の宿主』が存在する領。メドリームと違い、娯楽と迷宮探索の二本の柱を軸にした運営で成功した珍しい領。闘技場を擁するストラタは流血を娯楽として楽しむ資産家が、迷宮を抱えるライトラップは未だに踏破者のいない未開の地を目指す冒険者が常に集まっている。
ライアード領
ファティマの実家が存在する場所。私設の騎士団を抱えられる程に財政は安定しており、運営は順調だが先日に領主一家が惨殺された事でファティマが暫定的に領主の座に納まっている。
ティラーニ領
ウルスラグナ北部に存在する最大の奴隷市場を擁する領。犯罪者の売買を国から正式に委託されているので違法性は一切存在しない人の命を売り買いする場所。先日、謎の魔物による襲撃事件が発生し、それにより多数の死者が出た事で復旧まで少しの間は営業停止となっている。
夢現の宿主
七章後半の舞台となった場所。迷宮と銘打たれているが、実際は巨大な植物型魔物の内部で侵入した生き物の死体を養分として吸収している。内部に存在する薬草などは獲物を誘き寄せる為の物で、領主に用意された報酬によって今日も何も知らない餌が勝手に入って勝手に死んでいく。

Savage

name

サベージ

ローによって生み出された魔物で本来の用途は移動用の騎獣。外見こそ地竜ではあるが今まで彼が取り込んだ生物の要素が組み込まれており、人間並みの頭脳と亜人種や魔物の身体能力を併せ持つ。その為、人間の言葉も理解し、高い知能と戦闘能力を誇る。反面、非常に燃費が悪く常に空腹に襲われており、暇さえあれば何かを食べている。創造主であり主人であるローには忠実で、指示には必ず従うがもう少し食事の量を増やしてくれと不満を抱いている。生まれたばかりなので人格と呼ばれる物はこれから育まれる事となるが、満足な食事が取れれば幸せを感じられる事は変わらないだろう。

name

トラスト

メドリーム領ウィリードで宿屋を営む老人。愛想も良く客にも親切なので評判はいい。元々国外に存在するとある地域で生まれ育ち、そこに伝わる特殊な戦闘技能を練り上げて剣客となる予定だったが夢を捨ててウルスラグナへ流れ着いた。以降は宿を開き、息子夫婦と孫の成長を見守って生きて行こうと穏やかに暮らしていたが、領主の息子による地上げとそれに関連するトラブルで家族が全員死亡。それにより全てを失った彼は復讐の為にローに文字通り魂を売って力を得た。変異後は全盛期まで若返り、身体能力も人間を超えている。手に入れた力で復讐を果たした後はローに魂を喰われ完全な眷属へと変わった。以降はファティマの配下としてオラトリアムの復興に従事している。

Trust

Patrick

name

パトリック

ディロード領ストラタを拠点とする資産家。主な事業は闘技場運営と奴隷を用いた派遣業。運営に関わってはいるが責任者ではなく、出資者の一人。奴隷を剣闘士として闘技場で戦わせ利益を得ているが、いつまでも同じやり方では飽きが来るかもしれないと懸念を抱いており常に売れるアイデアを求めている。サベージに目を付けたのはその一環。自力でこの地位まで上り詰めた自負もあって他人を見下す傾向にある。剣闘士対魔物は売れると思っていたが、飼い主であるローから取り上げようとして洗脳された。以後はローの旅の資金援助を行い、ファティマの配下として活動する事となる。

あとがき

一巻を購入してくださった方はお久しぶりです。

ＷＥＢ版を見てくださっている方はいつもありがとうございます。作者のkawa.keiです。

一巻が発売されたのが六月末なので半年ぐらいでしょうか？　早いものですね。

本作『パラダイム・パラサイト』二巻をご購入頂きありがとうございます。買っていない方は購入を検討して頂けると幸いです。

さて、この二巻ですがＷＥＢ版の三章部分を加筆修正したものとなっております。

この三章ですが最後までご覧になられた方なら分かると思いますが、一章ごとに別の話になっているので加筆部分が膨れ上がってしまい、一部調節いたしました。

削った部分は帯から読める特典のＳＳにリサイクルしたりＷＥＢ掲載したりしているので良かったら一読いただけると嬉しいです。

さて、肝心の内容ですが主人公が自分探しの為に相棒と共に旅をするといった字面だけ見れば平和ですが、目障りな相手は洗脳するか殺すかでかなり殺伐とした事になりました。

この先もこの調子で進んでいく事でしょう。例によってＷＥＢ版と話の流れ自体は変わりませんが、一巻と同様に調整を施したので読みやすくなっているはずです。

　個別に触れていくと五章は一巻で発生した問題の後始末と完全新規のエピソードであるファティマの実家訪問が追加されています。　婚約者の実家に挨拶に行くハートフルな話でしたね。

　後は転生者が他にも居るといった情報を得られるぐらいでしょうか。　主人公だけが異世界転生した選ばれし存在ではないと思って頂ければと。

　六章はトラストの敵討ちとグノーシス教団についての掘り下げですね。今回はほぼ概要だけで絡みは少ないですが、大きな組織なので今後も何らかの形で関わる事となるでしょう。

　やっている事はＷＥＢ版とそこまで変わりませんが、主人公の性格に調整が入っているので流れ以外は別物となっています。

　当時は割と考えずに展開を進めていたので先々の展開との齟齬の解消もできていると思います。

　七章は闘技場と迷宮ですね。

　ＷＥＢ版をやっていた頃は展開に困って取りあえず迷宮と闘技場を出そうといった死ぬほど浅い理由だったような気もしますが、頑張って書き直したので良い感じになっているのではないでしょうか？

ほぼほぼ世界観の掘り下げだったのでこの世界の営みの一端を感じて頂ければ幸いです。

最後に八章ですが、異世界に放り込まれて何のサポートもなければこうなりますよねといった悲しい例でしたね。

姿も異形、言葉も通じない。都合よく助けてくれる存在もいない。戦闘能力はあってもコミュニケーション能力がない。

そんな中、彼は何とかしようと足掻きはしましたが全てが裏目に出て最後には凶行に走ると。

どのような行動を取れば助かったか？　そんな『もしも』に思いを馳せて頂ければ嬉しいです。転生者に関してはグノーシスと同様今後に大きく絡んでくる話なので次巻以降にご期待ください。

後は一巻と同様に巻末や冒頭のおまけも頑張ったので良かったら見て頂ければ幸いです。

あとがきは二回目と言う事でちょっとは慣れたかなとは思いましたが、いざ筆を取ってみるとなかなか書くことというのは浮かばないものですね。

ここからは感謝を。

素晴らしいイラスト付けてくださった海鼠様。　特に蜘蛛のデザインが最高でした。

格好いいデザインを付けてくださったデザイナー様、　校正者様、　印刷会社様、　そして本書に関わってくださった全ての方々に感謝を。

ＷＥＢ版から応援してくださっている皆様。

頂いたコメントやメッセージはいつもありがたく拝見させて頂いており、　頑張る力になっております。

そして本書を手に取ってくださった皆様にも感謝を。

本当にありがとうございます。

また皆様と、　このあとがきの場でお会いできるのを楽しみにしております。

二〇二二年　kawa.kei

パラダイム・パラサイト

02 VOLUME TWO

2023年1月30日　初版発行

著　kawa.kei
イラスト　海鼠
キャラクター原案　こぞう

発行者　山下直久
編集　ホビー書籍編集部
編集長　藤田明子
担当　野浪由美恵
装丁　三沢稜（BALCOLONY.）

発行　株式会社KADOKAWA
〒102-8177 東京都千代田区富士見2-13-3
電話：0570-002-301（ナビダイヤル）

印刷・製本　図書印刷株式会社

お問い合わせ　https://www.kadokawa.co.jp/（「お問い合わせ」へお進みください）
※内容によっては、お答えできない場合があります。
※サポートは日本国内のみとさせていただきます。
※Japanese text only

定価はカバーに表示してあります。

本書は、カクヨムに掲載された「パラダイム・パラサイト」を加筆修正したものです。

ISBN: 978-4-04-737193-4　C0093